雪泥鴻爪
異國情

賴淑賢 著

獻給

我的終生伴侶，

他為我遮風蔽雨，

令我在飄雪寒冬，

亦溫暖如春。

以及犬子，

他們擴展我的人生領域，

充實我的生活經驗。

〈母親常與我同在〉
附圖1：龍吐珠刺繡，長33吋×寬20吋。

〈母親常與我同在〉
附圖2：龍鳳呈祥刺繡，長19吋×寬31吋。

〈母親常與我同在〉
附圖3：針線桌巾，長84吋×寬62吋。

〈母親常與我同在〉
附圖4：毛線床罩，長82吋×寬62吋。

〈土耳其風光〉
附圖1：伊斯坦堡大賣場一角。

〈土耳其風光〉
附圖2：伊斯坦堡的Hagia Sophia，先為東正教中
　　　心，後改為清真寺，現為博物館。

〈土耳其風光〉
附圖3：伊斯坦堡的藍色清真寺外觀。

〈橄欖樹〉
附圖：義大利南部Puglia一帶的橄欖樹幹粗大成瘤狀。

〈祕魯的奇景〉
附圖1：祕魯馬丘比丘一景象。

〈祕魯的奇景〉
附圖2：祕魯滴滴喀喀湖上的浮動小島與居民。

王序

　　《雪泥鴻爪異國情》是旅美學人賴淑賢博士的大作，描述作者自青年時期到資深公民的生活感受，其中夾雜許多追憶年少時的趣事，生花妙筆，娓娓道來，充份顯示胼手胝足，築夢海外卻不忘本的人格特質。作者在台灣完成大學教育不久，就留學日、美，接受科學文化先進國家高深學識的洗禮，學成就業定居美國五十年。該書內容計分日本風情、美國風情、懷念故鄉、談天說地等四篇。文章體裁以記述與抒情為主，較少論述，幾乎都是生活雜記與隨筆，文筆優美、刻劃入微，雖然旨在敘述作者旅居海外為學業、為生活奮鬥的實況與心路歷程，卻頗能反映從一九六〇年代到二十一世紀初，台灣子弟出國留學、就業的心聲。有過留學經驗者，閱讀此書必會感同身受，激起回憶的螺旋，縈繞當年浪跡海外的美麗與哀愁，而尚未出國者沉潛此書，咀嚼置身他鄉，勇猛追求真理，積極創造前程的甘甜與苦澀，齒頰留香之餘，必能纏綿於字裡行間流露的千絲萬縷思鄉情，而深受感動！

　　人生到處知何似，應似飛鴻踏雪泥；泥上偶然留指爪，鴻飛那復計東西。這是北宋蘇軾〈和子由澠池懷舊〉詩前半段，子由是其弟蘇轍，澠池是在河南省。該詩旨在描述人生在世界上到處奔波，飄泊不定如飛鴻，悲愴飄逸卻瀟灑不羈，東坡深自感嘆四處飄泊如浮萍，彷彿冬天大雪紛飛，鴻雁飛累了，飛下來停在雪地上，那飛鴻偶然在雪泥上留下的腳爪痕跡，等到飛遠以後，怎會記得在東或西呢？有人在外頭飄泊流浪，常會有蘇氏兄弟的懷舊感嘆，頓覺人生無常。這首詩蘊含世事變幻非常深刻，洞察生命的哲學意涵，具有警世的作用。

　　雪泥鴻爪似乎來自東坡的詩，現在比喻凡事經過所留跡象，但誠如上段所述，它寓意深長，勾勒人生飄浮塵世紛擾無奈，詩意盎然。蘇軾學識淵博，德望崇隆，因反對新法，違忤王安石，貶杭州，後歷遷湖州、黃州等地，仕途蹇滯，卻足跡甚廣，閱歷甚深。淑賢姊自一九六〇年代初期以優異的成績畢業於師大英語系，任教一年後，負笈東瀛，攻讀英國文學，之後，在美國多所大學深造，研讀學門甚多，學海悠游，毫不倦怠。學成後，致力於美國各級教育，懷抱因材施教、有教無類的宏願，春風化雨三十年，受惠者眾，成就卓越，鐸聲遠揚。另者，她善用假期，遊歷許多國家，所到之處，觀察深入，見解透徹。她退休以後，仍勤於治學，敏於筆耕，三年間撰著八十多篇散文，其中多篇曾在當地報紙刊登。她事事順遂，表現優異，似無悲涼之感。

　　《雪泥鴻爪異國情》依文章內容分為四篇已如上述，每篇的文章數都不同，以美國風情篇的三十一最多，佔百分之四十三，談天說地篇二十三次之，佔百分之三十，日本風情篇十，為第三，懷念故鄉篇九，為第四，後兩者各佔百分之十三點五。作者旅居美國五十年，時間最久，值得回憶的事物也最多，所以篇章最多，平均每篇文章也最長，五十年歲月的運轉的確不易，對於離鄉背井，奔向異國奮鬥的人來說，要適應，要工作，要顧家更是艱辛，美國資源充沛，國力雄厚，但相對的，人才多，競爭激烈，要有過人的智慧和百折不撓的毅力，才能事事順心。

　　在美國風情篇三十一篇文章裡，隨著作者洞察世事的敏銳，情感豐富的張力，喜怒哀樂的抒發，都以細膩的筆觸，精湛中英文學的造詣，發揮得淋漓盡致，感人至深。

　　作者從一九六七年五月間在落日餘暉中飛離東京，十個小時後，機窗外漸露曙光，安抵朝陽照耀的火諾魯魯機場，內心興奮的迸出「美國，我來了！」，至二〇一七年，足足跨越半個世紀，去國懷鄉，時時心繫故國，多麼難能可貴！

　　談天說地篇包括語言的論述，觀光景點的描繪，不同種族的

介紹和其他主題等。開頭的七篇文章都是有關語言的論述，語文學原本是賴教授的專長，精通中英日等，由於多年在美國從事教育工作，接觸許多不同種族和文化，對不同語文的接觸與使用很有經驗，至於其他主題陳述都有獨到之處。

　　淑賢教授留學日本大約三年，探討日本風情偏向於人物的描述，文筆幽默，自然親切，篇章不多，但對一九六〇年代中期在國際局勢動盪中，留日生涯的生動有趣描述，裨益中日學術文化交流的認識與瞭解。

　　間關萬里，遠渡重洋，人海茫茫，歷盡滄桑，總會思念家鄉。作者長年異國羈旅，也常回台探親，但時光飛馳，人事已非，她常感嘆伴隨度過快樂青少年時光的庭院、花木、古井、果樹、樓房等都已不見蹤影，老成凋謝更興風木之思，真是孝思不匱！

　　在懷念故鄉的九篇文章裡，作者以如椽巨筆，蘸著飽含懷舊的情愫，縷述成長過程的往事，活潑生動，而感念恩師，崇仰先賢，不分國籍，至情至性，溢於言表。

　　台灣是民主自由的社會，早已飲譽國際，國民每年出國深造者很多，而學成之後，旅居國外成家立業者不在少數。然而，肯適時提筆記載所見所聞者卻不多，而願意表達思鄉情懷者更如鳳毛麟角。

　　淑賢博士自幼聰穎，在求學過程中，黽勉上進，勤奮自持，頭角崢嶸，所到之處都是名列前茅，甚受師長器重，同學愛戴。在異國求學就業難免會有適應的煎熬，正如她在自序中所說的，教育生涯固然能體驗為人師的喜樂和挑戰，也同時嘗到個中的挫折和辛勞，況且身兼良師、賢妻、慈母，角色多元，更為不易。她和夫婿在美奮鬥，成就亮麗，早已傳遍鄉里，可貴的是身處民主自由、科學文明等登峰造極的美國，她事業輝煌，家庭幸福，仍不忘故土，人在異國卻擁抱綿延不絕的思鄉情，從大西洋濱跨越到台灣島！而雪泥鴻爪是追求高深學識，開展燦爛前途的足跡寫照，而非飄泊、悲愴的意涵。

　　最後，我很感謝淑賢姊在大作付梓之前，先讓我拜讀，她的毅力、學識與為人一向都是我的學習典範。品嘗鴻文，仰慕之餘，我學到很多，幸蒙垂教，要我寫序，我只怕學識淺薄，心有餘而智不足，一支禿筆，寫不出東西來而辜負美意，是為序。

王石番
歲次丁酉初冬
於台北木柵指南山麓

自序

　　年少時，喜愛中外文藝作品，曾一度夢想成為文學家，隨著年齡增長，覺得此願望有如攀登空中樓閣，難以達成。大學時，遂改變志向，另尋踏實可行之道，決定作教育工作者，遂先在國立台灣師範大學主修英語，繼在日本國立東京教育大學念英文學，後在美國喬治亞州愛默理大學及喬治亞大學攻讀圖書媒體資訊及教學科技，先後得到英語學士位和英文學碩士學位、圖書館學碩士學位、教育專家學位、教育學博士學位。在美國教育界工作三十年，接觸學生無數，從小學生、國中生、高中生、大學生而至研究生，包括各年齡階層，多年和學生相處，了解他們不同的興趣和需要，而因才施教，也深知美國教育注重啟發性和創造性。在教育生涯中，體驗為人師的喜樂和挑戰，同時也嘗到個中的挫折與辛勞。

　　二○○五年退休，一日閒暇之際，忽然憶起兒時舊夢，霎時恍惚他鄉遇故知，懷念之情油然而生，心中充滿親切之感，似乎回到兒時。原來數十年來，幼年夢想仍一直蟄伏心內，不曾離去，也未消失，一時舊夢初醒，重新萌起提筆的意念，如果寫作能增添生活的樂趣，何樂不為？但此時已不再奢望成為文學家，只望寫點藝文小品自娛，從自身經驗取材，敘述過去與現在日常生活的片段與點滴，和同事、鄰居、熟人的交往互動，自己的所見所聞，以及對身邊事物的見解與看法。

　　二○○七年，我們離開喬治亞州的大學城雅典，搬來亞特蘭大。二○一○年，一個偶然的機會，巧遇一書友，她介紹我參加讀書會，自此認識一些飽學之士，其中不乏文人雅士，有幾位已是出版過書的作家，我們每月聚會一次，討論文學作品、旅遊景色，或

是歷史、經濟、醫學、音樂等各種題目,在此書香洋溢的環境中,我耳濡目染,深受薰陶,寫作的意念終於化為具體行動,如此三年來,我完成八十多篇散文,多數文章曾登載於亞特蘭大新聞亞城園地。

最近在書房的角落,看到我的散文剪報雜亂的塞在幾個公文夾子裡面,就加以整理,為避免流失,決定出版成書,遂從八十多篇散文挑選七十三篇,依文章的內容或主題分為四部分:日本風情、美國風情、懷念故鄉、談天說地。然後詢問有關出版事宜,承秀威資訊科技幫忙,接下出版本書的工作。

未退休前,長年居住小城,少有機會接觸中文書報,久而久之中文顯得生澀,因此剛開始寫作時,每完成一篇,先由舍妹或外子過目,以避免錯字或不當用詞。向秀威呈上所有文稿之前,外子日以繼夜細讀稿件,建議改正之處,特向兩位致謝。國立政治大學傳播學院王前院長石番博士知道我欲出書後,經常來函關懷事情進展,並在百忙中,抽空為我寫序,令我感激不盡。本書能夠順利出版,還有秀威資訊的林世玲女士居中協助編輯,在此一併致謝。

賴淑賢

二〇一七年初秋

於美國喬治亞州亞特蘭大

附註:

　　東京教育大學是日本知名的國立大學,於1978年遷移,併入茨城縣的筑波大學,成為其主體。

Preface

I dreamed of becoming a great literary writer when I was an avid young reader. As I became older, reaching the goal seemed far out of reach. After deliberating the matter, I decided to be an educator, taking a more practical road to pursue a more attainable goal. To fulfill my dream, I studied at four universities: National Taiwan Normal University, National Tokyo University of Education, Emory University, and the University of Georgia. I was awarded five degrees: B.A. and M.A. in English, M.Ln. in librarianship, Ed.S. (Education Specialist) in School Media, and finally, Ed.D. in Instructional Technology. After many years of schooling, I started my career in education and stayed in the field for thirty years. I worked with all age groups of students including children at elementary schools; teenagers at middle and high schools; and adults at colleges and graduate schools. I experienced the joys and challenges as well as frustrations and hardships of the profession.

I retired in 2005 from a teaching position at Queens College, City University of New York and began to enjoy a more relaxing routine. One day, however, my old dream of being a writer suddenly appeared in my mind. I was overcome with strong nostalgia, and a sense of familiarity and closeness welled inside me. At that moment I realized that though my childhood dream might have been dormant in my heart for all these years, it never disappeared nor was completely forgotten. My dream had awakened. I had a new thought that writing might make my life more lively and interesting. I thought to myself, "Why don't I try writing as a hobby?" I realized that I no longer wished to be a famous writer, but now wanted to write short pieces of prose about my personal experiences and share what I have seen and heard from my surroundings at a particular period of my life.

In 2007, my husband and I left the small college town of Athens, Georgia and moved to Atlanta. For the first time in many years, I could access books and newspapers written in Chinese. I was overjoyed. One good fortune followed with another. I met a member of a Chinese reading club in 2010, and she introduced me to the club. The club is made of known scholars, retired professors, poets, artists, musicians, physicians, and writers. We meet once a month except November and December. A member of the club makes a presentation based on a chosen book or topic. A wide spectrum of topics are covered such as literature, history, economics, travel, medicine, and dietary supplements. In such an environment, I found myself deeply imbued in the literary and scholarly atmosphere. My writing desire became stronger, and ultimately resulted in my newfound writing ambition.

My initial piece of writing details my first encounter with Halloween soon after arriving in the United States. The publication of the piece in the Atlanta Chinese News, a weekly newspaper, gave me confidence and strengthened my interest in writing. Afterwards, second and third pieces came out. In the past three years., I have completed eighty-some pieces of work. A majority of the writings were published in the Atlanta Chinese News.

On a July day of 2017, I happened to glance at several document folders lying around at a corner of my study. Inside the folders were my article clippings stuffed in a chaotic jumble. For fear of losing them forever, I started to sort them out. Based on their subjects or themes, I grouped them into four categories: reminiscence of Japan; life in the United States; nostalgia for Taiwan; and random topics. I decided to publish them, and selected seventy-three articles for that purpose.

I am grateful to Showwe Information and Technology Company for publishing the book. Dr. Steve Wang (Wang Shih-fan), former Dean of

Communication College at National Chengchi University, took a personal interest in my publication plan. He inquired often about the progress of my book-to-be. He also took the time off from his busy schedule to write a preface for the book. I am most thankful for his interest and valuable time. As I began to write, I was afraid that my Chinese language skills might have gotten rusty, so I asked my sister or my husband to read my writings in order to avoid errors and improper use of language. I appreciate very much for their time, interest and effort. I am also fortunate to have Ms. Selina Lin (Lin Shih Ling) as my helpful and friendly editor. Ms. Lin led me step by step in the process of publishing the book. She is thorough, efficient, and enthusiastic. She loves her work and devotes to it, and I am deeply appreciative of her.

Atlanta, Georgia, U.S.A.

Autumn of 2017.

Remarks:

Tokyo University of Education was a well-known national university in Japan. It has become the principal body of Tsukuba University in Ibaraki Prefecture since 1978.

目次
Contents

壹　日本風情篇

貳　美國風情篇

參　懷念故鄉篇

肆　談天說地篇

壹、
日本風情篇

一個紅柿

　　離開故國多年，年輕時，每隔一兩年，就回鄉拜見父母公婆，訪問親友，以抒解思鄉之苦，和親人歡聚多日，彼此暢談，互訴生活上快樂或煩惱之後，胸懷舒展，心情輕鬆愉快，有如作了心理治療，暢快無比，足以應付未來一年的思鄉情懷。

　　那年二十剛出頭，離鄉背井，生活在異國，和不同語言，不同文化的人們相處，有時不免覺得孤單，時時感到有口難言之苦，此外，更常為思鄉之情所困。最初我住在東京都郊區千葉縣松戶市，公寓房間很小，我常坐窗邊，瀏覽環顧窗外世界，似乎藉此能夠擴展我的生活空間。秋天來到，我注意到窗外一棵柿子樹上的果實，漸漸的消失不見，最後僅存一個紅中透點淡橘色的柿子，它渾圓可愛，令人忍不住想捧在手心保護它。不知何時，它的同伴一個個離它而去，如今它孤單的掛在枝頭上，秋風吹起，彷彿只有我與之為伴，我坐在那兒沉思，同時注視紅柿，心中想著同伴離開後，它是否感到寂寞？據而一想，莫非紅柿單獨留在枝椏上，是來作為我這異鄉人晨昏的伴侶。

　　想起家鄉，不也正是柿子成熟上市的時節嗎？就像這秋高氣爽之際，母親買菜時，總會帶著些甜美香脆的柿子回家。今日在他鄉，重見柿子，有如異地重逢故友，倍感親切。仔細觀察枝頭上的紅柿，我發覺它比家鄉的柿子大一點，色澤較為鮮艷些，我忍不住常坐在窗邊看著它，守護它，深怕失去我藉以思念聯繫故鄉之物。

　　大學時，每當夏秋交替水果成熟時，住在市郊的親家就滿載一大籮筐的水果前來拜訪，籮筐裝滿柿子、龍眼、蓮霧、酪梨等多種應時的水果，年幼的堂弟堂妹，每次見到親家，歡天喜地，非常親

熱大喊：「親家！親家！」親家一聽，臉上立刻綻開燦爛的笑容，一直稱讚我們家小孩子非常有禮貌。親家來訪時，有時我已北上回校念書，母親來信，就會提起我喜歡的柿子和其他水果，十分心疼我沒能享用。

　　見到窗外這個紅柿，牽引我濃厚思鄉之情，想起故鄉的父母姐妹弟弟，不知如今他們正在做什麼？家中大小是否安然無恙？想著想著，恍然他們就在眼前，伸手可及，一會兒，他們又像在遙遠之處，我的眼眶開始濕熱，視線逐漸模糊，忽然間紅柿映入眼簾，好似對著我微笑，像是鼓舞我，我心神一振，啊！它是我在異鄉的友人。

一山之魚

最初聽說日本有一山之魚販賣，覺得好奇又好玩，魚與山本不相干，魚不生於山，山不產魚，怎麼會扯在一起，去東京不久，果然在家庭式的魚攤上，看見一山一山的魚排列在商店門外梯形木板上，所謂一山之魚是用中盤盛滿一堆魚，減價出售。這些魚並非名貴的鮭魚，也非作生魚片或壽司的鮪魚，更非東京大學學生食堂時常供應的秋刀魚。日本四周海洋環抱，東向太平洋，西臨日本海，海鮮豐富又新鮮，日本魚類繁多，根據日本魚類學會二〇一五年三月十三日的報導，日本共有一百二十種魚，除了常見的貝殼蝦類，還有章魚、烏賊、鰻魚、鯖魚、鯛魚、鱈魚、鱒魚、鮪魚、鯰魚等等，也有帶有毒性必須由專家處理才能食用的河豚，有些魚來自遠洋近海，另外有產於湖泊河川，一山的魚是些名不見經傳，不大不小的魚，方便處理洗淨，對喜愛魚類的家庭，堪稱物美價廉，營養價值又高，是家庭主婦購買三餐的好選擇。

家裡只有兩人，其中一人和魚類素來沒有緣份，因之我不敢貿然去光顧一山之魚，雖然自己十分嗜好魚類，不管大魚小魚，吃起來都覺得味美，有時不免想去買一山之魚，痛快吃一頓過癮，繼而一想，還是趕緊打消念頭吧，一個人吃不了那麼多魚，放著隔天再吃，味道就差了。雖是如此，我常喜歡去一山之魚攤位，駐足參觀，看看今天的魚和昨天的魚是否一樣，價格有何差別。

每當買完蔬菜水果，就到肉類店鋪買少量豬肉碎塊，然後去魚攤，看看是否有腥味較輕的魚可以買回家，看見一山山的魚排在攤位，不禁想起台灣魚市場，魚也是台灣主婦喜愛之物，如同日本，台灣四面臨海，盛產魚類，比起豬肉和雞肉，新鮮又價廉，在魚攤

上看到活生生跳動的魚，並不為奇。未婚前，我家晚飯餐桌上必有一道煎魚，母親每日必買魚，種類時時更換，如果台灣的魚攤上也有一山的魚招攬顧客，不知母親會何等的高興驚奇，除煎和煮味噌湯外，剩餘的部分，大概她會用鹽醃起來作鹹魚，哇！煎鹹魚味道真香，配稀飯吃最棒。

有一天，在東京教育大學校園，偶然碰見林吟，久未見面，相談甚歡，言猶未盡，於是她邀我去她家再敘，順便吃個午飯。我苦於思鄉，有個來自故鄉的人能和我說家鄉話，抒解鄉愁，何嘗不是樂事一樁！因此我滿口答應。林吟和我不同系，她專修漢文學，在東京教育大學台灣來的女生很少，很快的我們交往甚頻，成了好朋友。未遇到林吟之前，我僅認識另一位台灣女學生，她攻讀物理博士學位，比我年長，一副學者模樣，不苟言笑，我十分尊敬佩服她，但無法對她暢所欲言。

林吟的公寓離我家不遠，我如約坐上往大塚方向的電車，二十分鐘就到了，一進門，只見她在廚房忙得團團轉，洗洗切切，砧板上、水龍頭旁邊堆滿食物與佐料品，好個大廚架勢，她拒絕我插手幫忙，我平時每日在家作飯，偶爾有機會偷懶，何樂不為，我就坐下來看電視，那時有一首流行歌曲名為「高校三年生」風靡一時，銀幕上男歌星穿著黑色高中生制服，正唱這首歌，一下子，我被他的歌聲深深地吸引，回想自己既快樂又煩惱的高中時光，接下來其他歌星表演，我陶醉在歌聲中，似乎忘記在林家作客。

過了近四十分鐘，林吟說：「菜都作好了，我們可以吃飯了。」接著她把菜一盤盤的端上來，擺滿一桌，一看才知，今天她大顯身手，所作的料理可稱得上漢滿魚大餐，我仔細一看，有煎魚、炸魚、紅燒魚、燉魚和魚湯，另外還有荷蘭豆炒魚片，再加上清炒菠菜，整桌的菜餚以魚為主，這些菜色毫無疑問來自一山之魚，雖是如此，桌上每盤具有不同的風味，尤其炸魚又酥又脆，我們吃了又吃，連晚餐的份量也一起吃下。飯後收拾乾淨後，我們一面喝茶，一面聊天，東南西北，無所不談，學業、就業、朋友、日

本習俗，家人近況，也沒有什麼特別重點，一個下午悄悄的溜走，
兩人過了舒暢愉快的幾個小時。

　　回家後，外子問：「今天林吟作什麼料理招待妳？」我從實招
來：「除了菠菜，全桌都是魚，大概是來自於一山之魚的傑作，不
過我們都吃得不亦樂乎。」他作個鬼臉：「幸虧我沒去湊熱鬧。」
然而他加上一句：「兩隻貓在一起，臭味相投，怪不得那麼開心高
興。」

錢湯

在冷風颼颼，陰雨綿綿的冬日，有時不禁想起日本的錢湯，顧名思義，錢是金錢，湯為熱水，錢湯指付錢之後使用熱氣騰騰的公眾澡堂。日本地窄人稠，普通人家房子不大，多半公寓更是如此，有些袖珍型的公寓僅約有三個榻榻米大，那會有空間作為浴室，要洗澡只好去錢湯。

我七月中旬去東京，正值夏天，九月十月天氣轉涼，每日在家燒些熱水淨身，入冬後，天氣凜冽，家裡沒有熱氣設備，白天有溫暖陽光照入，還可度過，入晚之後，寒氣逼人，難以忍受，想去錢湯，又覺得在大眾面前赤身裸體，展現出生模樣，未免太難為情，因而作罷。一月氣溫更低，偶而雪花飄飄，家裡小型的洗澡方式已不足應付酷寒的冬季，只好硬著頭皮去錢湯試一試。

學著日本人，手拿個小臉盆，放進毛巾、肥皂、洗髮精及其他需要用品，前往附近的錢湯，入口處垂掛一塊藍色布簾，日本人稱為「暖簾」，上面印有「湯」一字，進入大門後，先脫下鞋子放進鞋櫃內，然後有兩道門供男女顧客使用，以進男湯或女湯，隔開男湯、女湯的牆壁大約三公尺高，而錢湯的天花板高度在五至六公尺之間，收費管理員高高坐在日本人稱為「番台」的座位上，他或她可以輕易的俯視左右兩邊男女沐浴者。

初進錢湯，在女湯更衣室解衣之後，用條毛巾遮遮掩掩，目不斜視，快步走到牆壁一個不起眼的角落，趕快蹲下，把自己縮成一團，以便不招人注意，牆壁四周，每隔幾步就裝有一冷一熱兩個水龍頭，接了冷水和熱水，在臉盆調好水溫，開始淋身洗澡，此時整個浴室水蒸氣白濛濛一片，並不見有人注目別人，原是自己神經作

怪，窮緊張一陣，本來人體就是這麼一回事，雖有環肥燕瘦之別，但大家都擁有同樣的器官，沒有什麼值得大驚小怪的。浴室的另一端有個大浴池，可容十多人泡湯。洗浴者必須先在水龍頭前洗淨身體，沖淨肥皂泡沫，然後才能進入大浴池，享受泡湯之樂，走入浴池，身體很快的發熱，皮膚變得粉紅色，頓時全身輕鬆舒暢，飄飄欲仙。

使用錢湯必須遵守規則禮節，否則觸冒他人或造成別人的不便。首先必須攜帶洗浴需要之物，或向管理員購買。下去大浴池之前，要先洗淨身子，帶來的毛巾絕不可帶入浴池。有些錢湯不准身上有刺紋的人使用，以防流氓地痞滋事生非，如果刺紋不太顯著，有時尚可通融。

有了一次經驗後，再去錢湯，就大大方方，十分坦然，不再躲躲藏藏像是作賊。翌年春天，一位新來的台灣留學生來家作客，閒談之間，聽說錢湯管理員高高在上，往下一望，男女兩邊沐浴者皆可一覽無餘，他大感興趣，好奇又羨慕，聲明課餘要找個管理員工作，以欣賞女湯的旖旎風光。

對一些日本人來說，錢湯的作用不只是洗澡而已，也是個互相表達關懷友誼之地，沐浴者一面交談，一面沖洗對方的背部，其樂融融，工作之後，這何嘗不是一種抒解緊張壓力的方法。大家赤身裸體，以出生無邪之態，坦誠相談，其表現的真摯大概不容置疑，這種感情日本人稱為肌膚之親（skinship）。

日本早期的錢湯，源自印度的佛教廟寺，然後由中國傳到日本。奈良時代（西元七一〇年至七九四年）只有廟裡才有澡堂，洗澡是宗教性的行為，使用錢湯者僅限僧侶。到鎌倉時代（西元一一九二年至一三三三年），有錢人和上等階級也允許使用。一九二三年，大正執政期間，關東大地震，燒毀破壞東京和其他都市大部分錢湯，自此錢湯的木材地板改換為磁磚。二次大戰期間，東京都建築住宅房屋被轟炸毀壞殆盡，在人們需求下，錢湯大幅增加，於一九七〇年達到頂峯，之後日本經濟大為提昇，家庭私人浴室逐漸普

遍，錢湯也隨之減少。現代年輕的日本人不喜歡去錢湯，和上一輩的人不同，他們已不習慣在他人面前赤裸身體，老一輩的日本人甚感遺憾，他們認為失去錢湯肌膚之親的機會，人們怎麼會學習最基本社交禮節。

　　在此寒冬之際，回憶東京的錢湯，想像那溫熱的浴池，嬝嬝上升的蒸氣，白茫茫的瀰漫室內。泡澡之後，身體溫暖舒適，一面喝啤酒，一面吃壽司，多麼美好幸福。家裡雖有小浴缸、漩水浴缸（Jacuzzi），到底比不上錢湯的大浴池，也許下次去日本，再造訪錢湯，享受別有一番滋味的日式情趣。

菊花

　　十月來到，艷陽逐漸收斂威力，伴著和煦的陽光和涼爽的秋風，菊花四處可見，公園、庭園、住家的花圃展現可愛的菊花，金黃色、橘子色、暗紅色、雪白色，五顏六色，五彩繽紛。菊花高貴雅緻，呈現不同式樣，有些看來雍容華貴，有些纖細可愛，更有些花朵像是女人蓬鬆的頭髮。日本菊花之美，在世界上數一數二，日本園藝專家細心研究栽培菊花的方法，以獨特技術培養各式各樣的菊花，其樣式之多，色彩之美，令人大開眼界，嘆為觀止。

　　日本人喜愛菊花，有其文化背景，菊花源自中國，據說有藥物作用，於八世紀傳入日本，以後四百年間，日本皇室獨鍾菊花，他們相信菊花能夠延年益壽。平安時代（西元七九四年至一一八五年），天皇對菊花喜愛至極，讚賞菊花之美，每年於九月九日，即中國重陽節，文武大臣進宮拜見天皇，君臣同賞菊花，共飲菊花酒，到了十月末，天皇擺設殘菊宴，邀請眾臣為將要凋謝的菊花送別，看來那時日本天皇欣賞花木，風雅之情，不亞於中國的文人墨客。

　　十二世紀後，菊花成為皇室家紋，菊花專家努力研習，耐心實驗，終於培養出瑰麗多姿，巧奪天工的菊花，江戶時代（西元一六〇三年至一八六七年）菊花的種植技巧達到最高峰，栽培了多種樣式的菊花盆栽，明治時代（西元一八六八年至一九一二年）十六花瓣的菊花正式被皇室採納，作為天皇家紋，明治維新後，雙層十六花瓣菊花成為天皇專用紋章，其他皇族可用菊花作為家紋，但必須稍加修改，比如用十四瓣菊花紋，家臣則用八瓣菊花紋，從此菊花和皇室結下不了緣，千年來不分不離，菊花象徵日本皇室，所謂菊花王朝由此而來。

　　日本天皇使用的菊花紋章，異於日本政府所用的泡桐印紋，這菊花御紋是黃色或橘色的菊花，以黑色或紅色為底，十六花瓣排列成圓形，花瓣正中有個小圓，花瓣背面另有一層十六花瓣，但除花瓣末端露出可見，其他部分全都被上層的花瓣遮蓋。這菊花御紋象徵天皇，顯示尊貴權威。明治天皇設立的菊花勳章，是日本公民能獲得的最高榮譽，為增進對外友誼，日本政府也頒發給外國人，英國的伊麗莎白女王曾獲得此勳章。日本駐外大使館玄關大門上也有皇室菊花御紋，政府發行的日本護照以紅色為底，而正中就是金黃色菊花紋，五十圓硬幣後面也有個菊花紋，國會議員佩帶的胸針有菊花紋，二次大戰，日軍武器、軍艦上面刻有菊花紋，鼓勵軍人效忠天皇，英勇作戰。

　　菊花從中國輸入後，甚得皇家歡心，民間熱衷於菊花的栽培與改良，園藝家費盡心思，培養各種樣式的菊花，長出巧奪天工的菊花，用盆栽種植多種多樣的菊花，蔚為風氣，住在江戶（即今日東京）的花藝專家，研發菊花人形（菊花娃娃之意），或用菊花雕成日本歷史故事中著名的景象，直至今日，在菊花展覽會，仍能見到菊花娃娃的作品。

　　每年秋季，十月至十一月期間，日本全國各地都會舉行菊花展覽，東京都內的菊花大會，規模最大，展示菊花的數量和品質，為全國之冠，各式各樣盆栽菊花，顏色鮮豔嫵媚，也有清新潔白，更有高貴金黃，菊花形狀各有千秋，爭奇鬥艷，除了常見的單一盆栽外，亦有所謂的大作作品，即是由許多盆栽集合一處而成一大片菊花；另有懸崖菊，這是單株菊花栽培得像懸掛的瀑布；也有大傘面形狀的菊花奇景，即每盆由四百花朵組合而成，花朵排列整齊，全部一起開放；管物菊有管狀花瓣，而丁字菊，長莖上面有一朵像帽子形的花朵，另外還有不同地方出產的可愛的花朵，嵯峨菊和肥後菊便是例子，它們花瓣細長，另有一番情趣。

　　東京都的菊花展，以新宿御苑、日比亞公園、明治神宮的菊花展最富盛名。明治神宮佔地廣大，達七十萬平方米，裡面有三百

五十不同種類的樹木，總共十二萬棵。走進偌大的神宮，首先映入眼前的是一座高大雄偉的鳥居，鳥居的建材是來自台灣阿里山的檜木，順著碎石走道往前邁進，置身幽靜綠色淨土，眼睛瀏覽花架上不同顏色、不同樣式的菊花，有燦爛奪目的菊花、雍容高貴的菊花、小家碧玉的菊花，不同形狀，大小不一的花朵，在秋日下午柔和陽光下，顯得嬌美動人。

　　皇家喜愛菊花，以它作為家紋，象徵皇室，代表日本，然而它不是日本國花。日本民間喜歡櫻花，四月櫻花盛開，上野公園花海一片，花兒柔和纖細，微風吹起，花瓣輕輕的飄落，人們坐在櫻花樹下飲酒賞花，載歌載舞，其樂無比。日本並無正式的國花，如果菊花是皇室的家紋，似乎可把它當作非正式的國花，比起嬌柔細嫩的櫻花，菊花較能象徵華麗、尊貴與權威。

古老的傳說

　　遠在明治維新以前，兩、三百年前的日本，在本州山中有個窮鄉僻壤的村莊，住了約百戶的人家，村民勤勉樸實，務農為生，日出而作，日沒而息，男女胼手胝足，終日勞苦，以求溫飽，然而所得糧食仍只能糊口而已，大人總感覺生活上有所欠缺，只有小孩子不受影響，他們在屋外空地上玩耍追逐，嬉戲叫喊之聲，不絕於耳。

　　村莊有個習俗，那是由上祖時代就留傳下來，即是村上人家不論男女，活到七十歲，就必須上山，回歸自然，如此村上少一口，省下的米糧就給予年輕力壯者或正在成長的孩子，風俗一向如此，沒人懷疑或抗議。話說村上有一婦人，年已七十，身體硬朗如昔，滿口牙齒齊全，為使自己變得衰老，她用石頭敲打牙齒，弄得滿口血水，牙齒仍不脫落，每日吃飯，她深覺羞愧，有如偷了米食，苟且偷生似的過日子，白天她儘量迴避村民，趁曙光未現或夕陽下山後，才偷偷外出，幫忙兒子農事，兒媳十分孝順，善待她一如往昔。

　　村上長者開會結果，終於決定一個好日子，送她上山，長者們在婦人上山的前夕，為她開個惜別會，桌上擺滿平日罕見的佳餚美酒，村長致辭，感謝婦人一生勤儉持家刻苦耐勞，酒過三巡，飯飽酒酣之際，大家離情依依，祝福婦人來生幸福美滿。婦人雖捨不得離開兒子及親人，但只能遵循村莊習俗行事，想到上山後，將面臨孤獨、饑餓、野獸、死亡等情景，她不寒而慄。

　　次日清晨，兒子背著母親，走出家門，朝向遠處若隱若現的山頭走去，母子兩人百感交集，很少交談。兒子自出生，牙牙學語，

到成人結婚生子，一幕幕景象在母親腦中重現，今日要和兒子永別，不勝唏噓，默默的流下眼淚，兒子雖沒看到或聽見什麼，忽然問道：「歐卡桑（媽媽），您累了嗎？」母親回話：「沒有什麼，我只是在想以後不知誰幫忙照顧兩歲的五郎？」兒子安慰母親：「不要想太多，您一生作的已經太多了，船到橋頭自然直。」

中午時分，他們抵達山下，母子倆停在樹蔭下休息吃飯，母親今天起了個大早，做白米飯糰並撒上黑芝麻，另加茶水，作為中餐，想到這是母子最後一次共餐，兩人心事重重，毫無胃口。片刻後，他們又開始上路，不久進入山中，空中不時有迅速飛下的老鷹，像是在喙食什麼，他倆繼續前進，此時在遠處，依稀可見乾枯屍體躺在地上或靠著山壁，他們儘量避開視線，向前走去，之後在山腰的隱密處發現許多白骨散滿地上，令人毛骨悚然，他們的眼睛儘量向前直視，過了一個時辰，兒子發現有個舒適地點，在一塊大岩石下，他撿了些樹葉，厚厚鋪了一層，決定留下母親在此終老，他留下幾天的糧食和飲水，感謝母親養育之恩，和母親道別，請母親原諒他，母子生離死別，泣不成聲，難捨難分，看到時刻不早，再過兩個時辰天就黑了，母親忍痛催促兒子趕快上路，她說上山時沿路都丟下小紅布條以免兒子回程迷路，她告訴兒子只要順著小紅布條走回頭路，就會安全到家。母子無語相對，終於母親橫下心說：「快走，趕快去，否則天黑，就到不了家。」

兒子終於邁出第一步，不敢回頭再望母親一眼，然後半走半跑往山下而去，走了幾分鐘，他再也忍不住汨汨流出眼淚，而後嚎啕大哭，不斷自責，把母親丟棄在荒山野外，和禽獸有何差別，他邊走邊哭，大約過三十分鐘，他毅然決然轉身回頭，一路跑回山上，找到母親，懇求她一起下山回家，此時母親淚流滿面，向他點頭，兩人遂順小紅布條的小徑走下山。

因糧食短缺而犧牲地方上的老人家，其實並非只發生在古老日本偏僻小村。現今印度有州名為Tamil Nadu，仍有此惡習，是日清晨先給予老人油浴，然後給他喝椰子水，結果老人會因腎臟衰竭，

導致發高燒痙攣，一兩天內就去世。二〇一〇年，Virudhunagar地
方發生不幸事件後，政府當局就特別注意老人安全，提防他們無謂
的犧牲。據說愛奴Inuit讓老人家在冰上凍死，只在饑荒年頭，才會
發生這樣的悲劇，一九三九以後就不曾再發生過。

一個愛情故事

　　童年時代，母親講了許多日本童話故事，像桃太郎、白鶴報恩和浦島太郎等，我百聽不厭，一而再，再而三的要求母親講了又講，初中時，母親說了一個日本愛情故事，只記得男女的名字各為貫一和阿宮，他們因為金錢而分手。那時我醉心中文小說，也熱衷西洋文學作品，涉獵《簡愛》、《傲慢與偏見》之類的書本，因此未曾追問母親故事的詳情，對於故事的時代背景及發生地點，沒有留下多少印象。

　　十年後在東京求學，曾和來自台灣的親戚，前往箱根、熱海一帶，走馬看花的遊覽一天，當時只知道熱海因溫泉而聞名。二〇一一年我們重遊熱海，當導遊提起貫一和阿宮在熱海的故事，我立即聯想年少時母親講的故事，頓時對熱海產生一股似曾相識的親切感。

　　貫一與阿宮兩人來自《金色夜叉》，是明治時代甚為轟動的一部文學作品，在日本文壇上佔有重要的一席，作者尾崎紅葉出生於江戶（東京），東京帝國大學畢業，一八九七年起在讀賣新聞連載故事五年半，劇情曲折動人，一時風靡全國，讀賣新聞因此成為最暢銷的報紙，可惜尾崎紅葉英年早逝，三十五歲時因胃癌去世，未完成的故事遂給讀者無限的想像空間。自一九一二年起根據本書發行了二十多部的電影，也編有舞台劇，一九五〇年代來台的日本電影金色夜叉，頗受台灣影迷的喜愛。

　　金色夜叉敘述一個悲哀的愛情故事，貫一是第一高等學校的學生，他和阿宮青梅竹馬，兩相愛慕，互許終生，當時有個富裕銀行家的兒子也愛上阿宮，他贈送阿宮一枚閃爍發光的鑽石戒指，向她

求婚，在不甚明白自己所需何物時，阿宮糊裡糊塗答應這門婚事。貫一得知消息後，失望悲哀氣憤至極，和阿宮在熱海海邊訣別，質問她，責備她，悲憤說了一段極為感人肺腑的話，他說：「啊！阿宮，和妳在一起只有今夜而已，妳對我的關懷僅有今夜而已，我要對妳講的話也只在今夜而已，阿宮，好好記住一月十七日這一天，明年貫一會在何處看這月亮呢！後年的今月今夜，甚至十年後的今月今夜，我一生都無法忘懷，就是死了也忘不了今夜，阿宮，就是一月十七日，明年今月今夜，我的眼淚必會使月亮無光，月亮失去光芒時，阿宮，妳就會想到我在那裡像今夜一樣哭泣痛憤妳。」

　　貫一悲苦交加，不能控制自己，對她咆哮：妳為鑽石而瞎了眼，阿宮跪著拉了他的褲角，被他踢了一腳。貫一深受刺激，自此從事高利貸行業成為金錢奴隸，造成許多人家不幸。阿宮婚後並不幸福，她的不孕以及富貴人家的各種規矩，致使婚姻生活冷如冰庫。一次偶然機會，兩人碰上，阿宮懺悔自責，此後時時寫信給貫一，但他從不回覆。有一次貫一無意中救了一對殉情男女，他才領悟世上仍有真正的愛情存在，貫一與阿宮或許可以重新再來。

　　一百年前的著作，今日仍然受日本人喜愛，為親睹貫一與阿宮最後見面的地點，許多遊客慕名而來，使熱海臨海的溫泉之地更有名氣，成為名聞遐邇的觀光景點。家住熱海附近的館野弘青為了紀念這一對不幸的男女，立一座貫一與阿宮的銅像，放在熱海海邊，另外在雕像的附近種植一顆名為阿宮之松樹。

　　這個愛情故事迴腸蕩氣，令讀者感嘆不已，作者以愛情、金錢與道德為主題，用寫實主義的手筆，創作一個浪漫的愛情悲劇，這悲劇因人為、社會、環境種種因素而造成。沒想到少年時聽來的故事，於數十年後，竟能置身其境，使我對這故事感觸極深，貫一與阿宮不幸的遭遇，常在心中盤旋不去。

失落的約會

　　星期四下午，我們五、六個研究生在入江教授的辦公室，討論蘇格蘭十九世紀文學家卡萊爾（Thomas Carlyle），我因日語表達能力不佳，每當教授宣布下課時，覺得如釋重擔，匆匆離開令我深感有口難言之地。

　　這一天，一如往常，下課後我快步走出，輕鬆在走廊上行走，前往教育大學大門方向，忽然間似乎聽見後面有腳步聲，急促的朝我走來，並且叫著：「賴さん、ちょっと待って！（賴小姐，等一下。）」，回頭一看，原來是岡本同學，岡本也選入江教授的課，因此我們每星期會在課堂裡碰面，他五官端正，儒雅穩重，待人誠懇有禮，高高的鼻樑上架著黑框眼鏡，一副學者模樣。

　　追上來之後，岡本稍微喘氣的說：「こんばあん 一緒に出掛けましょうね？」（今晚我們一塊兒出去好嗎？），我急忙回答：「でも 私……そでは出來ません……」（但是，我……那是不能的……）」我辭不達意說了半天，卻無法婉轉表達拒絕他的邀請，岡本有點摸不清我的意思，或許以為這是女性的矜持，他接著說：「妳對東京不太熟，我們去淺草怎麼樣？那裡有個廟，廟前廣場有個奇大無比的紅色燈籠，上面寫著『雷門』兩個大黑字，附近有很多商店。」見我不作聲，他又說：「我們也可以去新宿逛逛，新宿熱鬧多了，有伊勢丹大百貨公司，又有無數商店、餐廳，歌舞伎町一帶霓虹燈，閃閃爍爍，五彩繽紛，非常美麗。」我正思考如何回答時，他又熱忱提出另一個計畫：「我們也可以先去吃中華料理，然後去看場電影，聽說《阿拉伯的勞倫斯》很不錯，值得去看一看。」

　　岡本一下子提出三個計畫，要我從中選一，只是我每個都不能選，因此我說：「済みません，私……」（對不起，我……）」我不知如何接下去，吞吞吐吐，半天講不出通順又婉轉的話，岡本大概等得有些不耐煩，他說：「今天傍晚六點鐘，我們在教育大學對面的地鐵站碰面，然後再決定上那兒去，「では そうしましょう，またね。」（那就這樣子好了，再見。）」他說完後，對我一笑，愉快的走開。

　　我在走廊上發呆一會兒，不知如何是好，腦子如同亂麻一團，去赴約完全不可能，不去赴約又怎麼挽回這個局面，想了又想，終於想出一計。我立刻跑出校門，搭上往大塚的公車，下車後，搭上環繞東京都國鐵之一的山手線，在王子站下車，直奔回家，馬上打電話給芙美，芙美就讀東京大學，剛入學不久，功課不忙，她是我交往十多年的摯友，我上氣不接下氣的說：「芙美，妳一定要幫我這個忙。」然後我一五一十的告訴她事情的經過，我形容岡本的身高長相，然後請她去教育大學對面的地鐵站，告訴岡本我不能赴約，芙美一口就答應了。

　　之後我稍感平靜，吃晚飯時，我向新婚的丈夫提起岡本約我外出一事，他笑著說：「妳真天真！是新來東京的鄉下佬，妳知道每天在地鐵站進進出出的人有多少，芙美從未見過岡本，怎麼可能認出他？」接著他又說：「我看芙美和妳半斤八兩，都是土包子，否則她就不會答應妳去做這種傻事。」我心裡十分不安，越想越感歉疚，我不要芙美白跑一趟，也不願岡本白等一場，見我沉悶不響，不動碗筷，他安慰我：「來來，快吃飯，不要再想了，嘗一嘗我做的蛋包飯，味道滿不錯，岡本大概早就離開了，他絕不會癡癡在地鐵站一直等下去。」

　　一星期總算過去了，星期四下午我們又在走廊碰上，岡本緊繃著臉，一見我就珠連炮似向我嘰哩咕嚕講了一大堆，說他在地鐵站左等右等，深怕我路上塞車，又怕我迷路，傻傻的等了一個多鐘頭才離開，我自知理曲，低著頭不住的向他道歉，岡本似乎仍

然生氣，他說：「若し いやでも はっきりと話して ください。」
（如果不要，也要清楚講一聲。）」我又說一遍：「どうも 済み
ません、申し訳ございません。」（非常抱歉，我沒有什麼藉口可
說。）其他請求他原諒的話，其實也說不出來。

　　幾個星期後，岡本氣也消了，我們又恢復友好關係，一起研
究切磋功課，只是他再沒有邀我外出。時間飛逝，一眨眼，我們已
畢業四十多年，同學分手之後，各奔前程，很少聯絡，有時回憶在
日本求學那一段的日子，不免想起岡本，畢竟他是第一個向我示好
的異國男子，但有關他的情況，訊息全無，不知他近況可好，料想
他早已是英文學教授，在知名的大學執教，跟多數日本的英文學教
授一樣，也曾來美國研究深造，取得博士學位，雖然無緣再和他見
面，我時時默默的祝福他事業順利，家庭美滿。

我的日本教授

　　下了課，我飛快離開入江勇起男教授的研究室，半跑朝向東京教育大學校門口外的車站，回家途中強忍住眼淚，剛才上課的情形，一幕又一幕在腦海中盤旋，揮拭不去。

　　入江教授的課是採自由討論方式，學生自選題目，撰寫一篇論文，在課堂上發表，然後大家提出問題討論研究。這星期四輪到我主講，我闡釋美國十九世紀文學家及詩人愛默生（Ralph Waldo Emerson）的著作《自然》（Nature），作者探討人、自然、上帝的關係，此書艱深難懂，充滿奧祕色彩，大概這是超越文義的特色吧！雖不完全瞭解，我洋洋灑灑的寫了十多頁的一篇文章，討論愛默生自然觀的神祕性，自覺尚為滿意，我發給每人一份文章，說明過後，開始討論，入江教授首當其衝，開始批評攻擊，他說這論文毫無創意性及想像力，只是把原文摘要寫下而已，他嚴肅的面孔和冷峻的目光及尖刻言語，令我不寒而慄，一時我的頭腦變得昏昏沉沉，鎮定不下，其他嚴厲評語再也無法聽下去。

　　過些時候，杉禮子發言：「用神祕論這個名詞在這篇文章上似乎不恰當。」禮子進教大之前，已經獲有俄亥俄大學的英文碩士學位，依日本教育界當時的慣例，她必須在本國有個同等學位，才能在日本大學執教。聽了她的評語，入江教授立即轉移目標，他厲聲質問禮子：「什麼叫做神祕論？為什麼在此用法不當？」禮子大概沒有料到這麼強烈的反應，頓時口中無言，噤若寒蟬，不再作聲。我坐立不安，窘迫不已，難堪羞辱充滿心頭，低著頭，望著地板，恨不得腳下裂開個洞，好讓我躲在那裡，不見課堂上任何一人。

　　從小學到大學，一直是老師的寵兒，如此當眾出醜，實在難以

下嚥。五、六年級的黃老師十分疼愛我，星期天要我去學校幫她改考卷，累了，她給我香蕉吃，並借我大人國小人國之類的童話書，她也常叫我處理一些班務。初中時，有位老師在星期日給我補充額外教材，鼓勵我向上，更上一層樓。高中時的余老師非常賞識我，班上或學校如有文藝活動，他要我寫篇文章，我年少不懂事，就百般推辭，藉口沒有時間等等，余老師很有耐心，在旁盡說些好話來說服我。大學時教英詩的陳教授，期末考後，就邀我去他家小住批改考卷，那時師母會做了許多可口的菜餚。回憶這些美好的時光，百感交集，今天何以落得如此狼狽，這是萬萬料想不到的。

　　回家之後，想著剛才上課的情形，越想越傷心，看見窗外樹林的葉子在冷風中顫慄低吟，不覺淚流滿面。外面慢慢地暗下來，外子也回來了，見了他，我忍不住一五一十的向他哭訴，他滿面苦惱，不知如何是好，良久他才說：「入江未免太不近人情！論文寫得未盡理想，也不必批評得一無是處。」見他如此反應，我不免惱怒，向他抱怨：「都是你！」他很驚訝：「怎麼會是我？見妳難過，我心裡也不好受。」我理直氣壯的回他：「如果不是你，我怎麼會在日本念書吃苦，當初西雅圖的華盛頓大學給了我免學費獎學金。」他即刻安慰我：「我已說過幾次，等我拿到學位後，我們就去美國，那時妳念書會容易多了。」想到下週，又要面對入江教授，我心裡一萬個不願意，所以我宣布：「我不想念書了。」他馬上說：「那怎麼行！」我說：「我已經結婚，有沒有碩士學位也無所謂，我在家煮飯洗衣，你喜歡滷蛋，我就天天作，給你帶便當。」他接下說：「我們只有兩人，用不著整天在家作家事，妳會無聊的，妳不必每天作滷蛋，我吃不吃都無所謂的。」我不再作聲，他顯有些著急懊惱，接著他說：「妳不是一心一意想到國外求學，修個博士學位，然後回台執教嗎？怎麼受了一點挫折，就改變初衷？」「反正我再也不想見入江教授。」我毅然決然的說，他思索了半天然後說：「不去上課，那我們看電影去，然後去喝咖啡。」我一聽，心頭有如掉下一塊大石，輕鬆起來。

　　星期四又到了，我們約定中午在外子的實驗室會合，然後到東京大學對面的停車站，搭車前往池袋。不去上課固然高興，但多少有點莫名奇妙的失落感，從小到大，從未因課業上的困難逃避而缺課。上車後，望著窗外，一路上的街道商店都是我不熟悉的，車子過了一站又一站，大約三十分鐘後車子又停下來，外子輕搖我的手臂說：「這是教育大學，妳要下車了。」這是怎麼一回事，霎時我領悟不過來，我往左邊的窗外一看，數十公尺外不就是教大嗎？他又催我下車：「車子快開了，電影改天再看，快一點下車。」他推著我，我茫茫然站起來，走向車門，原來我受騙了，回頭瞪他一眼，罵他兩句，只見他對我揮手微笑，隨著車子揚長而去。

　　既然下車，來到校門，也不想回家，那麼就去學校吧，其他沒有可消磨時間的去處，上課時間一到，硬著頭皮走進入江教授的研究室，他一見我顯得十分意外，原來今天沒有課，上週在課堂上我昏頭昏腦，後半段的時間，視而不見，聽而不聞。此時入江教授和顏悅色，十分友善，和上星期的他判若兩人，在取暖的火爐上他煮了一壺咖啡，我們邊談邊喝咖啡，他說我可能從未寫過論文，因此對論文的內容、結構、組織不熟悉，他鼓勵我不要灰心，這些學來並不難。可不是，在高中、大學時從未有寫報告論文之類的經驗，如此在出發點上，比起日本學生我就差了一段距離，他們要獲得學士學位，必須提出一本論文，難怪我第一次執筆寫論文，生疏而不自知。

　　談話之間，入江教授對我有父執輩的關懷愛護，一時之間我對他的怨氣逐漸的煙消雲散。記得辦理入學手續時，曾有一位辦事員說入江教授是全校最嚴格的教授，我何其有幸，成為他的指導學生，這次總算領教他的厲害。談話之間，我才慢慢的體會到在他嚴格的表面下，蘊藏多少對學生的關切與期望，所謂愛之深責之切，我專注地聆聽他的教導鼓勵，變得心平氣和，對他有了新的認識與尊敬。這件事過後，他曾來我住處探望我，不巧我外出。想起我入學不久，他瞭解外國學生語言上困難，就在授課研究之餘，開了一

門日語課，無條件奉獻寶貴的時間。

　　過了兩個學期，我開始著手準備寫碩士論文的工作，我瀏覽許多書本，參考無數畢業生的論文，終於摸索出一點門路，決定寫十九世紀美國詩人惠特曼（Walt Whitman, 1819-1892）民主、博愛、友誼的一面，閱讀他的《草葉集》（Leaves of Grass）數遍，體會其中意義精華。在寒冬夜晚，我冷凍手指寫了又寫，改了又改，終於完成初稿，然後叮叮噹噹在打字機敲打，最後訂成一本，於十二月初交上去。

　　在論文口試時，入江教授顯得非常高興，他十分滿意，不住稱讚我的論文，他笑著說：「賴樣，依我的評分，妳的論文是A++，我不知是否有比這更高的分數。」在座的高村教授也說：「妳的英文寫得很好。」此時我彷彿回到大學時代風光快樂的日子，到底我在日本念書也不輸人。

　　每每想起多年前在東京求學的片段，可說是辛酸又甜美，感謝入江教授作為我的指導教授，他治學嚴格慎重，一絲不苟，對待學生有如兒女，在課堂上他是個嚴師，在教室外他像個慈父；我也慶幸並感激外子堅持要我繼續學業，我才不致於中途輟學。離開那段日子越久，似乎越想念年輕時在日求學的點點滴滴，那年當學生的苦澀隨著時間的流逝，消失無蹤，如今嘗到的是苦盡甘來，回味無窮的美好回憶。

附註：

　　國立東京教育大學於1978年遷移，併入茨城縣的筑波大學，成為其主體，是日本名校之一。

渡邊阿嬤

　　在東京三年，先後搬家三次，剛去時，住在千葉縣的松戶市，因離東京教育大學稍遠，不久就搬去東京都內的王子，在此地住一年多，完成學業後，我們在飯田橋附近的神樂坂，找到較為寬大的公寓，準備迎接一個新生命。這三個地方，令我最懷念的是王子的住處，因和屋主同住一屋簷下，朝夕相處，彼此較為熟悉。

　　王子住處的屋主是個七十多歲的婦人，姓渡邊，她身體嬌小，彬彬有禮，面貌慈祥，初次見面時，我們跪在客廳的榻榻米上，雙手按著榻榻米，行跪拜之禮，我口中唸唸有詞的說：「幸會，請多多指教。」然後抬起頭，見她仍低頭，我馬上又低下頭，再拜一次，如此反覆數次，我心中暗暗叫苦，天啊！日本婦女真多禮。渡邊終年穿著暗色的和服，雖上了年紀，身體康健，整日忙著家務，心平氣和，從未見過她發怒或激動之樣，對於一個初次離家生活在異國的我，她散發一股莫名的親和力，想把她當作自己親人，就這樣我們尊稱她おばあちゃん，是奶奶或阿嬤之意，我依照日本風俗，出門時就說：「行ってきます（我要走了）。」回家時，一踏進玄關，我就喊：「ただいま（我回來了）。」這些日常生活禮貌之語，彷彿令我有如住在家裡的感覺，多少減輕我思鄉之情。

　　王子是環繞著東京都國鐵山手線的一站。我上學時，先步行十分鐘到王子車站搭火車，然後再轉接公車或電車或地鐵，交通方便。一進渡邊家大門，就見一幢木造房屋，樸實堅固，這裡住著渡邊阿嬤、她的老伴及次女江原，江原夫人年約四十出頭，溫文高雅，端莊秀麗，舉止談吐間散發出一股迷人的韻味，她任職於日本著名雜誌《文藝春秋》，繼續其先夫的職位，從事編輯方面的工

作，獨子松信在慶應大學念書。

我倆的小天地在渡邊木屋的樓上，房間有六個榻榻米大，另有一間較小的房間在隔壁，沒人使用，房間外的走廊上，有個水龍頭和洗滌槽，供我們使用，廚房和洗手間在樓下，和渡邊家人共用，洗澡則外出，用公共澡堂。地方雖小，我們卻甘之若飴，在這裡我們度過新婚後甜美難忘的一年，我也在這個小房間完成碩士學位。我最喜歡坐在房間的窗邊，往外觀望，欣賞窗外公園的景色，小公園正好位於房子後面，隨著季節變換，呈現不同景色，四月來臨，櫻花盛開，眼前呈現一片柔和淡粉紅色，花朵嬌小雅緻，微風一起，花瓣輕盈飄下。秋天一到，楓樹展示艷麗紅葉，和其他橙黃色、棕色的葉子相映成趣。公園遊客極少，有如我私人園地，晨昏我坐在窗邊，欣賞花木，遠眺日出日落和天邊燦爛的雲彩。

每天渡邊阿孃似乎有作不完的家事，她左右雙肩的衣袖吊著帶子，避免工作時，和服長袖礙事，整天她都是這樣的打扮，常見她把壁櫃內的盒子或箱子搬出搬進，忙得不亦樂乎。她生活中的樂趣之一，莫過於見孫子松信回家，年輕英俊的大學生一回家，即變成為王子，備受阿孃的疼愛，渡邊阿孃在廚房忙東忙西，把上好的豬肉片放在爐上烤，香味四溢，飄至樓上，我立刻就知道可愛的孫子回家了，偶爾他帶朋友回家，阿孃忙得更起勁，滿足幸福洋溢臉上，動作變得輕快，頓時好像年輕好幾歲。

一天下午，我看書累了，下樓去查看信箱有否故鄉來的信件，這時渡邊阿孃正坐在矮桌旁邊喝茶，一見我，她似乎很高興，邀我坐下一起喝茶，她從櫃子裡拿出可口的甜點，問我學業是否順利，生活上是否習慣等等。我們邊吃邊談，享受輕鬆的時光。忽然她說：「其實我早就有博士學位。」她平鋪直敘，然後淡淡一笑，這一聽，我大吃一驚，做夢也沒想到眼前這位上了年紀的婦女，原來是博學之士。因教育制度不同，在日本要獲得博士學位可真不易，修完博士課程倒是不難，難在論文不易過關，許許多多的莘莘學子磨了十多年，才能如願以償。以阿孃的年齡，又是女性，擁有博士

學位真是稀奇又稀罕！我掩不住好奇的問：「真的！您是那一行的博士？」渡邊阿嬤輕描淡寫的回答：「我在家庭大學念書好幾十年，終於得到整理博士。」然後她輕輕的一笑，我也禁不住莞爾。也難怪她家裡時時井井有條，整整齊齊，一絲不亂。

作飯時，我下樓用廚房，有時看我做紅燒豬肉加油炸豆腐時，渡邊阿嬤就說：「あら！營養たっぷり（哇！充滿營養。）。」渡邊阿嬤可能和大多數日本家庭主婦一樣，食用肉類較少，吃飯大都配以漬物和味噌湯。如今回想，常覺得有點愧意，我用過廚房後，不知清理瓦斯爐及周圍地方，其實我並非懶惰，在家時不太幫忙家務，不知作菜之後，必須善後。渡邊阿嬤從未說句怨言，想必她把我當作兒孫之輩，從寬待我。

渡邊阿嬤雖忙於家務，對國內外大事十分清楚。一九六三年，日本當地時間十一月二十三日清晨，她一見到我就大叫起來：「大變！大變！アヌリカの大統領はころされた（糟糕了！糟糕了！美國總統被殺了）。」這時我才知道甘乃迪總統去達拉斯訪問時，不幸身中暗槍去世。那天剛好美日之間，第一次利用人造衛星，跨越太平洋，直接現場傳播電視即時新聞，沒想到由美國傳來的首條消息，竟是歷史上如此慘痛的悲事。

在渡邊阿嬤的家住了一年多，畢業後，我們離開渡邊阿嬤的家，搬去神樂坂，嬰兒誕生後，忙著育兒與家務，未能前往探望渡邊阿嬤。離開日本匆匆已過數十載，偶爾憶起在日本生活片段，渡邊阿嬤善良、慈祥、勤勉的模樣，和她溫暖的家，即刻浮現腦中，心頭不覺流過一道暖流。她雖作古多年，但在我心目中，她永遠是我所愛所敬的長者。

媒婆難當

　　那是幾十年前，我在東京教育大學求學時的事情，碩士班的女學生，除我之外，另有三位、禮子、美子和典子，禮子已擁有俄亥俄大學的英文碩士學位，為了在日本的大學謀求教職，必須有本國學位，所以來教大繼續進修，她來去匆匆，顯得忙碌，美子安靜秀氣，似有男友，典子小巧可愛，有點像娃娃，溫文儒雅，待人親切，我和她專攻不同，上共同科目時，就會碰面，她平易近人，遂令我有為她介紹男友的念頭。

　　剛好外子在東京大學，即戰前赫赫有名的東京帝國大學，有個好友名叫賢美，他們兩人共用一大實驗室，朝夕相處，十分親近，賢美客氣謙虛，一見生人，顯得有點靦腆不自在，一看就知他尚無女友，恐怕也沒談戀愛的經驗，介紹這麼一位誠實可靠的男子給典子，似乎十分適合，他們的家庭背景也不相上下，典子父親是醫生，賢美父親是教授，學業完成後，可能兩人都會在大學執教，毫無疑問，賢美會步上父親後塵，當起教授，這麼一想，我更加確定讓兩人見面相識是件好事，外子亦贊同我的看法。

　　主意已定，我直截了當向典子表明我的意思，確定她沒有心儀之人後，我簡單向她介紹賢美及其家庭情況，典子聽了，表示同意先見面相識，同時外子也向賢美簡述典子及其家庭情況，如此這般雙方都同意先見面認識。

　　自此他們開始準備相親第一步工作，即是照張正式像片、填寫一份個人資料表，包括姓名、生年月日、教育程度、職業志向、休閒活動、嗜好等，以及家庭成員的資料，包括父母年齡、職業、兄弟姐妹的年紀和職業等，包含的項目可說鉅細靡遺。一張好照片是

非常重要，它給予對方最初的印象，因此男女雙方都會慎重其事，去相館照張美照，女性大都穿和服，而男子穿西裝，像片放在精緻美麗的紙套內。如此一來，男女雙方及他們父母對於彼此的容貌、教育、經歷及家庭狀況，就有了初步的了解。

相親工作準備後，其次安排他們見面時間地點，讓彼此衡量對方，我們決定在一家高雅的日式餐廳。那天典子穿一件淺黃色洋裝，薄施脂粉，顯得高雅美麗，賢美穿著白襯衫黑西裝，配上暗紅色領帶，容光煥發。家長只有賢美母親出席，經我們介紹後，最初雙方都有點尷尬，可能他們對相親尚無多大經驗，話題從天氣、巨人與大洋的棒球賽開始，轉入各人的學業及嗜好後，他們顯得自在些，不再那麼拘束了，談話逐漸輕鬆活潑起來，開始有說有笑，我倆在旁，也放下了心。用餐中，大家皆顯得愉快和諧，有了酒助興，他們兩人更加放鬆，本來我們只想作個機會，讓他們見面相識而已，以後的發展就由他們自己去決定，不像老一輩的相親，結婚大半決定於相親情況以及個人外貌、職業、收入及家庭背景等等。

相親之後，典子和賢美都十分滿意，典子父母贊同他們開始交往，更進一步認識對方，賢美父親也無異議，很遺憾他的母親有所顧慮，她擔心兒子配不上醫生的千金，如此看似匹配的兩人就失去緣份，令我高興半天的好事，就此結束。

來美後，和正在攻讀藥學碩士的一位女學生常在一起，再度引發我作媒的興趣，我認識一位未婚醫生，自忖這兩人的職業相近，大概興趣不致於相差太遠，應是合適的一對，我準備些茶點，邀請他們兩人到敝舍見見面談談話，男子來自台南，開場白不久，他宣布父親是醫生，母親也是醫生，語氣似有炫耀之意，或許他要讓女方看重他，對他另眼看待，但我在一旁聽了，心中冷了一半，很不是滋味，後來他問我女方作風是否較為美國式，我難以回答，就此不了了之。

又有一次，在台友人希望我就地之便，留意一下，是否有適合的女性，介紹給她兒子，他在亞特蘭大CNN電視台工作，父親是

駐杜拜的使節，兒子希望有個容貌美麗的女友，我義不容辭，一口答應。熟人朋友中，有位同鄉的女兒確實美麗，皮膚白嫩，五官端正，相當吸引人，同鄉聽了男孩的工作與家庭，甚為滿意，於是由我作東，邀請男孩與女孩及女方父母到一家中餐館見面用餐，男孩和女方家長談話似乎投機，只是女孩一聲不響，從頭到尾，不曾說過一句話，我心中納悶不已，美國長大的孩子大半都是大大方方，該不會是害羞吧！作為主角的一方默默無言，戲也唱不下去。半年後我們受邀參加女孩結婚宴席，才知她早已心許同一建築公司的白人同事，難怪她不言不語，來反抗父母的安排。

　　能湊合一樁成功的婚姻，實非易事，所謂有緣千里來相會，無緣見面不相識，容貌、學歷、職業、家世相似者，不一定彼此會產生好感，互相吸引。當個媒婆能成功牽引紅線，恐怕還牽涉到其他有形無形的因素，幾經失敗，還是趁早打消作媒婆的念頭吧！不要再浪費時間精神。

貳、
美國風情篇

美國，我來了

　　我穿了一件在日本橋三越百貨公司訂製的套裝，外子穿了件有背心筆挺的西裝，兩人興高采烈的來到東京的羽田機場，等候傍晚飛往火諾魯魯（Honolulu）的班機，時間是一九六七年五月二十日。這是個留學熱潮，席捲無數莘莘學子，湧向海外的時代，我們也隨著潮流朝向美國。在機場辦妥了出關手續後，我鬆了一口氣，啊！終於可以成行了。回想過去幾個月，著實辦理了許多事情，申請簽證、整理家當，該留的留，該丟的丟，花費了不少心思。幾位朋友特地來機場送行，言談之間，他們流露出無限羨慕之情，興奮之餘，我真想大喊：「我終於要去美國了，一個我夢寐以求之地。」

　　在落日燦爛光輝下，飛機逐漸飛離跑道，瞬間加快速度衝往上空，然後以雷霆萬鈞之勢，飛離東京，窗外美麗晚霞很快退了色彩，白雲慢慢的變成一團團暗淡的棉絮。用完晚餐後，頓覺眼皮沉重，不知不覺閉上眼睛，一覺醒來，機長正報告飛機將飛越國際換日線（International Date Line），為了慶祝這個特別時刻，空服人員給每位旅客一杯香檳，並發給一張證書以資紀念，日本航空公司辦事可真周到。

　　窗外逐漸出現了曙光，在徐徐轉紅的朝陽下，飛機降落在火諾魯魯機場，隨著其他旅客，我們魚貫走向護照海關檢驗處，輪到檢查行李時，我們一打開皮箱，只見裡面一團亂糟糟，小紙袋內的白米散落四處，電鍋、衣服、鞋襪、書籍上面的米，粒粒可見，整個皮箱顯得雜亂無章，有如逃難一般，令我們萬分難堪。出發前有位好心的老兄說在美國買不到米，天天要吃麵包，因此我們裝了一

小紙袋米放進電鍋，以便過年過節時享用，不料這些米竟讓我們出醜。另有一位仁兄警告我們，在美國無法買到感冒傷風之類的藥品，樣樣需要醫生的處方，為此我們買了十多公斤的藥物，從頭痛到咳嗽、從耳疼到腹瀉、從牙痛到神經痛，五花八門，應有盡有，比起鄉下阿雪經營的小店鋪陳列的藥品，毫不遜色。機場人多，空氣沉悶汗濁，外子身穿春天長大衣，肩上背了十多公斤的藥品，不覺出了一身汗，接著「哈啾」一聲，頓時嚇了女檢查員一跳，窘迫之際，他未立即道歉，即刻這位婦女以厭惡眼光掃他一眼，看來她大概以為我們是亞洲來的難民，可能身帶無以數計的細菌來美散布，危害美國人。

　　過了海關，我們來到機場大廳，有個桌子上面，擺了數十杯鳳梨汁，供給旅客享用，我一時很受感動，美國真是個自由（free）國家，就連果汁也是免費（free）的。幾個年輕貌美笑容可掬的女服務員，在大廳內走動，胸前帶著牌子指示：〔我說中國話〕、〔我說日本話〕等等數種語言，此時正是清晨，離我們午夜飛往洛杉磯的時間，整整有一天，何不在這兒玩玩，我向一位會說中國話的女子詢問有關當日旅遊事項，不料我們無法溝通，原來她說的是廣東話，此時外子建議：「妳是學英文的，何不找個美國人打聽一下。」，這個主意倒是不錯，可以學以致用，剛好有個高大面貌友善的男士遠遠走過來，我先在腦子裡造好英文句子，然後走向他，可是我尚未開口，他已匆匆走過去了，可能我個子不夠高吧，他根本就沒有注意到我，再度試一下吧，結果還是不得要領，後來外子自己找個日本人，探聽旅遊事宜。

　　車子載了我們一批遊客來到香蕉園，美國大佬見了香蕉樹，綠葉肥大，每個樹幹上都掛著一串的香蕉，啊哼哦的叫著不停，讚賞不已，我有些失望，期待的是奇觀異景，那是兒時在庭院見慣的香蕉樹，而後我們又去鳳梨園，台灣盛產鳳梨，不看也罷了。接著我們去參觀珍珠灣，在蔚藍的天空下，深藍泛綠的海水邊，參觀莊嚴的USS Arizona戰艦紀念館，令我難以置信二十多年前，一個星期日

清晨，美國在此慘遭日本飛機突襲，損傷重大，我買了份一九四一年十二月七日報紙的副本，以資紀念。

中午我們去國際市集（International Marketplace）的一家速食店，先在看板上瀏覽一番，除了熱狗兩個英文字，其他都是未曾謀面的英文字，因自初中起，喜歡閱讀翻譯的故事文章之類，依稀記得熱狗是吃的，至於它是甚麼東西，吃起來是甚麼味道，我一概不知，熱狗價錢只要兩毛五分，是最便宜的項目，心想狗怎麼會是熱的，莫非是熱騰騰的香肉，心中疑惑不已，雜七雜八胡思亂想時，熱狗出來了，原來是一條香腸夾在船形麵包內，上面可撒放些碎洋蔥，用番茄醬和黃芥末調味，味道不錯，只是份量太少了。鄰桌有人正在吃個大圓餅，橘紅色的烤餅上有紅色小肉片和番茄醬，還有綠色的蔬菜細條，令人垂涎，那是甚麼，看來真好吃，我問外子，他說過去問問看，冒昧走向陌生人說：「你吃的東西叫甚麼？」這未免太唐突，我實在難以啟口，算了吧。晚餐我們有了新策略，改在自助食堂（Cafeteria）吃，所有菜色甜點，陳列在前，我們眼看手比，點了喜愛的食物，吃得開心滿意。

黃昏我們去威基基（Waikiki）海邊散步，腳上踏著柔軟細砂，落日餘暉倒映在海上，瑰麗燦爛，遠處海空相連形成一線，我屏住呼吸，深恐一個氣息，會破壞周圍的和諧與神祕。天黑後我們再度回到國際市集，觀賞呼啦舞表演，一群身材健美的妙齡女郎，頸項掛著花圈，隨著音樂節奏，緩緩的扭動腰肢臀部，舞姿嬌娜誘人，充滿了熱情浪漫情調。隨後我們在各式各樣的攤位巡迴走動，邊走邊看，欣賞把玩引人注目的物品。

在火諾魯魯玩了一天後，我們回到機場，搭乘往洛杉磯的飛機，一上座位，馬上睡去，醒來已到美國大陸，我們提著行李，走向出口處，在黑壓壓的人群中，外子的表兄正微笑，招著手朝我們走過來，我們也微笑立刻的迎上去，啊！終於來到美國大陸。

初嘗美國大餐

　　近五月底一個清新稍帶涼意的早晨，我們從火諾魯魯抵達洛杉磯，初次踏上美國大陸土地，興奮之情油然而生，走向機場出口，表兄滿面笑容，熱情的招手，向我們走來，接著他帶我們去他家，他的房子，光線良好，乾淨舒適。表兄坐在廚房高腳椅子上聽電話，英語從他口中滔滔而出，字正腔圓，流利順暢，有點像好萊塢電影人物談話的模樣。表兄早年在台時，曾任職美軍翻譯官，來美後，英語造詣更上一層樓，見他會話自如，令我羨慕不已，不知何年何日，才能像他說得一口漂亮的英語。

　　中餐後，小憩片刻，表兄和外子兩個表兄弟閒話家常，互道別後情況和親友近況，分別數年，益顯得親密，話題似乎越談越多。傍晚時，表兄帶我們外出晚餐。車子在洛杉磯的落日大道奔馳，外子的表兄坐在駕駛座位，熟練的操縱車子，高速公路的景物迅速往後倒退，車子兩旁的幾個車道也跑著無數汽車。先來美的同學曾在信上告知，來美國求學，必須應付兩大緊張，一是考試緊張，另一是在高速公路上開車緊張。在表兄駕輕就熟的操作下，車速雖快，但車身平平穩穩，我們坐得舒舒服服，投目窗外，觀賞外面一幕又一幕的景象，倒不感覺緊張。

　　車子跑了將近四十多分鐘，離高速公路出口處不遠有家美式餐廳，我們停車進去，剛一入門，裡面顯得有些模糊不清，暗淡光芒彌漫室內，雖不像東京的喫茶店裡面的情人座那麼烏黑一片，但也令我稍微有些壓迫窒息之感，待眼睛適應弱光，周圍人物逐漸清晰浮現，這時我才看清天花板之處，並無木板或他物遮蓋，幾根大樑橫架上面，魚網垂掛而下，四面的牆壁以打魚用具裝飾，這樣的布

置格調，和我在美國電影所見的餐廳甚有差距，向來以為西式餐廳是燈火輝煌，地板光可鑑人，或鋪著地毯，並有優美的音樂輕輕的流瀉室內，這個地方充滿了粗曠自然樸實的氣氛，倒是別有一番滋味，給人踏實的感覺。

坐好位置，服務員送來菜單，我倆除了牛排之外，對美國菜也叫不出什麼名堂來，所以就由表兄全權處理，點好了沙拉後，服務員逐一詢問每人所要的dressing，初次聽見這個單字，有點摸不著頭腦，dress是衣連裙洋裝，難道dressing是正穿衣服之意嗎？可是這和吃的又有什麼關連呢？為了不讓自己顯得太無知土氣，當服務員問我時，我就反問她：「你們有些什麼dressing？」隨即她嘰哩呱啦說了一大堆，我聽得頭腦發脹，除了French和Italian兩個字，我根本不懂她講什麼，法國菜世界上有名，因此我就向她說我要French。不久沙拉上桌，一大盤子內盛著淡綠清脆的生菜、鮮紅的番茄、橘色的紅蘿蔔、紫色的高麗菜絲、白色的洋蔥，還有起司、肉片、乾的麵包粒等多種材料，滿滿裝在一個可愛的盤子內，我不禁嘖嘖稱奇，難怪美國人長得高大，原來他們的食量可真大。表兄把送來小碟內液體倒入沙拉稍微攪拌一下，我才恍然大悟，原來dressing就是沙拉的調味醬，這個字倒是滿有意思，人要美服裝扮，沙拉自然也需要有調味醬佐味。我有樣學樣，把法國調味醬拌在沙拉上，第一次吃起美式沙拉，生菜新鮮味美，清脆可口，酸中帶甜，別有一番滋味。住在東京時，曾吃過沙拉數次，日式沙拉大半是高麗菜細絲，配以炸豬排，比起美式這一盤五顏六色花花綠綠的青菜，未免有點單調，我一口接著一口吃，吃了又吃，奇怪盤中之物似未消減，再用調味醬攪拌一番，生菜份量似乎增多，難道生菜會在盤中成長嗎？我開始努力進攻盤中之物，好不容易盤子終於見底了，我也吃飽了。

接著主菜牛排龍蝦端上桌，牛排發出誘人的油光，龍蝦香味四溢，雖然已經吃飽沙拉，但很好奇，想嘗嘗這道佳餚，我各自切了一小塊，放入口內，慢慢品嘗，牛排只烤過，未加佐料，保留原

味，和神戶牛排大異其趣，據說神戶牛以啤酒餵食，因而肉質特佳，肉嫩味鮮，美國牛排保留原味，隨個人喜愛自行調味，撒些鹽、胡椒或佐以牛排醬，吃起來也蠻有味道，龍蝦鮮美無比，味道極佳，可謂人間上品，我各自吃了一小塊，覺得心滿意足，彷彿已吃完這道美味佳餚。

餐廳光線微暗，桌上小蠟燭發出微弱光芒，或許這是美國情調吧！朦朦朧朧周遭漸漸變得如夢如幻，令人暫時忘記生活上的瑣碎，我倆第一次享受一頓美國大餐，變得輕鬆無比，有些飄飄欲仙，竟不知今夕是何年，置身在何處。啊！異國未來的生活，必然美妙無比，有如這頓美味的美國大餐。

我家第一部車

　　飛越太平洋、美國大陸，從東京來到康州新港之後，在樹木覆蓋成蔭的愛德華街，租下一幢白屋二樓的公寓。在東京習慣狹窄的生活空間，一到美國，放眼所及，廣濶無垠空間，處處青翠蔥鬱林木，恍惚置身人間樂園。把行李及事先寄來的包裹一一打開，輕輕鬆鬆的放進無數的抽屜櫃子裡面，不費多少功夫就整理完畢，有人住進就有生氣，房子一下子彷彿活起來，我默默的感謝在異國有個舒適的家。

　　在新居安定下來，經由一位熟人的介紹，我們認識許多在耶魯大學念書的同鄉，他們熱忱的帶我們去購買餐具以及其他日常生活用品，每個週末跟隨他們去買菜，買慣了東京小商店種類數量有限的食物，最初看到超級市場肉類區陳列的一大塊一大塊血紅的豬肉、牛肉，我甚覺噁心，根本不想碰它們，其他諸如青菜水果牛奶蛋糕等，滿滿裝滿購物推車，只花了十六美元，此時我親身體會美國是地廣物饒的國家。如此過了幾個星期，我們覺得購物外出經常依靠別人，非長久之計，行動要自由，就必須有部車，而且會駕駛它。

　　聽人提起來自香港的馬同學要換新車，我們就和他接洽，結果我們用三十美元買他的舊車，一部藍色有四個車門的雪佛來因帕拉，這是五十年代的車子‧看來雖舊，車身既大且壯，有如戰車，買來學開車，大概合算又適當，我們愉快成交，就此擁有平生第一部車子。不出一個月，外子取得駕照，自此他早上開老爺車先送我去圖書館上班，然後去實驗室工作，晚飯後，我們經常開車去兜風，山坡上看落日，假日去海邊垂釣，日子過得充實愜意。

　　外子拿到駕照不到一個月，耶魯同學會舉辦郊外野餐，決定在近郊的州立公園集合，我們興致勃勃的參加。六十年代末期，就讀耶魯大學的台灣留學生當中，擁有車子的人很少，我家老爺車又大又壯，卻不得人緣，乏人問津，不知是否因車齡太大，失去當年煥發英姿，或是對外子新學的開車技術，信心不夠，不敢問津，結果沒有人敢搭我們的車子，幸虧有我捧場，我家的老爺車以及尚是年輕力壯的老爺子才不致太失顏面，老爺車在街道行駛，穩穩重重，大約一個小時，我們安全無事抵達目的地。

　　參加郊遊的人到齊之後，大家分工合作準備中午食物，有人起火烤肉，有人準備茶水，又有人把事先作好的菜餚擺在桌子上，米粉、滷蛋、炒肉絲、牛肉炒番茄，清炒芥蘭、蛋糕、西瓜、涼粉冰等等，滿滿一桌色香俱全的故鄉美味，令人垂涎。大家邊吃邊談，好不快樂！接著林同學彈吉他，教我們唱歌，享受美好的下午，我們說故鄉話，吃故鄉菜，唱故鄉歌。快樂的時光過得特別快，眼見遠處的夕陽將要下沉，我們開始收拾東西，結束愉快的郊遊，打道回府。歸程和早上來時一樣，沒人要搭老爺車，我仍是唯一勇敢的乘客。

　　天色慢慢的暗下來，我們幾部車子一個個離去，郊外車子較少，接近市區後車輛逐漸增多，商店、路燈也都亮起來。忽然我們聽到車子喇叭聲，聲音有時在後，有時在兩側，斷斷續續，一起一落，我滿腹狐疑：「這是怎麼一回事？好像針對我們。」外子說：「誰知道！我又沒超速。」我回答：「那就不理他們，你開你的車，他們按他們的喇叭。」接著我又說：「如果警察來了，我就說索雷（Sorry），裝著聽不懂他講些什麼。」

　　後來有一部車開到我們左側，車主搖下車窗，向我們示意開進鄰近的停車處，這位仁兄原來是同去郊遊的劉同學，他狀甚著急的說：「你沒開燈，天黑了，別人可能看不見你們的車，如果被撞上，就麻煩了。」他又說：「幸虧沒碰到警察，否則可能被罰款。」其實外子也知道天黑前三十分鐘，就要開燈，只是第一次開

遠程,又是晚上,一緊張就忘記這交通規則,真是謝天謝地,回家餘程老爺車都亮著燈,一路順利無事的到家。

老爺車為我們服務滿兩個月後,我們考慮買部年代較新的車子,瀏覽報紙上的廣告欄,有部車齡僅兩年的一九六五年道奇飛鏢牌車子出售,我們聯絡車主,和他商討價錢和條件,結果我們以一千五百美元成交,並附送老爺車,兩方都高高興興,十分滿意,我們約定在車子代理商店交車,外子給了車子鑰匙,出乎意料,新車主無法發動引擎,可能是下雨天吧!他試了幾次,老爺車仍然無動於衷,難道它在抗議,或是它為人服務的年數已滿,自此要正式退休。我們實在捨不得和它分離,畢竟它是我家第一部自家用車,我們上下班靠它,購物靠它,娛樂也靠它,它是我們來美後最初兩個月生活上不可或缺的第一部車。三十美元以當年的價格來衡量,價值不高,但這部車子在我們心目中,一直是無價之物,它帶給我們方便及快樂,也讓我們體驗新的美國生活方式。

學車記

　　在康州的新港安頓下來後，第一要件是學開車，新港是大學城，沒有四通八達的公共交通設施，不會開車，就出不了門。外子取得駕車執照之後，堅持我也去學開車。大學期間，曾憧憬來美求學，但開車一事，從未在夢中出現，想到能駕車，我不覺躍躍欲試，外子現買現賣，自告奮勇，權充我的駕駛老師。

　　選定一個星期六上午，開始我學車的第一課，外子先說明油門、煞車、方向盤、後視鏡、側視鏡的用法，然後他把車子開到行人車輛稀少的街道，換我坐上駕駛座，隨著他的指示，我雙手放在方向盤，右腳踏在煞車板，發動引擎，再把排檔從停車位置移到駕駛位置，車子跟著動起來，然後我把右腳移至油門，輕輕壓下，車子馬上砰砰的活起來，充滿生命，欲往前奔。我全神貫注，緊握方向盤，雙目直視，如臨大敵，外子在旁提示：「放鬆，不要緊張，現在可以開始了。」我踩下油門，瞬間車子大聲吼叫，向前衝出，我嚇了一跳，他也受驚不小地叫起來：「油門輕輕踩下就可以了，不必用力。」我告訴自己不要太緊張，慢慢來。終於能順利在路上行駛，操作自如，信心增加不少，不知不覺，車速加快，外子又喊起來：「太快了，趕快慢下來，警察來就麻煩了。」我立刻煞車，車子啾的一聲在路中停下，我們的身體同時向前傾斜，他又叫了：「妳怎麼搞的，不是一就是十，要專心。」我自知不對，立即道歉。然後我學左轉、右轉、停車，一切順利進行，原來開車並不如想像的困難，比起騎腳踏車似乎容易多了。

　　我有了基本的知識與技巧後，外子建議去市中心練習，所謂市中心也談不上熱鬧，我繞著市中心的公園一帶的幾條路來回駕駛，

前進、後退、左轉，右轉和停車的技巧顯得進步多了。想到有朝一日能在美國自己開車來往，不覺得意忘形，恨不得在台的親友此時能夠看見我開車神氣威風的模樣。

從小聽長輩警告，視汽車為市虎，事實上並沒有那麼可怕，它只是交通工具而已，這麼一想，膽子變大了，車子本應聽我的，現在我反而怕它，那就不對了，就在胡思亂想之際，踩在油門的右腳不自覺的逐漸用力，此時對面衝來一部快車，我一怕，方向盤偏左轉去，車子差一點越過中間黃線和對面的車子撞個正著，此時外子大喊：「哎呀！妳要撞上對面的車子，妳怎麼啦！」我心臟砰砰的撲通撲通跳個不停，接著他又說：「妳這麼不小心，我被妳嚇得直冒冷汗！」然後他開始教訓我：「開車不可大意，時時要有警覺心，專注於己，也要提防他人。」我自知理曲，就由他去數落，沒想到他越說越起勁，滔滔不絕，說我粗心大意，他越說越遠而且越離題，我不甚其煩，沒好氣的說：「好了，好了，不要再說了，我不要學了，我要回家。」我倆高高興興的出門，回途兩人卻怒目相向，回家後無語相對。

一星期過去了，我們又興致勃勃出門學開車，最初對已學過的東西，顯得有些生疏，幸好過了不久，大部分技巧慢慢的回來。那天學路邊兩車之間的停車，我先要把車子開到前車左側與之靠近且平行，然後倒退車子，憑著適當的距離感，把車子開進兩車之間空位。這個技術作起來並不容易，試了幾次後，決定暫時不學。

我們又去市中鬧區練習，在公園附近的幾條街道行駛。在一次左轉時，當綠燈亮起時，我把車子稍微向前開出，在路中等待適當時候再左轉，對面車輛一部部的過來，我自忖有足夠時間左轉，加快車速，轉動方向盤，沒想到那部車子已在前面，差一點撞上我的車子，我倒吸了一口氣，好險！就差那麼一點點，我嚇得半天說不出話，外子臉色極為難看，我把車子開到路邊停下，以抒解驚恐過度的神經，我們恢復鎮定後，他開始責備我：「為了搶幾秒鐘的時間，妳不應該冒險左轉。」我回答：「我真沒料到那車會衝那麼

快。」他說：「路上各種各樣的人都有，有醉酒的，有吸毒的，所以時時要提防可能發生的各種情況。」其實他說的十分有理，只是我惱羞成怒，氣自己又氣他一著急就大呼小叫，令人心煩，結果我們又弄得彼此不歡，提早回家。

如此過了兩個星期，我開車技術時好時壞，每次兩人快快樂樂的出門，回家時臉上暗淡無光。經過仔細考慮，我決定跟隨職業性的駕駛教師，夫妻之間難以保持客觀，為了開車，兩人搞得烏煙瘴氣，實在得不償失。因此我去拜懷特太太為師。上了幾課後，我也通過考試，拿到駕照，從此我來往自如，充分享受行的自由。今天我能在大街小巷、高速公路自由來去，不得不感激外子堅持要我學會開車，並且耐心的當我的啟蒙老師。

虛驚一場

走出圖書館，迎面而來的是一片廣闊的草坪，放眼望去，夏日的翠綠已全褪去，秋日的清爽涼意瀰漫四處，仲秋已來到康州的新港（New Haven, Connecticut），五彩繽紛的秋葉不再鮮豔的點綴耶魯大學校園，楓樹上只見一些已顯乾枯的葉子。暮色已濃，夕陽在染紅的天際慢慢的下沉。

看落葉隨風起舞，開著車子，約十分鐘就到家了。外子出門，今晚可要給自己放個假，不作晚餐，有了這念頭，不覺開心起來，草草的吃些東西當作晚飯，然後坐在電視機前，準備與之為伴，消磨整晚，換了幾次頻道後，決定看歌唱節目，節目愉快的進行，觀賞年輕俊美的男女歌手，傾聽他們美妙悅耳的歌聲，我似乎進入另一境界，如幻似真，如癡如醉。

窗外逐漸暗了下來，就在這時突然門鈴大響，急促而緊湊，接著傳來陣陣敲門聲，我驚覺的站起來，關掉電視，熄了燈光，躡手躡足走到窗邊，小心翼翼的撩開窗簾一角，往樓下街道探視，只見五、六個半大不小的孩童，身穿奇裝異服，有人帶面具，也有臉上塗抹顏色，又有身披白布，像是鬼魂，另有手持長刀的獨眼海盜，每個小孩都提個橘色的小東西或是紙袋，片刻間他們齊聲叫嚷，我的心不覺怦怦的跳起來。他們喊什麼，我完全聽不懂，這一下我嚇得六神無主，不知如何是好。

來美國五個月，很快學會此地習俗，有約在先，才能登門拜訪別人，我和這些孩子素未謀面，那會有什麼約定，他們為什麼來按鈴敲門，越想越不妥當，所以就不敢下樓開門探個究竟，兩三分鐘後，外面安靜下來，想必這些孩子離開了。好景不常，過數分

鐘，鈴聲又起，我又嚇了一跳，這次是年齡稍大的少年，有人裝扮鬼怪，面目猙獰，陰氣森森，我心臟跳動加快，嘴巴乾燥。這是怎麼一回事？難道有人要來謀害我嗎？不可能吧！我來到這大學城不久，人地生疏，認識的人不多，而且自問不曾得罪人，更莫談跟人結下冤仇。那麼可能和住家的地點有關吧，家在薩群街道末端，據說往右轉過去的那條街，治安較差，我心中七上八下，胡思亂想，越想越怕。

　　如此在七、八點之間一個多小時，鈴聲、敲門聲及孩子的叫喊聲，時起時落，在黑暗的客廳，我心驚肉跳，或坐或站，不知要如何度過晚上，就在我腦子亂成一團時，忽然有個靈感，要向人求救，於是打電話給一起在耶魯大學圖書館東亞藏書部門工作的林先生，我語無倫次向他敘述今晚的遭遇，林兄聽了，並不表驚訝，只聽到他輕輕一笑的說：「啊呀！妳真是個美國土包子，今天是哈囉運，沒有人要害妳。」「什麼哈囉運？我可碰上惡運。」林兄接著說，「每年的十月三十一日叫做Halloween，是萬聖節，這天晚上孩子可扮神裝鬼或任何人與物，逐家上門按鈴要糖果吃，如果不給，他們就會惡作劇。」原來如此，心上一塊大石霍然落下，不諳習俗，落得虛驚一場。

　　來到異國後，又碰上一件新鮮事，美國兒童可真好命，每年一度可名正言順向陌生人要糖果，滿滿一袋而歸。明年的萬聖節我要事先買好糖果，傍晚時分，一聽到鈴聲，我就端著盒子趕快下樓去迎接Trick or Treat的孩子們。

有驚無險

在車站等公車已過了二十分鐘，我不時往街頭的遠處探望，還是不見車子蹤影。冷風細雨不住的吹來，寒風滲入我大衣，雨水打濕我顏面，雨傘擋不住風雨的侵襲，我不禁打個哆嗦，一月的西雅圖真是寒冷逼人。

兩歲多的小寶寶最近咳嗽流鼻涕，依托兒所規定，工作人員不可給小孩子服藥，因之我上完課後，從華盛頓大學搭車去托兒所給他感冒藥水，然後搭車回家，沒想到這路線的車子班次不多，左等右等，車子就是不來。就在我翹首往左再望之時，一部白色小型箱形車子慢慢行駛過來，車身有Sears字樣，開車男人轉過頭來像是邀我上車，我裝著沒看見，數分鐘後，車子又折回，開車男人面向我，示意我上車，我仍然作個視而不見的模樣，車子又離去，如此再反覆兩次，我都不理不睬，到了第五次，他把車子開得離我近些，他面帶微笑揮手要我上車，許是寒風細雨凍壞我的腦筋，我不自覺的走向車子，一坐下來，車子立即開走。

上車後，全身暖和舒適，頭腦隨著清醒過來，馬上知道自己做錯了，做夢也沒法想像自己會糊塗至此地步，冒然走進一個陌生男子車子。我自認不輕浮不毛躁，做事謹慎，現在作了如此糊塗事，實在意想不到。留學生圈子曾流傳女生誤搭陌生男子的車子，招致不堪設想的後果，或被非禮，或被傷害，或被丟棄在高速公路上，如此聳人的傳聞，絕非瞎編嚇人的。現在我的處境有如身陷虎穴，安危完全操縱在身邊男人手中，我越想越怕，不禁打個寒噤，他開口：「妳冷嗎？」我回答：「不是的，車內很溫暖，我只是有點著涼，謝謝你。」

　　我偷偷的向左瞄了他一眼，這個人大約三十歲左右，五官端正，穿戴乾淨整齊，顏面毫無凶邪煞氣，如在其他地方碰面，我會以為他是個研究生呢，這麼一想，覺得安心一點，繼而一想，光憑外表，無法辨識人的善惡，到底他有什麼企圖，他的動機何在，我心中七上八下，胡思亂想，坐立不安，絞盡腦汁思考如何才能脫險，我自問：這可能嗎？我被困在一部行駛的車上，他操縱車子，我的體力不及他，如今又沒人知道我的困境，想了半天不得要領，更加憂慮，也許往正面想，心裡就不會那麼難受。他既然開Sears的公務車，必定是那商店的雇員，料想他不會做傻事以致丟掉飯碗，這樣反覆思考來安慰自己，不言不語，光是焦慮也無濟於事，因此我故作鎮定和他談話：「好冷的天氣，又刮風又下雨。」他轉過頭來問道：「妳要去那裡？」我回答：「我要回家，公車又不來，大概天氣不好，車子有故障。」他問了我地址，我據實相告，雨水繼續淅瀝打著車窗，雨刷左右擺動，隨著雨速時快時慢，我心裡暗暗的埋怨：「如果不是這該死的風雨，我絕不會此時在車上如坐針氈。忽然他冒出一句：「妳是學生嗎？」他似乎也想打破僵硬氣氛，我回答：「我在華盛頓大學念書，秋天才開始。」他的興致好似來了：「我很喜歡華大，春天櫻花盛開，校園真是迷人。」他似乎沉醉於過去，難道他曾是華大的學生嗎？我又開始胡思亂想。

　　車子開進住宅區，行人車輛漸漸稀少，空氣中凝聚茫茫白霧，視野不佳，他注視前方專心開車，不久白霧逐漸消散，他說話：「再過十分就到妳家了，到家後我進去喝杯咖啡好嗎？」這一問完全出乎意料之外，我立刻回答：「真抱歉，今天我有點頭痛，又有些作業必須作完，改天好嗎？」我雖無意和他交往，但也和顏悅色的對他說話，他好似有點失望，接著說：「那我什麼時候來呢？」「這樣好了，星期六好嗎？那時我丈夫在家，我們可以一起喝咖啡聊天，我烤個蛋糕。」我提議。他馬上問我：「妳結婚了？那妳丈夫會不高興的。」我馬上回話：「不會的，你幫助我，他會歡迎你來，我的朋友就是他的朋友。」其實我和他素昧平生，算是那門的

朋友。

　　然後他不再說話，到家後，我再三致謝向他道別，下車後，大大鬆了一口氣，慶幸沒有碰上壞人，這個男人可能在沉悶的雨天無所事事，想找個人談天解悶而已，剛好見我在雨中等車，自動的載我一程。其實在車上，他從未說過或做過令我臉紅之事，他規矩的開車，偶爾跟我說話。剛上車時，腦海中浮現種種可能發生的事情，甚為慌亂害怕，後來見他一本正經模樣，心裡就坦然了。

　　雖說如此，走進家門後，趕緊把門關上鎖好，腦海又浮現新的焦慮，他會回頭來找我嗎？或許是我以小人之心去猜測他，可是常言道：「害人之心不可有，防人之心不可無。」我躲在窗簾後悄悄向外探望，街頭上並沒有半輛車子，也許他會從後面破門而入，我坐立不安，不得安寧。天黑了，外子帶著小寶寶終於回來了，我總算不必獨居一處，心有餘悸，我一五一十向他訴說誤上陌生男子車子的經過，他睜大雙眼，面上帶著不可置信模樣，然後大叫起來：「妳怎麼這樣笨！」我自知做錯事，無可辯白，遂沉默不語，任由他去說。

　　之後一個星期，下午沒課，我也不敢回家，深怕他會找上門來，難道是我疑神疑鬼來嚇唬自己嗎？好幾天又過去，平安無事，謝天謝地那人從未出現，大概正如我猜想，他是個正人君子，那天下午，他只是基於善意去幫助一個受風雨之困的年輕女子。

一棵聖誕樹

　　聖誕節前一天下午約兩點，外子回來了，一進門，非常高興的說：「我終於可以回家住下來，再也不必在亞特蘭大和費城之間來回奔波。」他神采飛揚，繼續說：「每天住在旅館，令人發慌，吃在餐館，令人發膩。」外子在喬治亞太平洋木材公司的研發部門工作，那時亞特蘭大的辦公室和實驗室尚在興建中，因此他被派往費城近郊公司的另一地點工作，最初他每週回家一次，後來改為每十天一次，可以在家多住一兩天，如此飛來飛去，已超過半年，我日夜祈求盼望，他早日回家安定下來，如今如願實現，歡喜興奮之情自然不在話下。

　　休息一會兒，近傍晚時分，他高興的提議：「我們去買棵聖誕樹怎麼樣？」我立刻贊成：「好哇！孩子一定會很喜歡，媽媽從沒看過聖誕樹，也會覺得新奇。」我們馬上去鄰近的A&P超市尋找一番，右看左看，就是看不見聖誕樹蹤影，奇怪！前幾天才看到許多生機勃勃的聖誕樹，現在那兒去了？我心裡納悶不已。外子去詢問店員，他說：「我們快關門了，沒有賣掉的聖誕樹都丟進後面的大垃圾箱，你們自個兒去那裡拿一棵好了，不要錢。」依他指示，我們跑去垃圾箱，合力拉出了一棵聖誕樹，然後在超市內，買些裝飾聖誕樹的小玩意兒，高高興興如獲至寶的回家。

　　這是我們來美後，擁有的第一棵聖誕樹，三歲的博兒十分好奇，用他小指頭時常去觸摸綠色的葉子，八個月的嬰兒似懂非懂的指著聖誕樹，依呀依呀的叫著，我和媽媽用紅毛線做了很多蝴蝶結掛在樹上，另外也掛上超市買來的小裝飾物，然後把金光閃閃的長條由上往下環繞聖誕樹，另外又繞上彩色燈泡電線，電源接上，哇

啦！綠色的樹驟然間變成一棵美麗無比的聖誕樹，彩色燈光一閃一爍，燦爛奪目，我們互視對方，臉上綻開微笑，博兒拍手叫著：「你們看！」外子說：「來來博兒，過來照個像。」博兒站在樹邊，身穿一件深藍色西裝上衣，頭戴一頂小紅帽，露出自信驕傲的笑容。

　　客廳窗邊的聖誕樹，五顏六色燈光一閃一亮，非常耀眼，聖誕節那天我們沒有火雞大餐，但我們也享受一頓美味豐盛的晚餐，坐在餐桌，望著美麗閃爍的聖誕樹，心中充滿幸福、和祥、溫暖之感。想起大學時代時常憧憬來美留學，夢中有美國校園和教授，但美麗的聖誕樹從未在夢中出現。今天在異國居然和當地人一樣的過聖誕節，多麼奇妙的感覺。當時母親來探望我們，她又好奇又興奮和我們共享聖誕節的歡樂，聽說一棵聖誕樹售價三十多美元，而我們眼前的聖誕樹不必花錢，母親就說：「如果明年你們等到聖誕節前夕才去買樹，就不用付錢了。」想想還是早點買比較好，過節的快樂不只在於當天的慶祝，等待節日來臨的那種期待盼望的心境，也是歡樂之一，更何況早些日子買回家，會有更多時間和小孩一起裝飾聖誕樹，能早點欣賞聖誕樹之美，何樂而不為。

　　來美第三年，我們才有一棵聖誕樹，有了孩子畢竟不同。剛來美國的那個聖誕節，我們趁著聖誕新年假期去華府一帶遊歷數日，第二年我們西遷西雅圖，我就學於華盛頓大學，秋季學期一結束，頭腦有如緊繃的螺絲釘一下子鬆懈下來，多作不如少作，假期只跟李同學用現買的剪裁紙，學作一件孕婦裝。如今有了兩個稚齡孩子，家裡要有個好環境，好讓他們有學習機會。入鄉隨俗，首先讓他們親身體驗聖誕節，這個節日有火雞吃，有禮物又有聖誕老公公，小孩必會喜歡。

　　孩子一年一年的長大，每年我們都習慣的買棵聖誕樹，博兒對於佈置聖誕樹，最為熱心，最有興趣，上大學時，每逢寒假回家，聖誕樹的購買與裝飾，都由他領頭，然後我們把禮物放在樹下，客廳頓時光輝四溢，燦爛美麗，多麼快樂的家人團聚節日！時間飛

快，兩個孩子先後完成學業，各自成家立業，家裡也增添了孫子，現在我們不買聖誕樹了，過節時我們多半去孩子們家，和他們一起歡度聖誕節，我們一面享受聖誕餐，一面觀賞美麗的聖誕樹，想著我倆由兩人而四人，終增至十人，覺得心滿意足，感謝上蒼賜與幸福的家庭和美妙的人生！

失去寵物

　　八歲的小傑飛張開眼睛醒了過來，習慣的躺在床上翻身幾下，伸伸雙腿，陽光穿過鵝黃色的窗簾照進房間，在一片柔和寧靜晨光中，傑飛覺得很開心，因為今天是星期六，不必上學。

　　吃過早點後，傑飛來到庭院，放聲大叫：「史各特，你在那裡？」立刻有一隻淺褐色帶著米黃色的小狗跑了過來，一面喘氣，一面撲向傑飛，不住舔著他，傑飛抱住牠，撫摸牠身上柔軟的毛髮，口中喃喃的說：「好孩子！好孩子！」然後傑飛說：「我們去拿報紙吧！」史各特異常興奮，趕到傑飛前面，朝向車道往前奔去。突然間，傑飛聽到史各特大聲狂吠，遠遠的他看見一部陌生的車子在車道盡頭信箱旁邊，他心中充滿狐疑與不安，飛似的跑向史各特，不幸未達終點，一聲慘叫劃過寂靜的晨空，傑飛衝向史各特時，見牠靜靜的躺在地上，毫無一點氣息，傑飛抱起牠，撫摸著牠，放聲大哭不住叫說：「史各特，不要這樣，快醒過來。」

　　早上八點鐘不到，門鈴叮噹響起，傑飛的媽媽好奇去開門，一個陌生男子站在門外，吞吞吐吐的解釋他無意撞了一隻小狗，未等他說完，她和傑飛的爸爸飛快跑到車道末端，只見小傑飛兩手抱著史各特，淚流滿面，雙眼熱切的望著爸媽祈求：「爹地、媽咪，請讓史各特活過來，媽咪，請救救牠！」傑飛的媽媽眼眶一紅，淚水涔涔滴下，傑飛緊抱史各特嚎啕大哭，爸媽抱住他，安慰他，卻無法抒解傑飛的悲痛於萬一，他們三人傷心的哭成一團。

　　突然失去可愛的玩伴，傑飛無限的悲傷，進入屋子後，他仍然斷斷續續的抽噎，父母見他如此哀傷，難過之餘又非常心疼，傑飛繼而自責，埋怨自己：「如果我不叫史各特和我去拿報紙，現在牠

還是好好的。」說著他又掉下眼淚。

　　一年前，在傑飛百般的要求下，父母終於答應他飼養一隻狗，帶回三個月大的史各特回家後，很快的，牠變成傑飛最佳玩伴，他們形影不離，上學時，史各特跑到路邊送他，下午一見他回家，史各特就即刻跑去，在他身邊跳來跳去，發出興奮快樂的聲音。五月中，喬治亞大學獸醫學院舉辦一個服務動物的節日，這天獸醫學院學生免費給狗狗洗澡，傑飛一家人帶史各特也去湊熱鬧，次日史各特洗澡的照片，霍然出現在當地的報紙上。

　　中午時分，傑飛顯得平靜些，他詢問父母可否把史各特埋葬在後院，他希望史各特安息在木箱裡，傑飛幫爸爸找些木頭釘了一個小木箱，然後他在木箱裡鋪上一塊紅色絨布，小心翼翼把史各特安置其上，再放些牠最喜愛的玩具及骨頭。他選了後院一個蔭涼的地點，豎立一塊小木板，上面寫著：「我所愛的史各特在此安息，一九七七年六月十日。」他也添上史各特來到陳家成為家庭一份子的那天。

　　每日上學前，傑飛就去史各特安息之地跟牠道別，下午回家也先到那邊看看，每次回憶他們過去相處快樂的日子，傑飛禁不住眼睛濕熱而模糊。為了能夠時常看到史各特，他把史各特所有照片找出，作了一本相簿，名為《我親愛的朋友史各特》每當想念牠，感覺孤單時，傑飛就拿相簿翻翻，看看史各特可愛的模樣，他特別喜歡那張登載在雅典當地報紙的洗澡照片，白色肥皂泡沫覆蓋身體，兩隻眼睛蕩漾著光彩。

　　次年四月，傑飛在學校聽到植樹節（Arbor Day），老師說種樹是慈愛樂觀的一種表現，表達愛和許諾，老師的話深深牽動他內心深處，他決定在史各特安息的附近種棵茶花樹來紀念牠。

　　好幾個月過去了，傑飛想念史各特時，再也不哭了。他去學校圖書館找些有關寵物的書本，希望多了解狗的習性，他借了一本書名為 *Where the Red Fern Grows*，他尚不能完全自己閱讀這書，媽媽為他朗讀，故事敘述一個十歲的男孩，擁有兩隻獵狗，有一天

晚間，兩隻獵狗和山獅子勇敢奮戰，被咬重傷死亡。此時傑飛才了解，他並非唯一失去寵物的孩子，他相信自己終究會克服失去寵物的痛苦。

　　新種的茶花樹到了八月，變高一些，也長出許多淺綠嫩葉，這個新樹，有如史各特的新生命，每當看到樹木逐漸茁壯，傑飛內心就充滿希望和信心，雖然有時想起史各特，不免心頭沉重，視線模糊，但現在他比較喜歡回憶他們在一起的歡樂時光。「史各特，你永遠是我的好玩伴，你永遠活在我心中。」傑飛去拜訪史各特的安息處，對牠這麼說。

父親的驕傲

　　剛走進溫蒂西超級市場，艾德勒經理看到我，馬上迎上來，迫不及待要跟我講話。他的女兒雪莉就職於喬治亞大學森林學院，是野生動物組的技術員，而他的女婿馬克是博士班的學生，因外子任職於森林學院，認識他們，艾德勒就經常和我話家常。

　　艾德勒說話不急不緩，帶著美國南方人特有的口音問我：「妳最近聽到有關馬克的消息嗎？」「沒有，有什麼好消息快告訴我。」我十分好奇，於是艾德勒很興奮的說：「馬克的攝影作品被選上，作為野生動物組月曆上的插圖。」這的確是好消息，他說馬克自初中起時時拿個照像機，東拍西照，自得其樂，進入野生動物組後，更熱衷此嗜好，專選飛禽鳥類做為題材，接著艾德勒熱誠的問我：「妳想看看這月曆嗎？」未等我開口他就說：「我去辦公室拿。」他高大的身子輕快的離去，又立刻回頭過來。

　　這本大約十一吋長八點半吋寬的月曆果真雅緻不凡，月曆的封面是一對白色天鵝並肩在湖中漫遊，天鵝優美的長頸在綠色的湖水上，與岸邊樹木的倒影，相映成趣，構成一幅如詩如畫的圖面，月曆從一月至十二月每個月份都有一張鳥類照片，其中以鴨子居多，每隻動物栩栩如生非常可愛，我一張一張翻閱觀賞，深深被吸引，讚不絕口：「馬克的攝影技巧太好了，每張照片的角度光線取得那麼完美。」艾德勒不住點頭同意，臉上綻開燦爛的笑容。

　　每次在溫蒂西碰見艾德勒，或多或少他會跟我分享女兒和女婿近況。幾個月後，他高興的告訴我：「你可知道雪莉最近去參加學會？上台發表一篇專文，真沒想到她會作論文，並且經審查通過，想想她已不再是我的小女孩，而是個展翅欲飛的研究員。」在專業

學術會議受邀發表論文，確是可喜可賀之事，他繼續往下說：「雪莉在電話上念她的論文給我聽，一字不漏，我太高興了！」啊！多麼濃厚父女之情，接著他又說：「其實論文內容，我聽得一知半解，很多名詞，我根本不懂，不過聽見她念自己論文，讓我又開心又驕傲，有這麼乖巧的女兒是上帝的恩賜，我真幸福！」

　　三年後，艾德勒興高采烈的告訴我，馬克的博士論文審查順利過關，口試也如願通過，幾年來的努力終於開花結果，艾德勒得意洋洋的說：「馬克是我們家族中第一個榮獲博士學位的人，今後他講話時我們不得不好好的聽。」說著自己不禁大笑，他又說：「他的畢業典禮在五月舉行，一年中最盛大的一次，我等不及看他頭帶四角帽，下垂流蘇，穿著雙袖滾有三條黑絨的黑袍，看來該多神氣，還有袍子背後披著三角形的布料裝飾物，據說是代表他的科系，實在夢想不到，我自己高中勉強畢業，今天會有個博士女婿……」艾德勒滔滔不絕，越說越多，他喜孜孜的說：「我要開個派對，邀請遠近親友來參加，好好慶祝一番，希望妳和陳教授也一起來。」

　　好事接踵而至，艾德勒家又有好消息，馬克接受南卡州克萊門森大學助教授職位，現在和雪莉正忙著搬家的事情，因大學離這裡不遠，週末艾德勒就去幫他們找房子。他在溫蒂西當經理多年，平易近人，忠厚老實，對待顧客友善有禮，大概如此，上天特別眷顧他一家人吧。

　　又是週末購買食物的日子，在溫蒂西店碰見艾德勒，我問他：「女兒和女婿最近好嗎？在新居安頓下來吧！」這一問，他的話閘子又打開了，仍是一副愉快之狀，他說雪莉正考慮回校念書，先讀碩士，然後攻讀博士，他說：「雪莉在喬大做了幾年研究助理，幫助教授收集資料，做實驗，記錄實驗結果，經驗不少，修課不會太困難才對，而且隨時可請教馬克，念書的條件太好了。」他繼續說：「如果一切順利的話，幾年後我就是博士的爸爸，好開心！」我看他這麼坦誠天真，禁不住快樂的笑起來。

　　幾年後，溫蒂西商店停止營業，因此我再也聽不到艾德勒談起女兒和女婿的成就；再也看不到他驕傲的神情。但是我相信他的兒女會事事順利，步步高陞；而艾德勒在新的工作場所，也會和他的新顧客分享兒女的近況。

威利先生

　　離開佛林特中學已經十五年，腦海中有時浮現舊日同事和學生的模樣，而其中以威利最為獨特，也令我最為懷念。威利是學校清潔員工之一，他年近六十，淺咖啡色的臉上戴著一副黑框眼鏡，他忠厚樸實，性情溫良，忠於職責，最初我不知他的姓，就以他的名字稱他威利先生。

　　這個學校位於亞特蘭大機場南部約四十五哩之處，共有六百多個學生，三十多位教職員。威利主要負責打掃二樓的教室，另外也作些修理工作，學生存放書本衣物的小櫥櫃花了他不少時間和精力，他早到晚歸，工作勤勉，有時週末學校發生緊急事情，校長就找他一起去處理，這種額外的工作，他從無怨言，樂天知命，未見過他發怒或激動，也未聽見他大聲談笑，凡事遵守中庸之道。威利是單身漢，和長兄住在一起，兩人組成一個家庭，過著安定平穩的生活。

　　威利有時懷念過去美好的時光，過去的日子怎麼好法，我無從得知，看到學生亂丟東西或大聲叫嚷，他會搖頭嘆息說：「唉！我小時念書時，大家都是規規矩矩，那是這個樣子！」下午三點，放學鈴聲一響，學生一窩蜂似的衝出教室，在走廊上嘻嘻嚷嚷，爭先恐後，生龍活虎般的跑去坐車，看到這情景，又勾起威利對過去無限的回憶，他說年輕時學生有禮貌又守規矩，對今日這些孩子他覺得失望，但也無可奈何，不知如何是好。學生終於都離開學校回家了，校舍變得靜悄悄，這時威利開始一天最忙碌的工作，他一間一間的清掃教室，整理桌椅，擦淨黑板，作完這些工作時，大概已日落西山。

　　我是學校的媒體圖書專業人員，職務之一是購買圖書、電腦以及其他教學用的機器與教具。新書、機器一到，威利就幫我一箱一箱搬到圖書館，有些機器還要組合。有一次我一面看說明書，一面參考圖片，絞盡腦汁，搞得昏頭昏腦，就是做不好，此時威利正好在圖書館，我就請他過來看看，威利不讀說明書，也不看圖片，幾個零件在他手下，不久就各就各位，一件機器就好好呈現在眼前。這時我才發覺威利對機器方面有雙靈活巧手，以後我就有一個好幫手。

　　有一天不見威利上班，整天覺得不太對勁，他從未請假，好似校舍的一部分，時時都在，信用可靠。他回校後，臉色不太好，身子看來有點虛弱。畢竟他已不年輕，又少個伴侶，生活不免孤單。午餐後，他來圖書館走動，我說：「威利先生，你要好好的照顧自己，以後才不會生病。」他笑一笑說：「沒什麼，只是受點涼而已，沒事。」接著我說：「以後你每天都來這裡一趟，讓我看看你是否安康無恙。」他說：「好的，我一定會來。」自此之後，他真的每日都過來和我說幾句話。

　　我在佛林特學校工作四年後，決定離去。平常下學年度人事變動，春天時就會知其大概，那年沒有簽訂續約的教師還不少，共有六、七個人之多，因我決定較遲，知道的同事不多。一天午餐後，威利照例來圖書館，他提起要辭職或離開的教師們，然後他問我：「妳明年會繼續在這兒工作，不是嗎？」我別過臉去，不敢直視他，嚥下一口氣說：「威利先生，我秋天起要去大學教書。」我們彼此沉默數秒，我看見威利的眼睛微微閃著淚光，我也情不自禁，眼前開始有些模糊，一會兒，我安慰他：「我寒暑假會回來看你。」威利一直不說話，沉默良久，他才離開。

　　那年暑假我買了一隻火腿，開了兩個小時的車，專程回校看威利，非常失望，那天他剛好休假。以後外州的新職位，令我分身不得，雖常想起這位善良樸實的人，但一直未能成行，時間就這樣一年又一年的過去。威利的清潔工職位在世俗眼光中，可能卑微不

足為道，但他努力工作，全心以赴，忠於職位，敬業精神使他的人變得有尊嚴，也使他的工作顯得重要。威利的為人處世，讓我領悟到工作本無貴賤之分，人在世上也無上下高低之別，如能盡自己本份，忠於職責，體會工作樂趣，滿足自身處境，就是個有尊嚴，受人尊敬的人。

痛失父親

　　那年十二月的一個下午，終於呈上修改又再修改的博士論文，鬆了一口氣，精疲力竭的回家，過度的疲勞令我難以感受交上論文後的輕鬆與快樂。

　　未定論文題目之前，腦中似乎是一片空白，有時混亂不清，不知何去何從，有一天總算腦子清晰起來，想到一個合適的題目，自此有了努力的目標，開始收集資訊，閱讀有關的書本、論文，同時作筆記，定下幾個想要探討的研究問題，而後在一高中，實地觀察學生如何使用電腦化的查書系統，尋找他們所需的書本，再從學生的問卷及口談得到更多的資料，其次把所有收集的資料，加以整理、綜合、分析，然後歸納，最後得到結論，而寫成論文，這些過程前後用了將近兩年的時間，再由博士審查會的幾個教授細讀論文，評審內容，投票決定是否通過，或須加以修改補充，如此過關斬將，終於過了最後的一關。

　　晚間，不料妹妹由台灣傳來噩耗，告知父親剛去世，頓時有如晴天霹靂，我腦子麻木了大半，隨即哀傷、自責、悔恨與罪惡感一起湧向心頭。兩年來，因趕著完成論文，疏忽回鄉探望病中的父親，因他時好時壞，心想論文完成之後，才束裝成行，回台探望他，沒想到父親竟然等不得先走了，就此我失去見他最後一面，再不能和他談笑言歡了。去台奔喪回美之後，內心仍鬱鬱不伸，痛苦自責繼續啃咬我的心，每日似乎被一種莫名的陰影籠罩著。

　　有一天，和友人談起失去父母的哀痛，她分享自己的經驗，然後借我一本書，這書敘述失去親人後，心理上細膩微妙的變化，最初是悲傷，而後自責悔恨，然後常感罪惡感，一段時間後，終究會

恢復寧靜心情。這本書所述的哀痛過程,正如我親身體驗的,它確實安慰我創傷的心,逐漸的我重拾舊日的安寧,此後一日又一日,慢慢的我的生活又有了陽光。因遠離家鄉,平常不能和父母時常見面相聚,久而久之,我竟有了幻象,感覺父親猶如仍然在世,只是彼此相隔太平洋不能見面而已,唯有回台時,才又一度感覺父親真的已經離去。

　　一九九一年十二月十九日那個寒冷冬日是我難以忘懷的日子,下午我達成多年來的願望,晚間我卻失去生命中極為重要的父親。一年一年的過去,如今已過了二十五年,心境已歸平靜,想到父親,再無苦痛歉疚之感,我相信父親在天之靈不會責怪我,相反地,他會以我的努力執著為傲。

母親常與我同在

母親於一九九八年春天去世，如今已二十年，雖無法再和她接觸或交談，但她留給我的愛，在家裡許多角落可見其蹤跡。母親擅長手工藝，舉凡針繡、刺繡、鉤針、編織，樣樣精通，她頭腦靈活，能舉一反三，往往看見一件樣品，就能推敲如何著手。她一針一線包含無限愛心、耐心，加上巧思而製作的成品，精美可愛，常讓我愛不釋手，令我捨不得用，只用來觀賞。

家裡的客廳、餐廳及幾個臥房，都有她用無數的愛心與時間作成的工藝品。客廳沙發上三個圓形小坐墊，上面各有一朵十字繡的鬱金香，一為白底配紅花，一為淡粉紅底配金黃的花，另一為白底配粉紅的花，綠色花梗的兩旁和下面，各有不同顏色十字繡的點綴物，坐墊的圓周用棕色滾邊鑲成，三個小巧的坐墊是母親的作品之一。

餐廳牆壁上懸掛一幅直立長方形刺繡大匾額，黑底上面呈現一條遨遊天際的龍，它正俯視海水，吐下紅珠，龍身是紅、綠與淺藍的組合，而龍頭是黃、灰、綠，龍眼黑色炯炯發光，整條龍雄偉高貴，生氣勃勃，不可一世之貌。

主臥室的床頭上面有一幅龍鳳呈祥的針繡，自古以來，龍鳳和鴛鴦常用來形容夫妻間的恩愛和樂，這也是母親對我倆的心願吧！

其他還有粗毛線作成的椅墊，細竹編物用毛線繡花或繡字。母親所有作品中，我最為珍惜的是一條白色大桌巾，她以白色針線為材，用鉤針一上一下，鉤成的桌巾長達七十二吋，可用於六人份的桌子，桌巾由無數六角鑽石形及圓形的圖樣組合而成，其大小足以覆蓋桌面並垂下四周，我難以想像完成這條桌巾，所需要的時間、

精力、恆心與愛心。母親利用買菜、作飯、洗衣、清掃等家務之外的時間，作她喜愛之事，她善於利用時間，不喜歡和三姑六婆，東家長西家短串門子，家事空閒之餘，或看報或作手工藝品，自得其樂。

　　母親生於日據時代，受日本教育，雖有擔任小學教師的資格，卻從未外出工作，全心照顧我們的生活起居。第二次世界大戰後，台灣通貨膨脹，經濟蕭條，一般家庭只能平平過日子。母親勤儉持家，但每次出門，她必梳理一番，穿戴整齊，即使每日例行去市場購物，也不例外，如逢婚禮喜慶，她必穿上美麗的衣服，戴上珠寶首飾，母親認為這是待人應有的禮貌。大概從小受其身教的影響，長大後，我不拉拉雜雜的出門，在家也不蓬頭垢面。

　　我上初中時，母親買了一部簡單製作毛線衣的機器，晚上我作功課，她作毛衣，機器上有個把手，從右邊拉到左邊，或從左至右，發出「唰」的一聲，機器就織好一排的線，我年幼膽小，夜晚有母親陪伴，覺得溫暖踏實，偶爾有風吹樹動，也不驚怕。高中畢業北上求學時，母親用那部機器給我作了一件紅毛衣，胸口繫著小蝴蝶結，我非常喜愛，至今仍保存著，偶爾也拿出來摸摸看看。記得在台北求學期間，每逢寒暑假回家，母親必帶我去中山路布行買衣料，然後請東市場附近的裁縫師，縫製幾件衣服，每次回校，我都有新衣可穿，好不快樂開心，更莫名其妙覺得有信心。有一年冬天，我接到一個包裹，打開一看，霍然是件乳白色毛料的外套，我又驚又喜，外套顏色高尚，質料溫暖，適合台北陰冷的天氣，我捧起外套置於胸前，一陣陣的暖流即刻傳遍全身，眼睛開始濕熱模糊。

　　在台北求學期間，和家人聯繫只靠信件，因我不懂日文，都由父親以中文執筆，大二那年，有一天接到母親用中文寫來的信，我驚訝之餘，對她深感敬佩，她的信清楚明瞭，行文流利，段落分明，她說自己是無師自通，因日文採用許多漢字，越深的日文，漢字越多，所以從母親所受的日本教育，她已認識許多漢字，可說已

有中文基礎，後來她又從報紙學會更多中文字，她說寫信給我就像對我說話，如此而已。舅媽比母親年輕，在日本受過高等教育，非常羨慕母親會寫中文，母親告訴她，自己寫信只用白話文而已。我十分驕傲，朋友圈子內的媽媽，還有母親那年代的女性長輩會寫中文，並會使用字典，唯獨母親一個。

來美後，每次我回台省親，早晨必和母親去市場買菜，回家後，她就一項一項的記帳，菠菜五十塊，豬肉一斤八十五塊等等，如數家珍，她記得一清二楚，我在旁看得目瞪口呆，那時她已過七十五歲，頭腦還是那麼清晰，記性仍是那麼好，我身為子女，腦子反而記不了那麼多。當她說明貸款購屋、頭款、利息等有關銀行作業，我聽得滿頭霧水，也不知如何發問。

一九八五年夏天，母親帶五歲的小孫女愛咪，即弟弟的女兒來訪，那年我就職的學區內，有個小學開暑期班，就此方便，我們就送愛咪去學英文，學校離家約有二十多哩，我認識的家長蒂蘿絲也送兒子去上課，我們就一起聊天等孩子下課，蒂蘿絲對毛線編織非常內行，她一面和我說話，一面用兩根長針相互的工作著，母親見她編織之物，不像毛衣，也非圍巾，十分好奇，往前觀看，蒂蘿絲解說她作的是一條大床罩，覆蓋在床上，母親從未聽過這東西，織成的花樣也是她從未見過的，她躍躍欲試，蒂蘿絲就示範說明針法，母親本有編織的基礎，稍微指點，她就明白來龍去脈。次日我們去學校，母親就開始編織大床罩的第一步，四個星期後，暑期班結束了，床罩才完成一小部分。回台後，她繼續工作，親友鄰居見這麼大的一條毛線織物，雖未完成，卻引人注目，好奇詢問母親，母親得意的說，訪美時從一位美國婦女學來的，大家哇哇叫起來：「妳會聽美國話！會講美國話！」其實母親早有編織毛線的基礎，只要稍微提示一下，她就會融會貫通，無需言語上多大的解釋。

母親用了好幾個月的時間，終於完成這件大床罩，平鋪於床上，美奐美侖，乳白色的毛線上點綴幾排紅色草莓，襯托以綠葉，色澤清新美麗，這是另一件我視為至寶之物，幾次拿出鋪在床上，

欣賞一番後，捨不得用它，又收藏起來，後來母親用暗紅與白色
的毛線組合，配上不同大小心形圖樣，另製作一件華麗高貴的大
床罩。

　　事隔多年，母親雖已離我而去，但在我的感覺上，似乎她常與
我在一起，在家裡，目光所及，處處可見母親用愛心為我作的手工
藝品，每件都蘊藏她對我無限的疼愛和關懷，她的愛守護著我，
讓我時時刻刻覺得平安幸福，我思念母親，感謝母親，直到永遠
永遠。

驚恐萬分

　　八月中旬，暑假已近尾聲，再過幾天新的學年就要開始，趁未開學前稍微整理一下家裡東西，上班後時間就少了。家務的大半就在廚房，先把櫃子、抽屜內大小不等的碗盤刀叉筷子，加以分類，放回原處，然後我轉移陣地去主臥室，把衣櫥內亂成一團的衣物，整理出頭緒，各就各位，破舊的就歸類為抹布。

　　早晨和煦的陽光照進屋內，家裡顯得安寧和祥，我一面聽輕音樂，一面工作，奇怪！平日不喜歡的雜務，今天作來輕鬆愉快，我正沉醉於夢想時，忽然間彷彿聽見有聲音在屋內，過了一下，四周又是寂靜一片，不久聲音又來了，這次聲音有如人走動的聲響，輕輕的但依稀可聞，一下子，聲音又消失了。獨自在家，胡思亂想，大概是幻覺或錯覺吧！不去理會它，幾分鐘之後，聲音又響起，清清楚楚，是人走動的聲音，聲音不知來自何處，聽來像是來自外面，又像是來自地下室。

　　我確實感覺有人在屋內或屋外，放下手中工作，四處巡視一下，我先往前門向外探望，高大的松樹和綠色草坪毫無受人騷動之樣，我又走向其他兩個臥房的窗口，往庭院看，仍然沒有發現有何異樣，在起居室、餐室、客廳外的院子，也沒有看見任何人跡，最後我去後門，往外一看，霍然看到一輛古舊暗藍貨車，停在車庫外，這一驚非同小可，屋子內除了我，確實還有個人，這麼一想，我心裡開始發毛，這人會是誰？他來搶劫或謀命？頓時手臂起了疙瘩。

　　聲音又來了，而且持久些，這時已確定發自地下室，地下室有兩間臥室，還有個寬大遊戲間，放著一個乒乓球桌，還有起居室。不常下去，久而久之，變成一個亂七八糟的儲藏室，屯積一些

可有可無的雜物。這人如何進去地下室，令我十分費解，為了證實他在地下室，我打算下去看看，悄悄打開通往地下室的門，站在樓梯口，聚精會神傾聽了一下，聲音又好像非出自地下室，站了數十秒，想想還是不下去為妙，這人可能一見我，就飛出一拳把我打昏，更糟的是亮出一把手槍，一槍擊中我的心臟，這麼一想，我就趕緊回去主臥室，把門關上並上鎖。這個人很可能來偷東西，如在地下室發現沒有值錢之物，定會上樓，然後破門強入主臥室，這麼一想，我更加害怕，手心開始冒汗，心臟加速亂跳，緊張恐懼之下，九一一緊急號碼忽然閃過腦際，我自忖：「快點求救警察才是辦法。」，電話接通後，我語無倫次的說明來意，警察非常關切又很鎮定，叫我不要走出房門一步，他們即刻前來。

　　救星將到，我安心許多，這個大學城不大，四周方圓內最遠之處，只三十分鐘內就能抵達，在房間內偶爾也聽到走動的聲音，後來聲音漸小，逐漸消失。二十分鐘不到，寂靜的屋內傳來一陣陣急促緊湊的打門聲，唉！警察終於到了，我趕快跑去打開前門，哇！一看嚇了一跳，五個全副武裝的警察兩手拿來福槍，在門外台階下，分成兩排，前排兩人，後排三人，擺著衝鋒架式，一動不動，有如面臨大敵，隨時待命，就要衝鋒行動，我心臟砰砰跳動不已，有生以來，第一次親眼看見活人真槍作戰鬥姿勢，如果其中一人不慎按下扳扣，我的一命豈不嗚呼哀哉！

　　這時我看見一個人兩手高舉腦後，被另外一個警察從路邊押上車道來，他一邊走，一邊大喊：「陳太太，我是大衛凱西，陳先生要我來清理你們家的屋頂。」我一下子認得這男子，他的確是大衛，常來我們家作些大大小小修理工作。年輕時他曾是喬治亞大學橄欖球隊員，後來不知何故，沒能繼續，學業也中斷了，人卻很聰明，屋子內各種工作都難不倒他。

　　我不免責怪他：「大衛，你來工作，怎麼不按鈴招呼一下？我差一點被你嚇壞了。」警察確定男子是我認識的人，此時在警察面前我自覺像個傻瓜，我實在不知大衛要來清理屋頂一事，才誤認有

人來謀財害命，我十分過意不去，除了感謝警察忠心職責之外，又不斷向他們道歉，他們完全沒責怪我，和顏悅色放下武器，秩序井然的走下車道，分別開了三部警車離去。大衛慶幸沒有惹出大事，鬆了一口大氣也離開了。

　　一陣緊張後，我尚有餘悸，趕快打電話給我家那一口，原原本本把事情經過敘述一遍，不料他說：「唉！妳真是小題大作，大驚小怪，妳怕警察在辦公室沒事可做，如此驚動他們，真是唯恐天下不亂。」啊！這個人大概不可理喻，我回答：「今晚你就自理晚餐吧！」他沒有料到這一招，驚叫起來：「什麼……」未等他說完，我馬上掛斷電話，心中才舒暢些。

此一時也彼一時也

　　孩子已經成家立業，為人父親，然而兒時對《世界百科全書》的好奇和喜愛，仍然念念不忘，時時勾起美好溫馨的回憶，每談起那部百科全書，有如想起兒時玩伴，懷念不已。

　　禎兒記得十分清楚，那個炎熱的夏日午後，我開一部淺藍色的車子去托兒所接他回家，他上了車，習慣坐在後座，突然發現鄰座下面有兩個大紙箱，好奇問道：「媽咪，那是什麼？」我向他說明箱子內是一部百科全書，共有二十二冊，內含古今中外世界各地所有人類的知識資料，有什麼疑問，查看這些書就會找到答案，他馬上反應：「哇！這些書好像很重很大，我喜歡看繪圖書。」我說：「你現在不喜歡沒關係，也許有一天，你會想去翻翻看。」那時禎兒只有五歲，熱衷繪圖書，聽我說《世界百科全書》能回答任何問題，似乎一知半解。

　　回家後，我打開紙箱，禎兒和哥哥博兒在旁好奇看我一本一本的從紙箱取出，精裝紅色的書背上有燙金英文字母從A到Z，冊數則從一到二十二，孩子看得有些目驚口呆，小心翼翼的伸出手摸摸看，這是他們看過最大最厚的書，接著禎兒問：「這百科全書真的能夠回答所有的問題嗎？」我點頭肯定，他說：「這太棒了，怪不得有這麼多的書。」

　　禎兒上學後，下午和哥哥兩人一起走路回家，吃過點心水果後，同坐在一張搖椅上看芝蔴街、電力公司等兒童電視節目，看完電視，讀完圖書館借來的書後，他們就從書架搬下兩、三本百科全書，翻來翻去，尋找有趣的圖畫，瀏覽一番。

　　到了二、三年級，禎兒的字彙增加不少，他學會拿A冊，看飛

機的模樣圖形，似懂非懂的讀有關飛機的文章，他對火箭、電力、腳踏車等也很有興趣。到了五、六年級，他運用百科全書顯得十分自如，到了高中，他參考這部百科全書的次數就漸漸減少，開始使用專為成人編纂的參考書，上了大學，禎兒很少再看《世界百科全書》了，畢竟他的知識領域擴展許多。

　　然而我們仍保存那部百科全書，今日科技可說是日新月異，尤其電腦方面更是如此，雖然百科全書裡面大部分的知識資訊早已陳舊落伍，但是部分文學音樂藝術以及歷史人物的資料，仍是不變，留在家裡，要查詢一個問題，或是了解一個新題目的基本概念，方便又可靠，所以我們搬家時，百科全書也跟著我們住進新屋。

　　時間飛逝，二十多年過去了，禎兒結婚了，育有一男一女，每年回家兩、三次，我們北上拜訪兩次。常見他手持筆記型電腦，陪我們看電影時，雙手仍不離電腦，打打讀讀，顯得十分忙碌，有時用手機和醫院的同事聯絡有關病人之治療，有時口述病歷讓電話另一端的祕書作筆錄。

　　他的兩個孩子有樣學樣，未上學前，就精通電腦操作，看卡通，玩遊戲，樣樣都來，自得其樂。禎兒想起四十年前兒時情景，一股懷舊之情，頓時充滿心中，那部紅色的《世界百科全書》歷歷在目，那些書是他的啟蒙老師，也是他小時解悶的伴侶，放學後，我們未下班前，當他百般無聊時，就翻閱百科全書，消磨時間，等待我們回家。

　　孫子小偉二年級時，禎兒以為小偉對百科全書，會像自己小時一樣發生濃厚的興趣，他興沖沖的買了一部最新的《世界百科全書》送他，其實那時電腦版的百科全書早已非常普遍，但禎兒買的是印刷版本，就像他小時用的那部書，結果小偉沒有預料中熱誠的反應。

　　這也難怪小偉，現今的學校由小學到高中，電腦科技普遍用於教學與學習，學生使用電腦學習作功課，幼稚園學生會使用電腦，已不足為奇，雖然學校圖書館仍有一冊一冊印刷版本的百科全書，

但多數學生比較喜歡電腦版的，主要原因是他們能和電腦的內容互動，因之學習過程中不感覺無聊。許多學校花費大筆金錢，分發電腦、iPhone、iPad或iPod給學生使用，結果成績未見提高，雖說這些工具只限於學習或與功課有關之事，但學生有時不免背著老師和父母，在網路上流連忘返。

　　這就是小偉生長的時代，一個科技時代，他和大部分小孩一樣，喜歡玩電腦等現代玩意兒，禎兒沒預料兒子不像自己小時候，雖然最初有點失望，但了解現代教學、學習傾向，就釋然了。看看四處，電腦充斥學校、家庭、商店，自己的孩子只不過跟著時代潮流走，他不會去拒絕時尚之物，仔細一想，自己和孩子成長時間畢竟相差將近三十年，孩子本來就不是自己的翻版。比起來數十年前的學校，今日教學和學習方法必定有所差別，所謂此一時也，彼一時也。

瑪麗莎尋回自己

　　媽媽說：「瑪麗莎，妳剛升上四年級，今晚有家長會，學校邀請父母與孩子一起去參觀，晚飯後我們就去。」我很高興，迫不及待，想見見新老師和新同學。走進教室，我們在前排坐下，靜聽史密斯老師說明今年的教學計畫和學生的行為規則。

　　聽了一會兒，我有點好奇，想知道我的朋友是否都來了，回過頭探個究竟，眼角忽然瞥見一個陌生女孩直盯爸媽和我，然後對她母親耳語，雖然聽不見她的話，但是直覺告訴我，她說的無非是有關我和爸媽不同種族一事，我的興致頓時消失了大半，不久老師結束談話，接下來家長個別發問。

　　這時有個新同學走近我，說她叫做朱麗，談了一會兒，她問我：「妳和父母一塊兒來嗎？」我回答：「是呀！怎麼了？」「啊！沒什麼，只是……只是你們看來不像，我本以為……」這時她說話支支吾吾，臉上泛紅，在此新學年才開始之際，就碰上不快的老問題，令我悶悶不樂。

　　我八個月大時，父母遠從美國去中國北京領養我，此後他們是我唯一知道的父母，他們愛我疼我，我們一家三人快快樂樂，他們是我最親愛的父母，我是他們最寶貝的女兒。我總是不能了解，為什麼有些人這麼無聊愛管閒事。回家途中，我默不作聲，爸爸關懷的望著我說：「瑪麗莎，妳怎麼了，為什麼不說話？」「沒什麼，只是有點累。」我隨便說，便搪塞過去。

　　回家後，我找出一張全家福照片，對著鏡子仔細端詳一番，我們確實不像，我的烏黑頭髮和媽媽的金黃頭髮呈明顯對比，我們眼睛的顏色也不同，她的是藍色而我的是褐色，也難怪別人好奇，我

多麼的希望我們長像相似，我像他們或是他們像我，如此事情就簡單得多了。

星期三，老師帶我們全班去學校圖書館借書，我在書架前走來走去找書，忽然腦子閃過一個念頭，何不借本有關領養的書，對此問題多加了解，很快我找到兩本書，一本描寫被美國夫婦收養的韓國女孩，另一本是中國女孩被領養的故事，這兩個女孩年齡和我相近，同樣的遠離親生父母，千里迢迢被領養的父母帶來一個陌生的國家，這兩本書深深的觸動我心靈深處，原來我並不孤單，和我同樣處境的人，不知還有多少，我得到莫大的啟示與鼓勵，終於瞭解，為了我能夠有較好的成長環境與前程，我的親生父母才狠下心，忍痛放棄我。

幾天後，我接到真妮的慶生邀函，我很開心的去參加，在那兒，我認識蜜雪兒，一見面，她就問我：「妳知道我為什麼姓凱勒嗎？」我尚未回答，她就先簡單的敘述自己的身世，原來她生在中國上海，她的父母無法撫養她，把她送去育幼院，在那裡，一對美國夫妻領養她，蜜雪兒說得坦然爽快，毫無難過羞澀之貌，見她如此坦白相告，令我茅塞頓開，有了新的醒悟及決心，養父母待我無微不至，呵護有加，我復又何求，他們是白種人而我是黃種人，那又有甚麼不好，我們是幸福的一家人，相親相愛的父母與女兒，他們全心全意的愛我教我，親生父母所能做的也不過如此。我終於想通了，望著窗外的藍天飄浮的白雲，聽著室內同學們愉快的笑聲，我終於找到一個新的自己，一股新的力量在我心中逐漸成長茁壯。

壓不倒的玫瑰

　　人生在世不如意之事常十之八九，在家庭、工作、朋友和其他方面不稱心如意，是無可避免的，大概除了天上的神仙外，一般人或多或少都會有煩惱有難題，諸如工作上碰到挫折，上司無理要求，同事之間明爭暗鬥，家庭內夫妻失和，孩子不聽管教，朋友因故成陌生人，這些不順心之事影響一個人的心情，有些人變得落落寡歡，唉聲嘆氣，怨天尤人，終至悲觀消極，沉淪不拔。

　　生活中不順暢之人與事，如何面對處理，依每個人的生活態度而有異，持有樂觀積極態度的人，遇到困難挫折逆境，用正面觀點看事看人，勇於面對，接受事實，思考尋求克服與解決的方法；相反的，凡事消極悲觀的人，如遇困難逆境，往往以負面態度去衡量處理，變得沮喪消沉，頹廢不振，四周的人避之為妙。不同的生活態度，左右一個人如何待人接物，決定一個人生活得開心快樂，或是常處於愁雲苦雨中，我們不難在身邊的熟人親友中，發現這兩種不同生活態度的人。

　　在我多年的工作生涯中，曾經和各種各樣的同事相處，有些人經常顯得愉快，另有一些人時時抱怨不平。我有幸認識一位令我敬佩愛戴的教育家，我們曾共事十七年，那時我在喬治亞州東北方一個小城的學區工作，我是中學的媒體圖書專員，而瑪麗海倫是學區的課程主任，職位僅次於學區總監督，她負責全學區學生所學以及教師所教的課程內容，由幼稚園到高三，一律都在她的職務之內，可謂責任重大，工作性質複雜，然而這麼一位身負重任的女性，並非氣派十足令人生畏的上司，也非雙眉緊鎖面帶憂慮之人，相反地，她平易待人，常面帶微笑，溫和婉雅，從未聽她抱怨或說句重

話，和她相處如沐春風，令人舒坦愉快。

　　瑪麗海倫的辦公室在學區總部，離我的學校不遠，但我們不常見面，除校長之外，她也是我的上司。每個月學區內所有的媒體圖書專員聚會一次，討論幫助學生學習與教師教學的議題，或是購買圖書電腦儀器等事項，瑪麗海倫必來參加開會，幫助我們解決工作上的難題，或作為我們和校長之間的橋樑，為我們爭取權益，並給我們媒體圖書的預算經費。在這聚會我能和他校的媒體圖書專員見面，分享工作上的樂趣與困難，大家互相鼓舞。在學校我工作的對象是所有的學生和教師，我一人應付全校師生六百多人，解決他們所需，有時不免覺得孤單，校內沒有知音可分擔喜怒哀樂，所以聚會這天，大家互相討論之後，我總感覺精神一振，心情輕鬆起來，尤其瑪麗海倫非常了解我們的工作性質，對我們總是鼓勵有加，這是我工作中最快樂的一天，一來我能和同行互相交換意見及心中感想，再來瑪麗海倫的愉快的態度感染我們，也鼓勵我們，大家高高興興的過了兩個小時。

　　瑪麗海倫身材不高，足蹬低高跟鞋，穿著高尚入時，秀麗優雅，動作舉止屬美國南方淑女型，每次見我，必帶笑容招呼，有如炎夏吹來的一陣涼風，令我心曠神怡，舒暢無比。這麼一位身負重任的女性，想必有美滿的婚姻和快樂的家庭生活，在精神上支持她，給予她力量應付工作上的壓力與挫折。但事實上卻是相反，聽說她遇人不淑，丈夫本出自名醫之家，但不務正業，已離異多年，她一手支撐家庭，養育兩女三男，其艱辛困苦可想而知，長女曾是數學老師，後辭職進法學院攻讀，成為律師，次女是會計師，三個男孩子較為年幼，我不清楚他們的情況。

　　我認識瑪麗海倫時，她大約四十歲左右，尚屬年輕，裝扮美麗可愛，令人覺得賞心悅目。在家她是個單親，扶養教育五個子女，她的生活除了工作，就是她的家庭和孩子及教會，其他方面的社交活動，大概無暇顧及，如此她過了幾十年，含辛茹苦，甘之如飴，忽略了自己的青春年華。我常以她為我作人榜樣，雖身處逆境，卻

能抱著樂觀正面的生活態度，時有笑容，和樂融洽待人處世。

在麥第遜學區工作十七年後，我回大學深造，攻讀博士，求更進一步的發展，畢業之後在不同的地方教學，十幾年很快就過去了。退休之後，回到喬州的家，憶起以前的同事，我參加他們的退休教師協會，每月相聚共餐，聽專題演講，如此我又和瑪麗海倫見面了，她依然高雅美麗，笑容可掬，不久我聽說她和一位退休喪妻的校長，正在交往，有時聚會後，看見他們把大家捐出的食物罐頭搬上車子，送去救濟貧戶中心，倍利校長生得英俊高挺，樂於助人，是一位正人君子，八十年代，我和他對於剛興起的電腦用於學習與教學，非常有興趣，曾一起討論研究，因此我對他並不完全陌生，我們等著他們之間的感情發展，希望有好結果。

出乎意料，在一次聚會時，瑪麗海倫透露她即將結婚，對象是舊日的大學同學，現在是退休牧師，婚後他們將住在阿拉巴馬州的蒙特哥馬利市，我們七嘴八舌興奮向她道賀，那年她是七十五歲。幾十年來，單獨扛起養家的擔子，成功的扶養教育子女，如今子女已成長自立，在人生的黃金歲月，她才重拾失去的春天。瑪麗海倫結婚後，未能專程從外州來參加聚會，據說婚後和夫婿時常出外旅遊，日子過得幸福美滿，雖不再見面，我常默默的祝福他倆長保身心健康，享受遲來的春天。

在我人生旅途上，遇到許多一般的民眾和教育工作者，瑪麗海倫是我最為敬佩喜愛的人之一，她是可敬的教育家，在教育界她受到肯定，得到獎賞，在外她是盡職受人尊敬的教育家，在內是個身兼父職的母親，身擔重任，卻從不抱怨不氣餒，她的生活態度樂觀積極，用正面觀點對人對事，婚姻雖不美滿，勇敢接受事實，不消極，不自憐，常保平和寧靜心境，時時面帶微笑，開朗舒適，有如一朵甜美的玫瑰花，挺直不曲，帶給人芬芳，也帶給人快樂。

令我懷念的同事

　　瑪莉凱狀甚著急，站在我辦公室門口問我：「妳拿了我的剪刀沒有？」我正用電腦工作，注意力忽然被打斷，有點摸不清頭緒：「怎麼一回事？瑪莉凱。」她有些氣急似的重複一遍：「我剪刀不見了，妳拿了嗎？」哎！又來了，瑪莉凱常心不在焉，忘東忘西，有時還自嘲大概已失去心智，她接下去說：「我剛要打開一箱新書，不知怎麼樣，剪刀就不見了。」我和她走去斜對面她的辦公室，果然見一個紙箱子在地板上，書本雜誌和學生作業堆滿書桌，書架上、抽屜裡也不見剪刀蹤跡，折騰半天，終於在教職人員休息室，電腦印刷機旁邊，找到剪刀。瑪莉凱心裡有什麼，嘴巴就說什麼，就是這麼一個心直口快的人，相處一年後，深知她個性，也就不在意她的直言不諱，反覺得她真誠可愛有如小孩子一般。

　　瑪莉凱是我在皇后學院圖書資訊系的同事，我去該系工作時，她已經是資深教授。皇后學院是紐約市立大學其中一校區，其他尚有亨特學院、布魯克林學院等好幾個學院，每個學院各自為政，互不干擾。比起學費昂貴的紐約大學和哥倫比亞大學，紐約市立大學收費顯得平民化，因之學生趨之若鶩，雖是如此，這大學也出了好多個有名的校友，其中有十三位諾貝爾獎得主、大法官、國會議員等，前總統布希的國務卿可隆鮑爾也是其中一位傑出畢業生。

　　瑪莉凱未得博士學位前，在青少年文學界已相當活躍，曾和公共圖書館的同事，創辦一份重要的刊物，發表不少文章，有點名氣。我去皇后學院面試時，第一次和她見面，提起見過她的名字，曾讀過她的文章，她顯得十分高興。在紐澤西州的羅格爾大學獲得圖書資訊管理博士學位後，曾在阿拉巴馬州工作一兩年，以後就一

直在皇后學院執教，工作上我和她比較接近，都是培養小學、中學和高中圖書館資訊管理人員，她的另一專長是公共圖書館管理，為此她在系上新創一單元，要求碩士班學生多修十多學分，以便獲得在公共圖書館工作較高一級的執照。我在系裡第一個學期的一門課，是瑪莉凱以前教過的課，她竟連整個學期的講學大綱、作業、閱讀資料以及學生必須注意的事項，為我做得詳詳細細，我不忍拂她一片好意，就把自己準備的一份，暫且擱置一邊，反正內容大同小異。她常搬來一大堆書籍供我參考，出版社送她新書時也和我分享，坦誠待我，不曾保留，處處關照我，幫助我。

　　瑪莉凱是五十多歲的單身族，身材高大，鼻樑上架一副眼鏡，從面貌看來，一生似乎經歷不少，從未聽過她提起家人，她和以前的同事住在長島的一棟房子，她的辦公室書架上排滿書籍刊物，內容不外乎青少年文學以及鼓勵青少年閱讀的方法。辦公室內最引人注目的，是玻璃鏡框內三隻狗的照片，這些寵物毛髮柔軟發亮，眼睛明亮有神，十分可愛，這是瑪莉凱的家族，除教學外，是她生活的全部，她給牠們服用維他命，帶牠們去參加寵物比賽會，花費不少。

　　瑪莉凱和我的專長較為相似，有許多共同的學生，他們大都是學校教師，厭倦教學工作，打算改行，因此下課後，利用晚間來修課，取得執照後，希望在學校謀求媒體資訊專員職位。也許因自己優秀聰慧，又具有創造力，瑪莉凱時常感嘆學生不肯下功夫，報告作業常有錯字及文法錯誤，可能為此常在課堂上教訓他們。她一板一眼，分數嚴格，不及格照打，沒有商量的餘地，跟另一位學生喜愛的同事比較，大異其趣，據我猜測，學生對瑪莉凱敬畏成分多於愛戴。

　　有一天，不知何故，瑪莉凱看來有點古怪，在辦公室外的走廊來回踱來踱去，苦惱萬狀，我忍不住問她：「瑪莉凱，發生什麼事？我能幫上忙嗎？」她嘆了一口氣：「這個週末我真不想去加州。」然後她說年輕時曾產下一女嬰，被人收養，從此未有任何聯

繫，多年來生活平靜無波，沒想到最近突然接到女兒結婚的請帖，令她驚慌失措，勾起過去的惡夢，一段痛苦無助之日子，如今百感交集，她說：「我覺得彷彿要去地獄。」一星期後，瑪莉凱回校工作，顯得安詳平靜，看來加州之行，不曾有不快之事發生，畢竟天生母女親情並非時間空間所能隔離沖淡的。一年後，她來我的辦公室，面帶喜色，瀏覽書架上的書籍，想要選擇幾本幼兒繪畫書，寄給即將誕生的孫兒，大概參加婚禮之後，她一直和女兒保持聯絡，終於瑪莉凱有了至親的家人。

瑪莉凱的身體一向不太好，雙手常帶著套子，以減輕關節炎之苦，然而不曾聽過她訴苦，上下班，她必須奔波於擁擠不堪的長島快速道，遇到天寒地凍的下雪天，這段車程更是寸步難行。天氣仍是非常寒冷的三月天，瑪莉凱發現有子宮癌，手術前檢查及準備工作，約定在天色未亮的清晨，因我住法拉盛，離醫院不太遠，瑪莉凱前一天就到我家過夜，次日曙光將現之時，我送她上車，祝她手術成功順利。住院期間，她傳簡訊給學生同事，內容率直坦白，她說胸口有如大象壓住，難以喘氣，我去醫院探望，她抱怨隔壁床的韓國人，探病者川流不息，嘰哩咕嚕說個不停，有如開派對，令她無法安靜休息。

瑪莉凱在皇后學院工作了二十年，致力於傳道授業解惑，二〇一〇年五月退休了，如今她不必再煩惱學生不用功，程度欠佳，更不必在長島快速道，每日來回奮鬥兩趟，更重要的是她能盡情和可愛的寵物一起玩樂，享受悠閒的時光。祝福她身心安康，做些自己喜愛的事情，偶爾去加州探望女兒和孫子，彌補多年來失去親情的溫暖幸福。

鄰居友情濃

　　咪咪安是我們的鄰居，我們比鄰而居共三十四年，於一九七○年代，相差一兩個月，我們各自搬進新建的房屋，那條小街只有十戶人家，寧靜安全，住著年輕夫婦和小孩子，是充滿生氣與活力的小地方。咪咪安來自喬州南部，父母擁有不少農地，既有農作物，又有牛羊，生活舒適。高中畢業後，咪咪安前往亞特蘭大闖天下。我們相識時，她在聯邦政府研究雞禽的機構做事，她的丈夫約翰是工程師，在聯邦政府從事地質方面的工作，當年興建石頭山公園裡面的鐵路，他是重要規劃人員之一，約翰穿著舉止談吐文質彬彬，頗有南方紳士風度。

　　因約翰患有糖尿病及其他病症，不宜操勞過度，咪咪安擔當裡裡外外各種家務，諸如三餐、洗衣、整理、打掃都是她份內之事；室外較為繁重的工作比如割草、清除屋頂上的落葉，也由她一手包辦。有一次，我們家老大在他房間窗口，無意中，望見咪咪安和一個樹根奮鬥的情形，跑過來說：「媽咪，快來看！派頓恩太太是個Bionic Woman。」Bionic Woman是一九七六至一九七八年間，很受歡迎的科幻電視節目，描述一個力大無比的超強女人，擔任政府祕密任務。果然我見咪咪安用盡全身之力，試著去除一個樹根，她左推右推，左拉右拉，搞得氣喘如牛，全身濕透，終算皇天不負苦心人，最後樹根屈服，被她拔出地面。雖然咪咪安在家裡作很多適於男人的勞動，但外出上班時，裝扮入時，秀麗端莊，身材修長，是個南方淑女。

　　咪咪安能文能武，多才多藝，身兼數職，在外是研究機構的祕書，在家是主婦、園丁、修理工，此外，她也是個農夫，春天

一到，她整理一大片菜園，鬆土然後播種，夏天去除雜草，秋天一到，收穫蔬菜，然後她洗洗切切，把蔬菜作成罐頭，以便冬天食用。受到她的影響，我們也在後院闢地種菜，種些比較容易的蔬菜類，例如四季豆、小黃瓜、番茄等，四季豆豐收用不完的部分，由咪咪安熱忱指導我們製成罐頭，依其指示，我們先買大鍋、梅遜玻璃瓶、氣壓鍋等，她一步一步示範製作過程，其實製作並不困難，只是需要時間而已，我們通常在週末製罐，因為次晨不必早起上班，一個夏天我們大約作了十多瓶的四季豆，另外也有四、五瓶的番茄汁，見到這些自己裝瓶製罐的蔬果，心中既驕傲又踏實。

我們的小街道和鄰近幾條街連合組成一社區，咪咪安是社區的永久祕書兼財務長，她熱心社區公務，收社區會員費，發出有關社區事務的通知，她也雇用工人在社區入口處修剪草木。聖誕節的聚餐會和夏天的烤肉、冰淇淋及釣魚，也由她一手安排聯絡。如果沒有她熱心的奉獻時間與精力，我們社區的人們，恐怕碰面亦不相識。

農事休閒之時，她製作陶器，她的作品有大有小，看來唯妙唯肖，逼真可愛，有十五吋高的古埃及小國王King Tut，也有三、四吋的鳥兒，她贈送我一對金鳥，全身長滿金黃色的羽毛，十分討人喜愛。秋收後，附近的小鎮舉辦慶祝會，咪咪安就載滿一車子的作品，到各地方展示販賣她的陶器製品。

咪咪安夫妻膝下無子，寵物山姆是他們的心肝寶貝，山姆長得確實討人喜歡，黃綜色的柔毛帶點白色，眼睛閃著亮光，時刻警覺之樣，第一次去拜訪咪咪安時，山姆一聽到鈴聲，就發出警告之聲，見到陌生的我，更是大呼小叫，咪咪安拍著牠的背部，不住的說：「這是隔壁的瑪莎，不要怕，說哈囉。」以後再去她家，山姆倒是很聰慧，已把我當友人，竟會搖著尾巴向我示好。有一年春天，我們帶著孩子正要出門踏青，門鈴響起，開門一看，咪咪安由姐姐陪伴，雙眼閃著淚光的說：「今天，如果你們看到我家後院，有不尋常之事，不要驚慌，我失去山姆，要為牠舉行葬禮。」她邊

說邊哭，不住的抽噎，見到她如此哀傷，我心中亦很難受，一時詞不達意，說不出得體的話來安慰她，此時姐姐問她：「妳服了鎮定劑沒有？」我心中一片慌亂，從未聽過為寵物舉行葬禮，不知如何才能表達我的同情與難過，考慮一下，既然山姆是家裡的寶貝，就必須以人之禮待之，所以決定由花店送盆鮮花過去，以安慰咪咪安痛失寶貝的悲哀。

我們外出遊行時，都拜託咪咪安留意我們家有否異樣，並請她進屋給盆景澆水，那時家裡有七十多個盆景，種類繁多，澆起水來，並非一兩下就好了，必須小心，避免過多的水滴在地板或地氈，多年來，咪咪安一直作得十分完善，我們從未發現地板或地氈有積水痕跡，咪咪安家也有不少的盆景，即使她沒有的植物，她從未摘下一小節回家栽培，她就是這麼一個靠得住信得過的鄰居。她們不在家，我則負責養貓、養雞，山姆和他們則是同出同進，從不單獨守家。我們彼此有對方的鑰匙，以便對方不在家時，能夠進屋處理急務。有一次我們要南下旅行，本預定早上出發，到中午時分，仍忙著整理行李，咪咪安聽到我們的車庫有聲響，拿著大木棍過來，準備擒賊，見到我們，才放下心。

我在紐約工作時，有一次回家，正逢咪咪安宴客，她十分高興我們遠地飛回，可以趕上宴會，逢人介紹時，她就說：「這是住在紐約的鄰居瑪莎。」然後莞爾一笑，非常開心。另有一次我回家參加學會，抵達亞特蘭大機場後，轉乘小客車到住家附近的旅館，我事先請咪咪安過來載我一程回家，那是一個寒冬清晨，氣溫很低，冷風刺骨，咪咪安很快的來到旅館，上車後，她馬上遞給我一杯熱咖啡，我雙手捧著咖啡，一股溫暖驟然傳遍全身，啊！這麼一個細心體貼的人，我何其有幸與她為鄰多年，那咖啡是我生平最香最甜的一杯。

有如此善良、體貼、誠實並熱心公益的鄰居，是可遇不可求的，我們之間沒有藩籬來提防，反而擁有彼此房子的鑰鎖，我們互相信賴，互相尊重，誠心相待，相安無事相處三十多年。幾年前，

我們搬離小城，和咪咪安彼此保持聯絡，每有聚餐喪事之類，咪咪安必來函告知，我們回去處理事務，必繞道先去拜訪他們。咪咪安一直盼望，等我們的孫子上學後，我們再搬回，我們房子一直空著沒出售，似乎帶給她很大的希望。咪咪安一直盼望有朝一日我們回小城居住。搬家畢竟不是易事，整理、打包、裝箱等等，稍稍一想，一個頭已變兩個大，幸好電話、電郵傳遞消息快速正確，雖不能常相聚，勉強可藉現代科技聯繫，幻想彼此若比鄰。

誰說天下沒有免費的午餐

　　常言道：天下沒有免費或白吃的午餐，這可不是人人都知道的小常識嗎？的確，一分耕耘，一分收穫，天經地義，不容置疑，如能不勞而獲，唯一例外，恐怕只有父母贈與子女的衣食財物。

　　雖是如此，退休之後，倒真的吃過好幾次免費的午餐和晚餐。第一次接到午餐的邀函，十分好奇，那來免費的午餐？白紙黑字明明說是財經講座兼午餐，專業人員將說明如何經營退休金、如何投資、以及如何減少繳稅。三十多年來，上班下班，日復一日，從未想到退休後的問題，有此機會去見識一番，何樂不為，我們遂充滿期望前往參加講習會。

　　財經專員有條有理的說明如何利用儲蓄或退休金，購買不同的基金或作各種投資，以確保有足夠財力支付後半生的生活開銷，他強調近年來人的壽命普遍增長，因此需要有個策略來理財，應付股市上下的波動，才能有足夠金錢養老，我們如同上了一堂課，受益不淺。說明會完畢，果然招待午餐，先來沙拉和麵包，再來是主菜，最後是甜點，既不必花錢，又不必動手，享受一頓可口的午餐，好不開心。

　　參加幾次財經講座後，對於投資問題多少有點概念，以後每隔一段時期，就收到類似的請帖，有些公司講座會定在晚上，供給晚餐，晚餐大都比較豐盛。在一講座，有個講員能言善道，介紹一種投資或基金，不受股票市場影響，除了保住資金外，並保證增值百分之八，我們一時被迷住，大方出手，用大筆的儲蓄買了年限七年的指數年金，自以為作了明智的決擇。後來又參加一些財經講習會，聽了更多其他投資方法，才知先前的決定可能不智，年限七

年，是一大缺點，如提前退約，罰款很多，得不償失。聽說財經人員最喜歡鼓勵顧客作此投資，因為他們可得優厚仲介費，這就難怪他們了，招待的午餐或晚餐，比較之下，費用微乎其微，餐點那是免費的，羊毛還不是出在羊身上。幾年來，接到不少邀函，如果不加入他們的投資，午餐或晚餐確實是免費的。

　　退休之後，也常接到另外一種請帖，來自經營退休之家，邀請人們前往參觀退休後的住處，邀函說明當天的活動節目，並明言節目後將有午餐，為招來更多人前往，午餐的菜餚皆以彩色印出，看了令人心動，欲探個究竟。亞特蘭大不乏這種退休人員住家，我們曾參觀兩處位於精華地段桃樹街的住家，另外一處位於石頭山附近，再加上甘斯唯爾一處，因此對於退休之家多少有點了解。

　　退休之家收費昂貴，大部分住客是退休的醫生、律師、大商人或經濟上寬裕的人，除先付錢購買住處外，每月費用數千元，用於膳食、打掃、服務及水電其他雜費，搬進後，不必購物，不需烹煮，茶來伸手，飯來張口，每日悠哉悠哉的過日子，而且每兩個星期就有人來打掃整理房間，室內若無洗衣機裝備，還有免費洗衣的服務。

　　退休之家提供各種各樣的休閒活動，例如電腦班、木工、手工藝、寫作、下棋、玩牌等，又有健身房設備，應有盡有，供人自由選擇參加，如熱心參與，每日時間恐怕尚不敷使用，這些是為健康者的設施，另外有兩種設備針對身體欠佳者，其中之一是日常生活上需要幫忙的人，另一種是完全無法自理生活的人，這兩種設備所需的費用隨之增高。住家大小，由單房、雙房、參房而至獨門獨院房屋，價格有別；位於高樓的公寓，價格則隨其高低而有異，越高越貴，因身在高處，市內風光一覽無餘。

　　退休之家，常自傲擁有一流的廚師，烹調一流的餐點，據說初搬進的人，體重會增加很多。果真名不虛傳，每逢參觀之日，這些廚師都作出令人垂涎的午餐。這裡供應免費早餐，每月費用則包括午餐或晚餐，餐廳不只一種，有供應沙拉三明治簡便餐廳，也有要求穿西裝打領帶的高級餐廳，選擇的幅度還不少。

　　這些高級退休住處美奐美侖，地毯圖樣色彩賞心悅目，牆壁上的畫作高雅別緻，房間設計巧妙玲瓏，起居舒適方便，住在這裡有如身處度假村，退休之家設備完善，服務周到，有時不免動心，躍躍欲試，不需作飯打掃，其誘惑力可真不小。但繼而一想，還是趁早打消念頭吧！一來費用太多，二來生活空間頓時縮小好幾倍，有如回到大學時代住宿舍的日子，三來沒有私人庭院花草可享受，再來每日所見所接觸的人全是老人家，四周缺少朝氣蓬勃氣息。也許有朝一日會有需要，但是如今恐怕還早。雖吃了不少免費午餐，仍未搬進，但退休之家經營者對我們仍不放棄，不久之前，午餐後的餘興節目是住宿者自編自導演出一齣劇，名為《我尚未準備好》，這不正描寫我現在的心境嗎？

　　誰說天下沒有免費的午餐，的確是有的，財經公司或退休之家經常舉辦講座或活動，外加午餐或晚餐招待，招攬更多人們前往參加，這些供給免費餐點的地方，皆有前提在先，期望人們去參加投資或搬進退休之家，果真如此，這些午餐就由免費變成非常昂貴的餐食了。

一夜成名

　　桑德優美的步伐在舞台上四處走動，五顏六色彩色燈光隨著他的行動，不住轉移目標照射他，音樂配合他的動作，抑揚頓挫的流瀉戲院，觀眾目不轉睛的盯住魔術師的表演，漸漸的他們從一個現實世界走進一個夢幻世界。桑德身穿一襲白色亮光的衣褲，一頭銀白短髮直挺的往上梳，他雙手一伸，袖口立即飛出兩隻白鴿，他的美麗助手愛麗森優雅的走上去，把鴿子放進帽子裡。接著桑德從袖子變出一隻粉紅色的鴿子，他手拿一根細長的金屬棒子，上下揮動一下，立即就變一條柔軟的絲巾，觀眾又驚又喜熱烈的拍手。

　　接下來，桑德在一個大空箱子四周環繞，示意觀眾箱子內別無他物，之後愛麗森關進箱子內，桑德比手畫腳在箱子上作法，然後打開箱子，哇！裡面竟然盤旋一隻大蛇，桑德雙手舉起大蛇平放在雙肩，走下舞台，大蛇的舌頭一伸一縮，狀甚可怕，但仍有人敢去碰觸牠一下。

　　桑德和愛麗森又表演幾個精彩的魔術，其中一項是愛麗森躺在一個長方形密閉的箱子，然後桑德在箱子上，前後幾個地方，用一把鋸子鋸來鋸去，觀眾為愛麗森捏一把冷汗，神不知鬼不覺，在眾人焦慮下，她忽然毫無損傷的站在一旁，面帶燦爛的笑容，向觀眾揮手致意。

　　過了一會兒，桑德走下舞台，朝我們這邊的走道前來，他的眼睛在座位上搜索，忽然他站到我面前，伸出手來，領我走向舞台，他問：「妳叫什麼名字？」我照實回答：「素。」他又問：「妳家住在那裡？」我回答：「亞特蘭大。」然後他向觀眾介紹：「這位美麗的女士名叫素，來自亞特蘭大。」觀眾報以熱烈的掌聲，我五

官四肢齊全，至於美麗倒稱不上，不過人生如戲，今晚不妨扮演假美女的角色吧！桑德又講了一些話，台下的觀眾都站起來，叫著我名字，不停的拍手，我深受這般熱情感動，激動之下，我發覺自己高舉雙手，和觀眾打成一片。

　　然後桑德問我：「妳曾經上舞台嗎？」我回答：「從來沒有。」也因為從未有經驗，今晚才知道在台上看台下，人物模糊一片，只稍可辨認其輪廓，桑德讓我坐在椅子上，然後他在我面前比來比去，一隻活生生的白鴿飛出來，接著他叫我在一條巾上打幾個結，拿回絲巾，他揮動幾下，變成一條平順無結的絲巾。

　　接著桑德站到我身後，他在搞什麼把戲，我完全矇在鼓裡，驟然間觀眾的笑聲震動整個戲院，而此時桑德面對觀眾，雙手拿著一副胸罩左右揮動，觀眾的笑聲幾乎要掀開屋頂。我羞得兩手掩面，心中暗暗罵他：「桑德，你瘋了，我一生為人師表，頗受同事與學生愛戴，今晚你讓我在幾百人面前出醜，在大庭廣眾下，赤裸上身，幸好我已退休，否則後果不堪設想。」我的眼睛偷偷往胸口一瞄，啊！謝天謝地，我所有衣服全部好端端的都穿在身上，唉呀！好險！為了答謝我參加表演，他送我一朵紅玫瑰，我行了個西式半彎腰的禮，可是我一接手，花兒立刻垂下，大家又大笑，最後他贈予一魔術的影片，觀眾又熱烈的拍手。

　　我自小害羞成性，今晚不同凡響的經驗是生平第一次，恐怕也是最後一次。在為期兩星期的巴拿馬運河之旅，晚上戲院的表演，最受遊客喜愛，大部人都穿戴美麗的衣服首飾，提前來到戲院找個好位置。次日夜晚，我們照樣去戲院，沒想到剛走進去，右側後半部有一些人就「素！素！」的大叫起來，我覺得有點難為情，沒想到隔了一天，還有人認得我，所以第二天我們改由左門走進。果然平靜，沒人呼叫我，次日白天，無意間，碰上這群來自加拿大的旅客中一位婦女，她問我為何昨夜沒去看表演，原來她注意我的行動。這樣連續幾天這群可愛的旅客一見到我就大叫我名字，彷彿我是個名人，其中有一位男士問我：「妳的名字真的叫素嗎？」

　　人生如戲，一點也不錯，每個人在一生中不同的階段扮演不同的角色，在挪威星星號遊輪，為期兩星期巴拿馬運河的航行中，我無意中扮演一個意想不到的角色，一個受人喜愛的公眾人物。桑德的魔術一度把我們從現實世界帶進夢幻世界，我們如癡如醉的享受好幾天無憂無慮的生活，當遊輪停泊在洛杉磯之時，是夢醒之際，也是我們回到踏實真實世界的時候。

生機勃勃

　　從加勒比海刮來了一陣狂風暴雨，掃蕩佛羅里達州邁阿密海岸一帶，然後浩浩蕩蕩北上，來到喬治亞州，接著亞特蘭大遭受一場風雨劫洗，家裡前院兩顆紫薇，樹上嬌豔欲滴鮮紅花兒，不堪一擊，落紅滿地，紫薇的樹枝被暴風東吹西打，不勝其苦，枝頭下垂，似乎和地上的落花一同悲傷嘆息，相憐相惜，綠葉紅花生氣盎然的紫薇，頓時花容失色，憔悴不堪。

　　後院三顆大樹，也懾服於強大風雨的威力，枝葉隨著風向，不由自主在空中瘋狂飛舞，上下左右迅速搖盪，隔街路邊的柳樹枝頭柔軟纖細，一陣風雨吹打，部分枝葉低垂到道路上，阻擋行人車輛通行。

　　過了兩天，狂風暴雨終於消聲匿跡，雨過天晴，四周充滿清新的空氣，樹木花草有如沐浴後的乾淨清爽，綠葉迎著朝陽，微微發出光澤，前院紫薇彎下的枝頭，奇妙的挺直起來，恢復原狀，在柔和的晨光下，似乎在微笑，被壓倒的柳樹枝頭竟然伸直起來，在微風中輕輕的飄動，啊！在這可愛的大自然，樹木竟然擁有如此堅韌的生命力，不怕風吹雨打，被擊倒後，又重新站了起來。

　　多年前，我們由日赴美，外子的東京大學指導教授曾贈與忠言，北原教授說：人要活得像野草，不管環境如何惡劣，都能生存下去。一句普普通通的話，卻包含無限智慧，不是嗎？對付庭院的野草，又拔又挖又噴，但過些時候，頑強的它又冒出個頭，我們不是常看到石板路隙縫和小洞或岩石裂縫中蹦出的野草嗎？君不見，電視上除草劑的廣告，一個大男人提著一桶Round Up除草劑雄赳赳往地上野草噴射，如臨大敵。

　　看看周圍樹木成長與凋零，它給予人們可貴的啟示，這是自然界賜給的鼓勵，草木受風雨摧殘，以致枝葉支離破碎，但雨過天晴，又挺直身子，展現可愛英姿與勃勃生機。人生不如意時常八九，人們是否也能像草木一般，跌倒後，能夠再站起來，台灣俗語說得好：「打斷手臂反而壯」，不怕挫折失敗，只怕自己失志氣餒，一蹶不振。

肥胖含有難看之意嗎

　　一般人都喜歡或羨慕自己所沒擁有的，白種人喜歡在艷陽下享受日光浴，希望皮膚變成棕褐色，以示健康美，亞洲婦女恰恰相反，她們常打陽傘，儘量避開陽光，怕皮膚曬黑，據說黑人當中，膚色較淺的，比較受人喜愛。

　　從膚色引申到體重，也是同樣的道理，凡人愛其所無。美國肥胖者極多，已造成健康上的一種危機，根據統計，成人超重者佔百分之六十八點五，超胖者為百分之三十四點九，而孩子青少年超重則佔百分之三十一點八，而超胖者佔百分之十六點九，在喬治亞州，肥胖問題更為嚴重，成人肥胖者總數為美國第十八位，而孩童肥胖人數則是第十名。一個國家超胖者居多，是不容忽視的健康問題。儘管近二十幾年來，人們花在減肥的時間、金錢越來越多，但肥胖者數目非但不減，反而增多。

　　這也難怪許多美國人都自認必須減肥，也怕別人說他們胖，「胖」在一般美國人心中含有醜或是難看的隱意，相反的，「瘦」帶有美好含意，如果不信，可試試對美國友人說：「你最近好像瘦了些。」他一聽必定很開心，向你道謝，因為「瘦」依不成文習慣，暗示適中好看之意。

　　稚齡孩童從小就常用 "Fatso" 胖子一詞罵來罵去。幾十年前，有一天下午，我帶三歲幼兒去保姆家接老大回家，他一見羅西，不知好歹，忽然脫口而出：「You are fat.」羅西滿臉不高興，立即回報：「You are fat, too.」羅西是五十多歲墨西哥人後裔，四肢短小，身體矮胖，孩子的話大概正擊中她心中痛點，頓時讓她失控，雖明知羅西的反應過份，也只得向她解釋童言無忌，請她釋懷。

又有一次我們在百貨公司瀏覽，有個店員前來招呼，外子為示友善不經意的說：「你最近看起來好像胖了些。」這下子，店員又著急又憂慮的說：「沒有呀！真的，我體重沒增加，我看起來胖嗎？」只怪我家冒失鬼不懂美國人不喜歡胖的文化，說人家胖就等於說人家難看，我有些尷尬，只好在旁打圓場：「你一點沒變胖，身材剛剛好，他看錯人，不要聽他！」這下，他鬆了一口大氣，幸好沒有長胖，當然也沒變醜，這時冒失鬼會意過來，接著說：「對了，我把你看成另外一個人，真抱歉。」

美國超重的人很多，減肥的人也多，每年減肥業消費金額高達兩百億美元，這數目包括減肥書籍、藥品及減肥手術等，減肥的人共有一億八百萬之多，其中百分之八十是女性。市面上常見各式各樣減肥方法，例如Jenny Craig, Weight Watchers, Slim Fast, South Beach Diet, Nutrisystem Diet 等，然而減肥效果似乎不佳，減肥者體重有如鐘擺，一下減輕，一下增加。有些年輕女孩矯枉過正，過份注意自己體重，拒絕進食，成為一種病態叫厭食症（anorexia），她們身體極瘦，但她們不想進食，用餐或吃了一點食物之後，就自引嘔吐，或用瀉藥，把吃下的東西從腹中清除，這是心理的疾病，必須求醫，否則會有生命危險。

第二次世界大戰後，台灣普遍缺乏食物，那時很多廣告是有關營養補品，六十年代的廣告也都是些滋養食物。朋友熟人碰面，打招呼時說：「你最近發福了。」這是恭維的話，表示他家豐衣足食。曾幾何時，這些廣告和恭維語都被淘汰了，取而代之的是減肥有效的藥物或是稱讚瘦身的話語。

肥胖真的就是難看？見人見智，有人認為胖是福泰，也許有些男人喜歡身材豐滿的女人，以為這才顯得肉感或性感。唐明皇後宮佳麗三千人，三千寵愛在體態豐腴的楊貴妃，環肥燕瘦各有千秋，然而超胖與超瘦都非在健康範圍之內，這種的胖不是楊貴妃般的豐美身材，而瘦也不是趙飛燕般的小巧輕盈，這種超級肥胖是歐必死（obese），如不趕緊治療，會引發心臟病、中風、糖尿病

等嚴重疾病，人一旦失去健康，生了重病，體態容貌還能保持美
麗嗎？

健身房眾生相

　　加入健身房已多年，看見無數形形色色的男女，年齡上，有青年、中年和老年；體格方面，有身材適中，行動輕快，也有身體臃腫，行走緩慢的人，有身體挺直，也有幾個稍微彎腰駝背的人，不管什麼樣的體態，大家和樂相處，聚集一堂，作各式各樣的運動以求健身。

　　一般來說，來健身房的人，大都是同樣的一批人，每人喜愛的運動各有不同，團體操提供不少課，包括有氧運動、舉重、瑜伽、任巴舞（Zumba）、柏拉帝（Pilates）、打拳等。女性比較喜歡配著音樂，跟從老師作團體操，除了瑜伽和打拳，少數男士會來參加外，其他的班級清一色都是女人。

　　健身房備有多種運動機器與器材，包括腳踏車、跑步機、舉重機、爬上機以及其他鍛鍊身體每個部位的機器：手臂、腿部、胸部、背部、腰部，舉凡能想到身上的部位，就有機器來配合，另外還有游泳池、旋渦池、蒸氣室（Sauna），此外尚有數個大房間供人騎高墊腳踏車、打籃球及其他球類，也有個大房間作為團體操教室，健身房最內側放滿各式各樣舉重的機器，希望擁有一身健美肌肉男士必到之處，運動後會員可在浴室沖洗。

　　有些男會員每日必到，努力的騎車或跑步，汗水淋漓、全身濕透，日復一日，可是體重並未減輕，啤酒肚仍存在，想必運動之外，仍必須控制飲食才能達到減肥效果。有個男士曾住過療養院，仍繼續作復健動作，他每日必到，消磨兩個小時後才離開，他左腳走路稍有異樣，必須靠手杖幫忙，可能如此，他騎腳踏車的時間特別長，以加強腿部力氣，假如年輕時他就常上健身房，也許就不會

中風。

　　每天約兩點半，一對年輕的俊男美女走進來，他們穿著入時，背個包包，男子英俊修長，女子留了一頭長髮，身子不高，但長得甜美可愛，一個多小時後，他們穿戴整齊又離開了，大概回去上班。下午三點半，一對中年韓國男女一前一後走進來，猜想他們是夫妻，如是情侶，就會併肩同行，邊走邊談，這對夫婦喜歡泡水，這是他們唯一目的，泡過游泳池之後，他們接著泡旋渦池，享受高水壓按摩全身，一個小時後，男子大功告成，坐在沙發椅上耐心的等待妻子，有時等了三、四十多分，女的才姍姍來到，然後兩人又一前一後地離去。

　　瑪利是個孝女，她常帶坐輪椅的母親來上團體操，她把母親安置在靠門的地方，上課中，必帶母親去洗手間，因久未見她來上課，前天忍不住詢問她母親近況，不料她眼睛立即湧起淚水，原來她母親已去世六個月，她越說越傷心，一再道歉自己無法控制，她說在心靈上，似乎每天仍然和母親談話。

　　穿著藍綠色運動衫的男子經常手持一機，他一面玩手機，一面作運動，花不少的時間講電話，他選的機器大都有個平面可放手機，有時他像在電話中談生意，有時他使用外語，附近是猶太人社區，他的話大概是希伯來語，這位仁兄一坐上某機器，佔用時間太久，不必傻傻去等他。

　　頭頂中帶黑色小帽的猶太男子，身體矮小，似乎不太健康，他如何來健身房，不得而知，回程他常四處尋找善心人士，給他搭個便車回家。最近幾個月不見蹤影，不知他近狀可好。忠厚老實的羅傑是日裔三世，常載他回家。羅傑不諳日語，他喜歡找人聊天，說話內容大都和時事政治有關，他喜歡騎腳踏車，一面騎車，一面仰頭看電視新聞。

　　忽然一個全身穿著紫色衣服，帶有紫色面紗，撐把陽傘走進來，這是何方神聖？是男？是女？揭開面紗後，才知原來是他，這男子將近六呎，帶有耳環，頭髮已發白，他來健身房似乎不作運

動，而是來找人聊天消磨時間，如果沒有對象，他就坐在沙發上看書，鄰座如有個人，他必先轉頭搭訕，並不見他使用什麼機器或作些什麼運動，有時他穿一身大紅，有時穿粉紅色，標新立異，十足是怪人一個。

　　健身房內的女人喜歡作團體運動，運動沖浴後，她們花在更衣室的時間倒是不少，站在鏡前，她們的花樣就陸續出籠了，先是全身塗抹乳液或乳霜，吹乾頭髮，然後作髮，再來化妝，臉部的保養品與化妝品瓶瓶罐罐，多得令人咋舌，有幾個人的玩意兒特別多，竟用搭飛機隨身攜帶的旅行箱，滿滿裝了捲髮機及白粉、眼膏、口紅、腮紅等等，應有盡有，這些令她美貌動人的寶物，缺一不可，有個女人化粧時，竟佔了兩個水龍頭及其周圍平台，上面佈滿了化妝品，啊！愛美原是女人天性，可能大半女人還自認是美女。

　　在更衣室，有些女人毫無遮掩展示胴體，健美迷人身體極少，有些人坐著，身上肥肉四溢座位，實在不敢恭維，穿上衣服，束緊腰身，擦上脂粉，才稍稍顯出女人模樣。偏偏有少數女人自以為是天下尤物，全身赤裸，大大方方，走來走去，東抹西塗，慢條斯理，莫非犯了自憐自愛症。

　　健身房是個好地方，運動後精神清爽，偶爾吃些油膩食物，也不會自責太深，已消磨了熱量，大概不礙健康吧！持續運動，身體上和心理上，都受益不淺，患有心臟病、糖尿病及中風的機會自然會減少；而且加入健身房，擴大生活領域，得以接觸認識自己生活圈以外的人，一舉數得，何樂而不為。

健身房內的友情

　　去健身房久了，就會發覺去那兒運動的人，大約是同樣的一批人，有些人一週去幾次，也有些人似乎以健身房為家，天天在那裡消磨數個小時，但他們並非所有時間都在運動，強身本是他們參加健身房的主要目地，但時間一久，興趣愛好相似者，自然而然，聚在一起，交談言笑，其樂融融，常見三、五人成群，高談闊論，偶爾傳來陣陣笑聲，顯然這些仁兄除了健身，同時也在健心。

　　健身房內備有各種各樣運動器材，舉凡鍛鍊身體的每個部位，都有特定的器材，因此手臂、胸部、腹部、背部、腰部、腿部等，必須用不同的器材以增強肌肉。除了器材供人使用外，健身房也提供團體操，比如瑜伽、舉重、任巴舞、有氧運動、打拳等，這些課由教練帶領指導，配與音樂，很受女士歡迎，參加團體操的人，百分之九十九是女性，只有瑜伽課和打拳，四、五位男士會來參加。大凡來上團體操的人，每次都在他們固定的位置，大概習慣使然，因此久而久之，就和四周鄰居熟悉起來，上課前或下課後，自然而然，開始交談，彼此關懷。

　　十多年前，蘇娣妮曾經和我同在一個高中工作，當時交情不錯，十多年後，在健身房再碰面時，彼此已無法辨認，一次交談中，才重拾舊日友誼。蘇娣妮是泰裔美人，擁有博士學位，出自富裕家庭，排行最大，有如母親，十分照顧弟妹。她遲睡遲起，只能趕上九點四十五分的團體運動課，一星期最多來五次，她身體嬌小，一副健康模樣，喜歡購買衣物，來健身房時，總是穿戴入時，顏色搭配得恰到好處。我們下課後，一起去更衣室洗手，並且交談彼此生活上的點點滴滴，所以我也很清楚，她遠住鳳凰城的妹妹，

曾來愛默里醫院換肝臟的情形。

在團體操課堂內，有位中年男子名叫喬治，每天早上必來上兩堂課，從八點半到十點四十五分，他喜歡在教室右側後方，我出入教室時，都會見到他，經常他是教室裡唯一的男子，但他不在乎，仍高高興興的和我們女士一起運動。認識他三年後，有一天，忽然不見他來上課，最初以為他感冒略感不適，然而一星期過去，一個月也過了，仍不見他人影，會是搬家嗎？或是……沒人知曉，我們之間雖彼此問候打招呼，但因每週見面幾次，也就沒留下通訊資料，因此無法和他聯絡詢問近況。好幾個月後，喬治終於回來了，大夥兒都很高興，只見喬治氣色不佳，臉色蒼白，他說生了一場病，我們也不便多問，以後喬治斷斷續續的來，但他能夠作的運動變得有限，即使瑜伽課，有些動作他作得很吃力，如此過了幾個月，他再也沒有回來和我們運動了。我常想起他生龍活虎的樣子，以及他後來生病衰弱的情況，我常默默祝福他，願上蒼保佑他，讓奇蹟發生，使他恢復健康。

比爾今年已是八十五，看起來充滿活力，走路踏實穩健，夫妻倆下午都在健身房消磨一兩個小時，他們喜歡騎腳踏車，有時也舉重。兩個月前聊天時，他說癌症又復發了，他說的十分輕鬆，有如談別人的病，接著他吐露這非第一次復發，前一次治療後，癌細胞就消失了。果然不久，他宣布這次也戰勝癌症，醫生說要歸功他在健身房有恆的運動，我們聽了都覺得很欣慰，一面為他高興，一面也慶幸自己不也正走在健康之路嗎？

凱蒂大約五十多歲，身材苗條，面貌可愛，她是團體操所有人中，最為準時持久的學生，每日早上兩堂課，從未間斷，而且早晨提早半小時先來，自己先舉重，或作腿部、腹部動作。三個月前，她來的次數驟然減少，有時運動一小時後，就匆匆離去，最初以為她有新工作，因此無法天天來，有一天，一位會員向我詢問她的情況，我無法告之。後來聽說她的丈夫最近身體欠佳，我期望上蒼保佑他早日康復。

　　麥紐業於卡斯楚當道時，離開古巴，來到美國已數十多年。不知何故，他的左腳走起路來，不太靈光，他曾住在療養院，治療一段時期。回家後，每日下午，他都來健身房騎腳踏車，也使用其他器材，他為人和善，人緣很好，被稱為市長，許多人一進門，就先前來和他打招呼，談上幾句話。一年前，他家附近新開一家健身房，但他一點不為之動心，他說朋友都在這健身房，雖開車遠些，但他不願離開這些友人他去。感恩節過後一星期，不見他蹤影，心中有點擔憂，因他單獨生活，不知是否安然無恙，我們就請跟他最要好的安朱打電話去詢問，結果發現一切安好，麥紐業只想在家休息幾天而已。我不常去這個健身房，偶爾去一兩次，麥紐業顯得特別高興，和我談東談西。他住療養院治療期間，我們的合唱團曾去演唱，並送給他們一點小禮物，麥紐業從此就念念不忘，非常感激，在健身房裡到處說，我們倆善於唱歌，真是天曉得！

　　來自緬甸的女士是生物學家，身體瘦小，皮膚稍黑，二年前從美國疾病控制與預防中心（CDC）退休，自此她週日也能來參加運動，但她並非天天報到，有時她在教會作義工，生活上的活動似乎安排得滿滿。不知怎樣，兩個前月，再也看不見她蹤跡，不知發生什麼事，是回國探親？還是想落葉歸根搬回故國？她以亞特蘭大為家已過數十載，大概不會斷然離去吧！大家互相猜測，也得不到答案，如今只望不管她身在何處，都平平安安，快快樂樂過日子。

　　人相聚一起，日子一久，總會發生感情，互相關懷，如有人突然不見，令人懷念，也令人擔憂，不知是凶是吉。如同其他地方，健身房裡也編織一些人世間悲歡離合及病痛疾苦的故事，對於不再來的同伴，難以忘懷，目光如投向他們從前使用的地點，思念之情油然而生，我們祈求他們遠離病痛，平安無事。

新式的老媽子

　　依一般人的想法，老媽子是指在家幫傭的婦女，她們以時間勞力賺取工資，新式的老媽子同樣的是幫忙家務，照顧小孩，但有些不同之處，首先新式的老媽子是免費服務，不拿佣金，有時還得自掏腰包倒貼，其次新式的老媽子服務的範圍較廣，可說身兼數職，她必須作飯，清理廚房，又當車夫，載孩子上下課，參加課外活動，週末如有慶生會，還得帶他們去參加，此外要作家庭教師，指導他們功課作業，幫忙溫習功課，準備考試，幸虧老媽子年輕時也念了幾年書，才不致被美國書難倒，最後老媽子還要暫時權充父母，在孩子的考卷作業上簽名。

　　老媽子時時感謝自古以來就有聰明人設立學校制度，讓孩子白天有所去處，學習各種知識以及做人做事道理，否則老媽子整天和兩個半大不小的人糾纏，豈不累得忘記自己是何許人也。說真的，五點半一大早起床，屋外一片黑暗，屋內寧靜安和，準備早點很是順利，六點四十五分去叫孩子起床，這可是棘手事情一樁，他們睡夢正甜，忽聽叫聲，迷迷糊糊，似醒非醒，不久又沉沉睡去，時間一分一秒的過去，眼看快七點了，再不起來，就會遲到，老媽子只好動手了，走到床邊又叫又推又拉，偶爾來幾句威脅的話，終於他們睡眼惺忪的起來。

　　九歲的老二竟宣布老媽子必須離開房間，因為他更換衣服需要隱私，否則不換，還真煞有其事，其實他嬰兒時期，老媽子給他洗澡換尿片，身體那個部分沒看過，有什麼好神祕兮兮的。七點五分他們下樓，吃完早餐，和遠地的父母用iPhone面對面談過話後，七點二十五分一切就緒，老媽子送他們去學校，謝天謝地，早晨的奮

鬥過去了，老媽子鬆了一口氣，可享受幾個小時的自由。

　　悠哉悠哉過了些時辰，又是他們下課回家的時候，課外活動緊接著序幕，是網球？鋼琴？或是西班牙語？兩個孩子有不同的活動、時間及地點，老媽子趕快參考孩子的媽留下的每日行事表，先搞清楚今天是星期幾，然後再弄清楚誰要上什麼課，地點在何處，這下子，老媽子的那一口也必須出動當司機，老媽子趕快下廚作飯，否則餓壞兩個正在成長的兒童，豈不罪大惡極，這可不是開玩笑的，美國人極為保護兒童，如被冠上虐待兒童罪名，跳進密西西比河也洗不清。終算功德圓滿，他們都準時到達該去的地方。

　　兩個孩子回家，顯得疲倦又饑餓，也難怪，他們早上七點多出門，黃昏六點才進門，在外將近十二小時之多。生在競爭激烈的現代，孩童也夠累，下課後，還要學東學西，每天弄得忙忙錄錄，一點發呆作夢的閒暇都沒有。晚飯後，他們寫作業或溫習功課，老大的作業特別多，有時忙到十點半才大功告成，上床之前，再以iPhone和爸媽面對面道晚安，然後上床，感謝上天，一天平安的過去。老媽子忙了一天，此時終有一個半小時的自由時間，上網看郵件，瀏覽報紙，眼皮越來越沉重，也該睡了。

　　兩個孩子其實非常乖巧聽話，兄弟相處和睦，作功課自發自動，不必老媽子催促，唯有一點，和老媽子的想法有些出入，他們用於電腦及其他科技工具，例如iPad和iPhone的時間似乎太多，但是話又說回來，老媽子孤陋寡聞，可能這是科技時代的普遍現象。

　　有時老大心血來潮時就說：「Ah-Ma, Thank you for taking care of us.」一股暖流頓時湧進老媽子心頭，眼淚差一點掉下來，原來老媽子的小孫子已是半個大人，知書達理。從他哇哇墜地以來，每當他爸媽出遠門，老媽子全職照顧他，一年又一年，看他學會走路說話，小時帶他上幼稚園，每次說聲再見時，他依依不捨，站在教室門口，一直揮手。啊！歲月不饒人，兩個孫子越大越懂事，每當他們父母回家，和老媽子道別時，他們就抱著老媽子難捨難分，向老

媽子致謝，啊！這是天賜的福份，何等的珍貴溫馨，難怪老媽子一
而再，再而三的樂意作老媽子。

各式各樣的老媽子

　　簡單的說，老媽子是指在家幫傭的婦女，她們作飯、洗衣、打掃、照顧孩子，除此之外，今日在美的老媽子職務更多，她是司機、家庭教師、也是家長，她服務的地點和時間不盡相同，有些在家，有些在同一城市，更有些離家遠去外州，有些工作期間長達數年，也有些數個月，還有僅數日或數小時，每個老媽子的工作情況不盡相同。老媽子承擔這些工作，恐怕當初來美留學或經商或就業時，未曾預料的，怎會在退休後的黃金歲月，不求而來個第二職業，讓老媽子退而不休，甚受兒女器重，成為他們生活中不可或缺的人物。

　　不妨先談談老媽子服務時間的差異，幾個小時的服務大半是兒女臨時有事，可能晚間工作加班或社交，也可能週末他們要出去散散心，放鬆一週來累積的緊張情緒，此時老媽子有如計程車，隨召隨到，迅速可靠，萬無一失。至於數日的服務指兒女外出他地，出差開會，大概一星期左右，這時老媽子要擔任主婦全部的工作，孩子飲食、上學、作業、課外活動，面面必須顧及，如是嬰兒，老媽子就比較忙碌，沖奶粉換尿片，恍若她又回到年輕時育兒的日子，小孩上幼稚園後，工作就比較輕鬆多了，他們開始會和老媽子談話，問東問西，令老媽子甚覺快慰。

　　孩子的爸媽如住在附近，早上趕著上班，送孩子上學的差事自然而然的落在老媽子的身上，孩子下午兩、三點下課，同樣的要跑一趟接他們回家，給他們吃點心，照顧他們，如有課外活動，例如踢足球、游泳或學習鋼琴等，老媽子還得充當司機載他們各處去，然後再帶他們回家，孩子的爸媽回來接班時，已近天黑時分。如果

碰上假日或教師研習日，那麼老媽子就成全天保姆，負責他們的飲食娛樂和安全。如此老媽子從週一至週五的早晨和傍晚，職務困身，日復一日，要和友人短聚，或聊天或吃個午餐，也頗受到時間限制。至於外出旅遊數天，必事先稟告請假，好讓孩子爸媽另作安排，這樣老媽子和老伴除了孩子在校那一段時間外，白天時間全都奉獻給孫子。寒暑假老媽子的工作時間由半天延長至整天，孩子們快快樂樂，老媽子忙忙碌碌，孩子的爸媽忙著服務人群，而老媽子則忙著服務兒女，每日如此，何時才能恢復自由身，似乎遙遙無盡期，大概要等到孩子上高中或讀大學後，才能功德圓滿的在第二職業正式退休。

有位外州的朋友，女兒就住在隔壁，她的兩個孫兒從哇哇墜地起，照顧養育嬰兒一手由她包辦，女兒下班回來，吃了熱騰騰的晚餐後，才抱著嬰兒回家，如此一年又一年，老媽子一直盡心盡力，照顧女兒的孩子，由嬰兒到幼童而至上學。有一天，女兒心血來潮，忽有奇思對媽媽說：「媽，您好幸運！」老媽子一時莫名其妙，回答：「怎麼啦？」女兒說：「別人家的阿嬤要看孫子，必須開車或上飛機，一年才能見面幾次，您天天看到可愛的孫兒，而且不必出門。」老媽子心想原來是這麼一回事，大概是老糊塗，才沒想到自己原來是這麼一個幸福的阿嬤，自此老媽子做起事來精神百倍。

朋友之間說笑，暑假期間必須去西部當兵，意謂去子女家盡義務，照顧孫子，學校放假，大人白天要上班，只好遠調住在東部的阿嬤前來享受含飴弄孫之樂，這時老媽子只好拖老伴一起下海，於是兩人每日早起，忙著當車夫，載孫子參加種種不同的暑期活動，打球、游泳、電腦、手工藝等，不勝凡舉，每個孩子在不同時間參加不同的活動，把老媽子和老伴忙得團團轉，一個頭兩個大，深恐把孫子送錯地方，下午四、五點鐘，在洛杉磯擁擠不堪的道路上奮鬥，終於安全的帶孫子回家，然後忙著下廚作晚飯，天天如此忙碌，有如一個陀螺四處轉動，也難怪一個暑假下來，身體瘦了一

圈，不吃藥不運動，體重竟然減輕了將近十磅，這何嘗不是一件樂事，更何況每日和兒女孫子見面相處，生活在半台半美的文化中，不也是個好機會學習作個美國人嗎？

　　老媽子年已六、七十歲，幸虧身體硬朗如昔，才能擔當照顧孫兒重任。回顧數十年前來美，雄心鬥志勃勃，希望在此自由民主之地和夫婿大有一番作為，育兒養女之外，白天上班，日復一日，夫妻倆從未單獨外出尋樂，要玩帶孩子一起玩，要吃也和孩子一起吃，不需要保姆來家幫忙，時時自得其樂，兒女平安成長，完成學業，順利就業，一晃眼，就到退休年齡，沒想到不久之後，第二事業不求自來，於是老媽子頓時覺得年輕好幾十歲，每日跟著孫子講兒語作兒戲，如此過著充實有意義的生活，一面幫忙兒女照顧孫子，抒解他們的緊張壓力，一面可從孫子得知美國孩子的想法及嗜好，最大的安慰莫過於時常和兒女孫兒見面相處，啊，多麼幸福的人生！

在飛機場

那年聖誕節，我們倆和老大全家去波士頓老二的家，三代十人，歡聚一堂，共度佳節。老大早我們一天去。我們心想：聖誕節前一天才搭機，旅客可能會少些，前往機場的交通大概也會暢通無阻，是年末假期間最好的旅行日子。

出門那天我起個大早，聽到傾盆大雨連續不斷，接著雷聲大作，窗外劈劈啪啪好似下冰雹，大雷霹下，屋子好似跟著震動，窗外水霧濛濛一片，唉！這樣的天氣要旅行，真會選日子。我不住向上蒼祈求，使大雨變小雨，小雨化烏有。

我再度檢查行李，確定沒有遺漏之物，九點鐘離家，開往亞特蘭大機場，謝天謝地，果然雨變小了，車子在八十五州際公路順利的奔馳，三十分鐘後抵達機場，辦妥行李託運，通過安全檢查後，我們高高興興去登機門，看看手錶，十點還不到，尚有一個半小時可以消磨，選兩個舒適有插座的椅子，通上電流，我們坐下查看電子郵件，該刪除的刪除，該回覆的回覆，然後看一看上下波動的股市，再查看波士頓的天氣，很幸運，氣溫比往年高很多，華氏四十多度，不下雪。

往窗外登機門外一看，並不見我們的飛機，奇怪！此時飛機應該早在外面等待旅客才對，雨仍然下個不停，偌大空地上也不見其他飛機蹤影。去買杯咖啡再說吧，走向通道的另一端，穿過熙熙攘攘的人群，終於有一家咖啡店，回到座位，享受熱氣騰騰咖啡，今天的咖啡特別香，喝了一口又一口，很是過癮，身子隨著溫暖起來。走道上的人潮一波又一波，上來又退下，據前幾天NPR廣播電台的報導，聖誕新年假期間，總共會有一百萬人路經亞特蘭大機

場，確實一點不誇張。

　　吃了煮蛋、杏仁、蘋果等食物之後，差不多要上飛機了，只是登機門外，並不見飛機，怎麼一回事，正在胡思亂想之際，傳來廣播聲，說明十一點二十分的班機改為二點二十分起飛，我去服務台查詢，才知道延誤是因天氣不好，兩個都市都是如此，飛機誤點在旅行中是免不了，既來之，則安之，不必想東想西，庸人自擾。

　　坐了太久，站起來，在走道上快走，算是今天的運動吧，來來往往的人群，一批接一批仍然不斷，這麼多人，難道他們的飛機也誤點了嗎？此時所有座位都坐滿了人，有些沒有位子的人席地而坐，另外一些則靠柱子站著，有一對男女在玻璃窗下躺著，有個小女孩躺在父母的腳下熟睡，年輕的父親脫下她的長靴，蓋上他的外套，半個鐘頭後，他也在女兒身邊躺下睡去，父女兩人鬧中取靜，在吵雜的候機室睡得如此安詳，豈非幸福。

　　環顧四周，大多數的人手持一機，注目小銀幕，是什麼有趣的音訊信息讓他們如此專心一致，曾幾何時人們變成低頭族，幾年前閱讀報章雜誌的人如今何處去了，iPhone、iPad與laptops比比皆是，如今這些電子玩意兒已成生活中不可或缺之物，小小一物握在手心，可查信件，閱讀國際、國內、地方新聞，亦可查詢路途方向，看電影，玩遊戲，其樂無比，難怪兒童、青少年、成人為之著迷，也因此人與人之間交談互動逐漸減少，有時不免令人懷疑，機器是否能取代有靈性能思考的人類，在溝通上我們需要它難道勝於有血有肉的人嗎？

　　玩膩了iPhone，拿出一本書開始翻閱，手錶正指著下午三時，此時本應已到達波士頓半個小時，而我們仍然困在亞特蘭大機場。正感覺厭煩之際，忽然傳來女職員的播音，她說已有一群空服人員能夠為旅客服務，而飛機正朝向亞特蘭大飛行，到達之後，旅客三點半可開始登機，飛機四點起飛，真是好消息！

　　從早上十點鐘起，等待姍姍來遲的飛機，直到下午四點才起飛，我們足足等了六個小時，雖浪費不少時間，但在此刻，終於可

以成行了，仍然覺得很高興，總算沒有白等，不必在機場過夜。飛機終於降落，裡面的乘客魚貫走出後，新的一批乘客陸續的走向飛機門，我們提著小行李跟著大家走向飛機。

我家有個農夫

　　我家老爺退休後，家裡多了個農夫，他躍躍欲試，想要在屋後開闢一小畦菜園，其實院子不大，後院鄰居的三顆大樹聳立在院子邊界，太陽一出，半個院子就在陰影下，種菜的條件不甚理想，但在鄉下成長的他，小時候，看慣生機勃勃的農作物，聽慣水牛姆姆的叫聲以及淅淅沙沙的竹叢聲，現在沒有水牛，也沒有竹叢，種些蔬菜，隨時看到綠意盎然的生命，也算是偷得半日閒，重溫鄉村情。

　　下定決心後，首先他把久被冷落的電動鏈鋸找出，拿去修理，回家後拉了幾下，馬達砰砰的跳躍起來，活力十足，拿到後院邊界的小樹灌木試試功力，果然一下子樹幹樹枝倒臥許多。然後他用鋤頭和挖土工具開始鬆土，沒想到一揮鋤頭，鏗鏘作響，碰觸堅硬之物，原來土地下面，埋了不少的大石小石和瓶瓶罐罐的寶物，想當初工人建造房屋後，捨不得丟棄，就近藏在地下，然後鋪上草皮，不知道綠色可愛的草坪下，原來另有寶藏。此外，地下大樹根和小樹根蔓延四處，去除這些雜亂的地下根物，著實花了不少的時間和精力，雖稱不上篳路藍縷，確實也是一番大勞動。喬治亞州的土壤以紅黏土著稱，挖崛起來並不輕鬆，一塊塊的黏土固執堅硬，不願分離，農夫抱著耐心加耐心、勞動再勞動的決心，對抗這些頑物，好幾天後，好不容易開闢出一小塊可耕之地，終於有了初步菜園模樣。

　　其次就是改良土壤，農夫決定以有機方法耕種，不用化學肥料和殺蟲劑，他也不想用傳統式的堆肥方法作有機肥料，深怕堆肥招來一大群飛蟲蜜蜂，整天在後院飛舞尋樂，擾人清靜。自此農婦

每次洗菜或食用水果後，就把果皮與有瑕疵的葉子先存放於塑膠袋內，晨晚時分由農夫埋入耕土下面，他也收集院子的落葉，綠色黃色棕色的葉子，一視同仁，回歸自然。再來農夫用沙土攪拌黏土，天天如此，喬州固執的黏土也漸漸的鬆開來，成為可種植土地。

春天一到，三月時，農夫再把耕地鬆動整理一下，拔掉雜草，然後播下種子，首先是荷蘭豆，因為它的生長季節較短，生性嬌嫩，受不了五月底以後的溫度，其次種義大利扁豆，並種下韭菜，這個看似細長草類的青菜，堅毅耐寒，深秋時，照樣青綠不變，寒冬一過，春天再臨，它會慢慢從土地探出個頭。在前院陽光燦爛的灌木下，農夫埋下日本小紅薯作為種子，又在後院陽台下面，播下絲瓜種子，一切就緒，幾星期後，種子發芽，長出新葉，嫩綠可愛，他趁荷蘭豆和義大利扁豆的葉子未長高時，插下竹竿，搭起架子，讓葉藤爬到架子上，助其生長。日子一天天的過去，葉子變成綠色，充滿生氣。農夫每日早晚帶著斗笠去院子巡視一番，有時發現，初生的嫩葉被吃掉或咬斷，心疼不已，但也無可奈何。

荷蘭豆終於開了白花，結出火柴般大小的淡綠小荷蘭豆，一星期後，農夫終於摘了幾個荷蘭豆，累積幾天的收成，農婦炒了一小盤，農夫農婦兩人吃得津津有味，因為是有機物，兩人吃過，好似變得又健康又有精神。到了五月，荷蘭豆葉子逐漸枯萎，結束它的季節。接著不久，義大利扁豆成熟可摘，它的長度約五、六吋，比手指粗一點，清洗簡單，烹煮也簡單，只要在滾水中燙一下，撈起切段，即可食用，即使不放佐料品，味道也鮮美。義大利扁豆，春夏之間，開花結果生產兩三次，生命力很強。不知不覺中，前院灌木下面爬滿紅薯綠葉，油綠嬌嫩。父母親那年代，蕃薯葉是養豬飼料，曾幾何時，蕃薯葉變成極品，成為餐桌上的寵兒，據說吃一斤蕃薯葉子勝過一斤的高麗參，是真是假，姑且信之，所有蔬菜中，蕃薯葉長得最好，不受蟲害，只要勤於澆水，就長得茂盛。

絲瓜藤也長高了，攀附竹竿爬上陽台的欄杆，因為居高，陽光充足，加上每天澆水，不久綠葉上增添許多黃花，同時也招來無數

蜜蜂，蜜蜂從一朵花又飛到另一朵花，停落在花蕊中吸吮，如此飛來飛去，忙忙碌碌，傳播花粉，不久，小指頭般大小淺綠小瓜子出現，這可愛的瓜兒長得倒是很快，下雨過後，好像就長大幾吋，目睹生命的成長，是何等珍貴的經驗，如此一個季節，種植順利，收成不錯。

前幾天氣溫下降，曾聽一個莊稼人說，收穫蕃薯要趁下霜前，農夫知道這是收成時候，他去前院灌木下，翻開蕃薯葉子，泥土上果然露出小小一點紅薯，他十分高興，用鏟子心小心翼翼的在紅薯四周，慢慢地撥開泥土，避免傷及表皮，第一個紅薯終於出現了，渾圓可愛，接著農夫又挖出五、六個，沒想到今年收成竟然如此豐盛，他繼續挖掘，好事接連而來，一個又接一個出現，出乎意料之外，他竟挖出一個特大紅薯，這麼大的紅薯，即使在農民市場也見不到，這是種紅薯以來最成功的豐收。農夫得意萬分，提著下午挖出一竹籃的紅薯，然後由農婦拍張照片，以作紀念。農夫每天都到院子走一趟，或澆水或埋下果皮、爛葉子，或加添沙土，以改善土質，果然有努力才有收穫。

如此從初夏到深秋，農夫婦倆享受無數的有機新鮮的義大利扁豆、蕃薯葉、絲瓜、紅薯。接著溫度逐漸下降，白天的日光也縮短了，冬天終於到了，蕃薯的葉子漸漸變黃，絲瓜的枝藤也開始枯萎，蔬菜生命不久就結束了。冬天雖有蔬菜可以種植，但其生命力畢竟比不上春夏蔬菜的旺盛。農夫決定冬季休耕，讓土壤好好休息，等明年春天再耕種。

勤勞農夫上急診

　　某日，仍是天溫地暖之時，我家農夫在院子挖出一竹籃的紅薯，出乎意外的大豐收，令他雀躍不已，本已決定冬季休耕，好享受冬日的清閒，那知農夫天生勞碌命，不安於室，常回院子與枯草落葉為伴，整理後院。

　　環顧後院四周，絲瓜棚後面一片的雜亂灌木，成為農夫的眼中釘，他決心好好整頓一番，恰好上個星期日下午，意外有點空閒，他說要去後院工作，我看天色不早，就說：「在家好好休息吧！難得今天下午有空。」農夫不作聲，我就去忙自己的事。沒多久，室外傳來陣陣的馬達聲，好似誰家在割草，奇怪！草坪早就枯萎，那有草可割，走到窗前，往外一望，原來農夫用鏈鋸把前幾天砍下的小木，正切成段，他戴著耳罩和眼罩，我心想：大概不要緊吧，過了一些時辰，馬達聲音消失，我自忖：農夫收工了，要回屋內，我也該去準備晚飯了。

　　沒想到農夫一進門，著急萬分的說：「快！趕快去拿紗布、藥膏，我受傷了。」我見他的左手血紅一片，殷紅鮮血不住往下滴，滴在他的衣服，滴在地板上，他的右手緊握著左邊手腕，見了這麼多鮮血，我忽然感到一陣暈眩，雖想快速走向樓梯，不知怎樣，一種奇怪的麻木感覺，傳遍雙腿，使我無法快步行走，我作幾個深呼吸以鎮定自己，急救之藥物終於拿到手了，農夫打開他的左手，血肉模糊，受傷的三個手指，皮肉裂開，紅腫發紫，血液不住的流，看此情況，我決定不用消毒藥水，否則他不痛得暈倒，也會呼天喊地，我用消炎藥膏塗抹在他的大拇指、四指、小拇指，然後用紗布緊緊的包紮起來，血很快滲透紗布，我看受傷不輕，必須馬上找醫

生處理，需要縫上幾針，才會止血。

　　我們立刻就去住家附近的急救診所，一進門，醫護人員一看他的血手，馬上過來用止血帶紮緊，在診察室護士先用水一遍又一遍的洗淨傷口，血仍不住的滴，經醫生診斷後，才知他四指的韌帶受傷，需要找專長於手的外科醫師，因此醫生建議我們快去醫院急診處求救。

　　傍晚六時，我們到達愛默里大學醫院的急診處，先掛號，然後在擁擠的等候室找座位坐下，星期日晚上的病人真不少，非裔人士約佔百分之九十八，掛號處的職員說最多只需等二個鐘頭。農夫的手被包得緊緊，不再流血，心情恢復平靜，就說看完醫生後，先去吃一頓好吃的，然後回家，也難怪，此時他必定饑腸轆轆，才作起美食好夢，平時我們都在五點半用餐，飯後看電視新聞。

　　匆匆出門，忘了帶iPhone，無法上網消磨時間，室內又不見陳列雜誌，呆呆地枯坐，既無聊又浪費時間，真是可惜。環顧四周，右側坐著一對母女，母親臉色發白，狀甚痛苦，頭靠椅背，雙眼緊閉，一手蒙著耳朵。另一位婦女，帶著氧氣桶，小管通往鼻孔，室內靜悄悄的，每人耐心地等工作人員出來叫他的名字，唯一顯得快樂是個小女孩，她大約三歲，長得活潑可愛，她模仿動物叫聲，喵喵的貓叫聲或是沃夫沃夫的狗叫，偶爾向附近人發問：「你在做什麼？」

　　七點鐘一到，換上一批新工作人員，聽說他們必須先調整房間，才能開始工作，八點到了，已經超過兩個小時，尚未有動靜，怎麼還沒輪到，我去掛號處詢問，得到的答覆是護士們還在調整房間，辦事效率真差。我們只好耐心的等下去，那時我深深體會到，平安就是最大的幸福，十點多，兒子來電說要打通電話，請他們疏通一下，果然十分鐘後，輪到農夫進去，被分派到一個房間，那時已經是十點四十五分。

　　農夫坐在床上，以為醫生快來了，那知左等右等，等了將近一小時，就是沒有半個人影，我走出房間去護士站探個究竟，護士也說不出一個所以然，這時我看見一位穿白袍身高六呎以上的男性

在講電話，這人必定醫生，過了三十分，我再出去，醫生坐在電腦前，滴滴答答敲打，天知道他在搞什麼，不去醫治病人，我上去懇求他：「請您過來看看我丈夫，他的手痛得很厲害，好像又流血了。」不久有個護士進來，打開紗布，一遍又一遍洗淨手指的血跡，終於高個子醫生進來檢查農夫的傷口，診斷的結果，同樣的他也認為農夫需要一位專科醫生，才能醫治受傷的韌帶，他說他會聯絡專家前來，這位醫生今晚值班，不知身在何處，但他一定會來。

　　午夜十二時，有人敲門，隨著走進一位年輕英俊的專科醫生，我向他表示歉意，如此深夜還勞煩他來醫院，他客氣的說非常樂意幫忙，並對農夫的意外受傷，表示同情，他在床尾鋪上一塊不透水的墊子，再次洗滌農夫的左手，然後在手掌上打了三針麻藥，其中之一，他慢慢地用很大力氣，才能壓入藥水，農夫的忍耐力是超級的，此時他不聲不響，完全配合醫生，麻藥開始起作用，醫生割開他手指的肌肉，修剪贅肉，農夫示意坐在床邊椅子的我，往前觀看醫生作業，我稍微往前一望，看到他手指及骨頭邊稍帶粉紅色的肌肉，那顏色樣子和我處理雞肉時一模一樣，這麼一看，我的心臟莫名砰砰的跳了幾下，甚覺不適，我早知道自己本非當外科醫師的材料。醫生在農夫三個手指共縫了十幾針，然後包紮手指，並以厚紗布加厚棉包紮他整個手臂，而後固定之，再以吊帶吊著他的手臂，又給農夫服止痛劑，並且開消炎和止痛的藥方，關照醫護人員照X-ray，確定沒有骨折，最後安排農夫次日去看另一位專長於手的外科醫生，以作修補韌帶手術的準備，如此忙了半天，總算一切就緒。

　　醫生終於忙完該作的事，坐在電腦前寫報告。這時護士帶來一張輪椅，幫農夫坐下，又一路帶他下樓等車子開來，而後扶他上車，扣住安全帶，我們一再致謝她體諒同情病人的疾苦。在愛默里醫院急診處折騰將近八個小時，終於圓滿達成目的。深夜一點半，我們離開急診處，車子在克蕾芒特街道行駛，孤寂的路燈照射空無車子行人的道路，路邊的建築物睡在黑夜裡，商店餐廳早就打烊了，要吃一頓好吃的，只好等改天手術完畢後，再說吧！

我與書香社

　　我加入書香社純屬偶然，二〇一〇年十月底，一個陽光和煦的秋日中午，我們在一家韓國餐廳，經友人介紹，認識古箏名手李瑞香，或許彼此有些緣份吧！瑞香熱忱的對我談起書香社，一聽之下，我既嚮往又興奮，馬上問她我可否參加，到了十一月，我未接到聚會的消息，心中狐疑不已，詢問之下，才知年底最後兩個月不聚會。好不容易等到翌年一月，我終於第一次參加書香社聚會，和會員們見面，我的最初的印象是每個人都平易近人，和藹可親。那天徐蘭惠討論Harold Kushner所著*When Bad Things Happen to Good People*，令我聯想聖經舊約裡面約伯所遭受的悲苦慘境。

　　參加書香社是我搬到亞特蘭大後最喜愛的活動之一，每月最後的星期二，都在我熱切的盼望中來臨，那天書友們在福臨門餐廳聚會用餐，互相交誼，然後聆聽一位書友談論一本書或一講題。如此一來，我每年就增加對十本書的認識，或對十個陌生的題目有點了解。書友之中，人才濟濟，包括退休的教授、文人、作家、音樂家、作曲家、旅行家以及其他博學之士。難能可貴的是這些人，除了自己專長本行外，在文學、藝術、音樂的領域各有可觀的造詣。

　　劉北教授退休前的專長是經濟統計，此外，他也是作曲家，他所作的曲子例如〈淡水河〉、〈故鄉的樹〉和〈懷念台北〉，真情流露，令人感動，他的曲子已出版CD，台灣的正聲廣播電台常播放〈淡水河〉這首歌。最近台灣一高水準的合唱團演唱他的三首藝術歌曲〈淡水河〉、〈故鄉的樹〉、〈殘山夢真〉，並上載於YouTube。另外，他對歷史、金融等多方面的知識廣泛豐富，隨手拈來，都能談得頭頭是道。董永良教授專長是統計學和機率論，但

他的文學素養良好，行文流暢，詩詞知識豐富，退休後，致力於寫作，已出版了幾本書。詹歷堅教授的專長是社會科學，但他在國畫上的成就，恐怕不亞於他的本行。有一年春天，書香社一行十多人，浩浩蕩蕩在州際公路二十往西前進，一個多鐘頭後，到達卡爾頓大學城，詹教授府上可不在城內，他和夫人席莉雅深居在郊外山中，有如世外桃源的仙境。詹夫人端莊賢慧，幾個女書友公認，她比中國婦女更具有傳統美德。漫長彎曲車道的盡頭，是他們舒適的房子，廣闊的周遭，有斜坡，也有小山崙，青翠高大的樹木伴著嬌小可愛的花草，在此幽靜的環境，夫妻倆有如一對恩愛的神仙伴侶，遺世而獨居，也難怪詹教授作畫的靈感源源不絕，作品越來越超然。

林榮寵教授每次演講，必充分準備，引經據典，給予豐富的資料，他的講題偏重於身心的健康，身體器官的運作，他不厭其煩帶來放映機，一面講解，一面配以幻燈片輔助說明，同時舒伯特優美音樂流瀉室內，令人陶醉。林教授是虔誠基督徒，有一次他談論名著《上帝的言語》（*The Language of God* by Francis Collins），之後文章刊登在亞特蘭大新聞，出乎意外，文章受到抗議，報紙社長也遭殃，遭受迫害，數人甚至跑去她家興師問罪，出言不遜，又哭又鬧，令人無法理解，在此言論自由的民主國家，竟會發生這種事情。

陳兆楣教授談論諾貝爾文學獎得主莫言及其作品，描述中國共產黨統治下的社會、人民，陳教授也曾以民族音樂家王洛賓為題，作有深度的演講，自此讓我更加欣賞王洛賓的邊疆民謠，例如〈康定情歌〉和〈在那遙遠的地方〉。腦神經外科醫生兼旅行家鍾瑜，足跡行遍中國，攝影雲南風情、江南名勝風光，還有滇緬公路，我雖未曾身歷其境，也飽受眼福之樂，鍾醫師也善於繪畫及書法，當我第一次報告讀書心得，談論Lisa See的著作*Snow Flower and Secret Fan*，承蒙他作畫助興，文字及插圖顏色調和高雅。今年七月，書香社另一位醫師饒桂芳探討營養補助品，補助品是否需要，大概見人見智。

　　李瑞香是書香社才女，琴藝精湛，一九九六年，曾在亞特蘭大奧運會表演古箏，她的書法造就亦深，字體龍飛鳳舞，氣魄非凡，此外，她對中國歷代有名的詩詞專家，頗有研究，幾年來和書友分享過不少的詩詞才子，諸如李清照、蘇東坡、陶淵明、李白、杜牧、李叔同等。書香社前社長陳翠英曾是寫作協會會長，在她任內期間，曾邀請台灣名作家李昂和黃春明來亞特蘭大，作專題演講，黃春明是我最先認識的台灣本土作家之一，他的作品《莎喲娜啦·再見》，引我進入一個新的台灣文學境地。久仰李昂大名，曾拜讀其《殺夫》等著作，其題材筆調大膽露骨，超越當時保守的台灣社會，我能親臨受教，聽她鼓勵婦女勇往直前，純屬意外。感謝陳翠英，千辛萬苦，邀請數千哩外的兩位文學大師前來亞城，使我們得以聆聽他們的演說，目睹他們的光彩。

　　書香社社長藍晶極有文采，寫作散文詩歌，兩者俱佳，詞彙豐富華麗，已出書數冊，又會唱京戲，確實多才多藝，她做事有條有理，從未見過她慌亂失態，默默做事，從未怨天尤人，也不向人訴苦，聚會前必送出電子郵件提醒大家，會後當天，必向會友發出郵件，簡述聚會情形並分享她的感想，數年來從未間斷，是個不可或缺的社長人才。

　　書香社最大的贊助者是亞特蘭大新聞社長許月芳女士，在亞城園地，她登載書香社的演講文稿及其他文藝小品，如能抽出時間，她也前來參加書香社聚會，她一來，我們就有口福了，她必帶美味可口的小點心，加上名貴的茶葉或咖啡。許社長天性樂觀，笑口常開，時時顯得開心快樂。其實自一九九二年創報以來，她秉持新聞工作者公正不阿的信念，苦心經營，不曾有過任何資助，單人獨撐，已有二十四年，總算皇天不負苦心人，最近亞特蘭大新聞已受到多方面的肯定，也榮獲數個獎賞，在世界華人圈裡，廣受讀者喜愛。

　　我加入書香社六年，受益極多，一些創始會員已經離開，未能認識他們，聆聽他們的討論，十分遺憾。感謝召集人故唐述后和余俐俐等人創立書香社，讓興趣相似的人聚在一起，討論文學著作

以及其他講題。我也感激李瑞香介紹我參加書香社，更多謝各位書友對我的友誼。幾年來結識一些學者之流、文人雅士，希望自己沾些文學氣息，有朝一日能夠寫點東西，回饋董教授、劉教授、林教授、鍾醫生、藍晶和李瑞香贈書或CD之恩。

　　書香社擴展我生活及知識領域，也帶給我生活樂趣，每次聚會令我受益不淺。另一大收穫是我學會中文打字，第一次讀書報告，不知如何送中文稿件去亞特蘭大新聞，幸虧外子曾去台灣講學，學會了中文打字，因此全部由他代勞，現在我打字速度雖未達理想，總算可以自立了。

　　二〇一六年十一月二十九日剛好是書香社成立十週年，我們歡聚一堂，共享午餐，吃蛋糕，喝咖啡，慶祝十年來的進展與成果，確實是可喜可賀之事，希望我們的書香社繼續長大茁壯，每位會員隨著成長，繼續分享討論彼此閱讀的精華。

小心在網路上當

古人說秀才不出門 能知天下事，二十世紀以來，日新月異的電腦科技帶來生活上諸多的方便好處，豈止限於知天下事而已，只要電腦有連線，隨時隨地可以閱讀國內外一些報章雜誌書籍，欲知古今中外名人生平事跡，也只在彈指之間，查詢藏書資料，也不必專程上圖書館，開車時有導航系統，顯示街道地圖，並帶口頭說明，給千萬里外之朋友傳送像片只需瞬間，和遠地親人在iPhone、iPad裡見面談話，已成許多人生活中的一部分，閒暇時也能在電腦上聽歌看戲，科技帶給我們生活、研究、工作、娛樂以及其他方面的益處極多，難以逐一列舉。

不幸多年來，歹徒卻常利用電腦網路科技，作為行騙榨取和誘拐的工具，微軟公司、網路機構、電郵公司雖用各種措施與科技對付，預防惡棍入侵電腦或網路，然而防不勝防，個人、公司、企業的電腦系統被入侵之事，時有所聞。最近發生的勒索（Ransomware）病毒肆虐全球，鎖住電腦操作，如要解鎖，必須支付要求的贖金，勒索病毒二〇一七年五月十二日最先在歐洲發現，受到破壞的電腦高達二十萬，分布在歐洲和亞洲一百五十個以上的國家，據英國四十八個全國健康服務中心報告，醫院操作、醫生手術和藥局運作，遭到入侵，發生困難，美國的傳遞公司FedEx，法國的造車廠Renault，德國的鐵路系統，都遭到破壞，俄羅斯的內政部電腦運作也受影響。病毒最先入侵是在星期五，人們下班後，因此病毒無法大量散布，所幸星期一上班族開啟電腦後，沒有預料中慘重災情，但很多大學、醫院、商業及個人日常生活，還是受到破壞。這種世界性針對多數國家的醫院、大學、商業等機構的病毒，停頓一切

運作，造成無法彌補的損失，無可置疑，許多小市民也慘遭科技病害。

在我們日常生活中，不難發現小規模的破壞行為，詭計多端的商家，利用網路行騙，推銷商品，騙取金錢，我也曾上當。通常我使用電腦，大都用於電子郵件的來往，或是查看資訊，偶而購物，不知何故，最近莫名其妙的垃圾郵件特多，信箱塞滿廣告信件，令人心煩。電子信箱公司每月來函，說明公司提供的一個月免費的服務，包括查看電腦，清除廢物，加速電腦運作，因我有所顧慮，不知已存在的資料檔案是否會被刪除或受影響，於是就用Google查出電話號碼去詢問，電話接通後，對方是位口齒不清的女士，她不能明確的答覆問題，於是我掛斷電話重播，這次也是個女人，同樣的，她答非所問，因此我就作罷。事後，出乎意料，我發覺再無法打開電子信箱了，和兩位女子通話之前，電子信箱運作順暢無誤，到底是怎麼一回事。立即我另播一號碼以解決目前急務，接電話是位口音很重，聲明住在羅馬尼亞的男子，他給我一臨時密碼輸入，然後再改用自己選定的密碼，我一試再試輸入自己密碼，就是打不開信箱，接著這位男子宣布我的電腦已被巴基斯坦和俄羅斯人入侵，必須請專家修理，他也無能為力，和他再談只是浪費時間而已。

於是我再用Google給的號碼重播電子郵件公司，一個印度口音的男人接電話，自稱David Walker，如此這般我告訴他電郵的故障，然後按照他的指示，在鍵盤上打些字，接著換另一名叫James Smith印度口音的人上網，他說自己年資較高，他問了幾個問題，包括生年月日，我滿心狐疑，拒絕給與私人資料，然後他說必須得到我的許可，進入我電腦以便溝通，不久銀幕出現修理費用，保証一年、三年、或五年期間不出故障，不同期限有不同的價格，我覺得他們所說所為非常可疑，就掛斷電話，關上電腦。

此時我已無法接或送電子郵件，失去有時間性重要的消息，也不能用電郵快速與親友聯繫，事情發展至此，全出乎意料之外，我迫不及待又打電話去電郵公司，令我費解的是，這次一個女人名

字顯示在電腦螢幕，她以書寫方式問我電郵故障情形，如此一來一往都在螢幕上以文字和我溝通，然後她表示請教專家之前，我需先付五元作為訂金，她強調訂金會退還的，之後她要我填上信用卡號碼，既然訂金可以拿回，我心想大概無妨吧，就傻頭傻腦給了號碼，立刻螢幕表示，他們已向我的信用卡公司要求支付五元、三十七元和十幾元的服務費，這下，我立刻知道受騙了，就在此時我的信用卡公司傳來一個緊急簡訊，查問這三項數字的真實性，我馬上和電腦螢幕上的女人理論，我並未看見專家出現，更莫談請教他電郵故障之事，怎麼一下就先拿錢，說了半天，終於她同意退回五元，其他兩項服務費也取消。真沒想到最初一通簡單的詢問電話，會扯上這麼多糾結，浪費幾個小時。兩天後，微軟辦公室人員只用四十分鐘就修好我的電子信箱。

事後檢討，我才知道來自Google網站的電話號碼，並非電郵公司的真實號碼，是狡猾之徒用以行騙的號碼，任何人可以不經審查，就上載任何資訊，包括正確真實的或錯誤行騙資訊，後來我發現要求訂金的公司的網址是www.findanswer.com，和我的電郵公司，完全無關。根據科技專家建議，要提防這類電腦受侵或個人受騙之事，必須時時提高警覺，不可輕易全部聽信網路上的資訊，並且要注意下列有關電腦網路的問題：

一、經常更換電子信箱密碼，最好密碼也包括數目和鍵盤上的記號。

二、軟體如有新版上市，就更換新軟體。

三、裝置防止病毒入侵的軟體。

四、資料檔案必須另存一兩份以防萬一，尤其處理個人經濟資產等資料，必須十分慎重。

五、對於可疑的電子郵件和網路上不時蹦出的商品廣告，必須存有戒心。

六、儘量不要下載網路資料，不受廉價免費商品的誘惑，以免上當。

　　電腦科技帶給人們生活上許多的方便與益處，希望人人小心，
不上當不受騙，免得損失不必要的時間和金錢。

參、

懷念故鄉篇

清晨的庭院

　　揉著惺忪的睡眼，我走出房子的前門，步入睡意尚濃的庭院，微風輕撫我的臉頰，撫弄我的頭髮，花兒的清香迎接我，桑樹、龍眼、蓮霧與番石榴飄散陣陣芬芳，彌漫空氣中，躲藏在台灣中央山脈後面的太陽，發出柔和微光，彷彿新娘的面紗，隱隱約約，神祕的輕覆著庭院。

　　離房子大廳前約四、五公尺的地方，兩塊長約一公尺的石板凳，相離兩公尺面對著面，它們同時邀請我坐下，再往前面一點是個小型花圃，大理花正盛開，鮮艷奪目的紅色花朵和油綠綠的葉子相映成趣，在晶瑩剔透露珠的襯托下，花兒顯得嬌媚華貴。

　　我坐在冰涼的石板上，環顧四周，深深的吸了一口氣，輕聞清涼的空氣，凝視花木以及遙遠暗綠的中央山脈，不知不覺間，紅色的太陽在山後露出半個小臉兒，不久太陽升上山頂，頓時萬丈光芒，照亮大地，東邊的天空染成一片鮮紅和橘紅，燦爛無比。

　　坐在棕色籬笆環繞的偌大庭院內，我靜觀四周，享受寧靜的清晨，香蕉和木瓜巨大的綠葉隨風擺動，沙沙作響，一大串的綠色香蕉垂掛下來，稍帶黃綠的木瓜攀附在樹幹上，房屋大門左前方的檸檬樹驕傲的展示粒粒果實，高大的龍眼樹掛著一串串咖啡色圓形的龍眼，芒果樹也垂下誘人的果實，房屋右前方，一塊圓形高地裡面的石榴、桑樹和番石榴，似乎不甘示弱，驕傲的獻上紅色的石榴、紅紫色的桑葚和淡綠的番石榴。

　　這個庭院以及裡面的花木果樹，隨著我們的成長，父母的年老，隨風而去。數年前返回故鄉，回到兒時故居，想重溫舊夢，庭院大門對面的電信局，依然如故，但房屋和庭院已不見蹤影，取而

代之的是三間樓房，我徘徊其前，百感交集，久久不忍離去。

　　唉！伴隨我度過快樂童年和青少年時光的庭院、花木，已離我而去，搜索記憶，想捕捉半點痕跡，正中的樓房，大概是我臥房和窗外大龍眼樹的所在地吧，右邊的樓房大概就是大芒果樹和小花圃的地方吧，而左側樓房可能是祖父的臥室和種植大蓮霧和棗子的地方，那口清涼的古井那兒去了？還有廚房外左邊的細流又流往何處？那些東飛西舞的蝴蝶飛去那裡？嗡嗡叫著的蜜蜂在那兒忙碌的工作？綠葉成蔭與紅花相映的庭院，以及果樹爭相結果實的地方，隨著時光的流逝，已消失殆盡。這時腳踏車與摩托車的噪音此起彼落，附近水果大批發商場的叫賣聲充斥於耳，往日寧靜的街道，何時變成如此雜亂，唉！這裡已不再是我的故居，不再是我的庭院。

　　時光飛馳，人事全非，我已不能再回到兒時的庭院，欣賞裡面的花木果樹，雖是如此，有時如真似幻，我好像又回到童年故居，又看見太陽躲在中央山脈後面，一步一躍的跳上山頭，大理花嫵媚對我微笑，還有各種各樣的果樹，熱情的邀我去摘取品嘗它們甜美的果實。美麗的庭院、花木、果樹雖已不復存在於兒時的家，但它們卻永遠活在我心中，而且日漸茁壯茂盛。

午夜的火車聲

　　家住喬治亞州雅典時，半夜醒來，聽到隆隆的火車聲和尖銳的汽笛聲，每每勾起我對故鄉無限的懷念，這聲音和小時在家鄉夜晚聽到的火車聲和汽笛聲十分相似。兒時的家離火車站大約一公里，白天人聲、汽車、摩托車、自行車等各種各樣的雜音充斥於耳，但一到深夜，萬籟俱寂，火車進站、離站的聲音就可清晰的聽見。

　　年少時對於夜晚的火車聲音，產生一股莫名的親切感，當家人皆進入夢鄉時，似乎只有我和火車尚清醒，在寂靜的夜空，個達個達的火車聲，由遠而近，逐漸進入市區，聲音隨之增大，接著尖銳的汽笛聲劃空而過，然後火車像是漏氣般的噓噓作響進入車站，數分鐘之後，火車又發動引擎，發出隆隆聲響，由近而遠，逐漸消失於寂靜夜空。

　　兒時的家離火車站不遠，走出大門，由蘭井街右轉入文化路，過了郵局，很快的就見到中央噴水池，俗稱桃仔尾的噴水池是嘉義市的中心點，五條道路在此會合，包括往東、西兩方向的中山路，往南、北的文化路兩條，再加上公明路。這五條路環抱噴水池，周圍商店林立。中山路口有家男服飾店，掛一個十分醒目司馬特男襯衫廣告招牌，服飾店對面，即在噴水池另一邊，就是嘉義市最負盛名的新台灣餅店，餅店的對面，隔著文化路，就是五顏六色美麗的花卉店，曾是同學六年的光芬就住在這裡。過了新台灣餅店幾家商店之後，就是嘉義戲院，它以放映國語影片著稱，國小、初中時我在此看了不少電影，是李麗華、嚴俊、林黛的小影迷。

　　週末假日，常約要好的同學在中山路（又稱大通）毫無目的漫步，我們從噴水池順著中山路往火車站方向走去，這一段是嘉義

市最熱鬧的商業精華區，中央市場入口就在中山路，離噴水池數十步，這裡有美名響透全台的雞肉飯店。市內較有名氣的布行、銀樓、銀行、書店、美容室、百貨店等皆位於中山路的的兩邊。有時我們進去蘭記，翻閱新書，或是看看毛筆、筆記之類文具用品，再過幾家商店，就是淑珍同學父母經營的楊復源衣料行，再走數十步是另一家專賣書籍、文具的誠文堂，然後是嘉義客運汽車公司，再過去是嘉義市警察分局，繼續再走過約十幾家左右的商店，就到了一個廣場，火車站面對著廣場。初、高中期間，除了看電影，就如此在中山路消磨時間，樂此不倦。我們大都朝火車站方向，走在中山路左邊的騎樓下，偶爾幾次越過馬路，去對面的鞋店、服裝店和勝山紙行，瀏覽一番。

至於去火車站搭車前往他處，次數不多。記得初二時春假旅行，老師帶我們去台中，又有一次和幾個要好的同學一起去台南海邊，看海浪衝岸，我也曾和母親、妹妹、弟弟去台中、高雄拜訪已婚的大姐和二姐，高三參加聯考時，學校安排我們集體去台南，住宿於成功大學學生宿舍。

十八歲那年秋天，我第一次單獨出門前往台北，為了有個舒適的旅程，父親買張平快車票，我從未單獨出門，也從沒去過台北，心裡非常不安，毫無上大學的興奮與期盼，隔壁座位是位新聞記者，父親請他就近關照我一下，他爽快的答應。火車終於出發了，離開車站之後，速度慢慢的加快，發出的隆隆聲也越來越大，月台上父母的身影越來越小，最後模糊不清，無法辨認，而完全消失，此時我強制壓抑的眼淚，忍不住潸潸流下，何時才能回家，和父母離別的難過與不安充滿心胸，雖說學期結束就能回家，但三個月的時間似乎遙遙無期。

在雅典住了三十多年，午夜的火車聲和汽笛聲聽來倍感親切，每次聽到，故鄉的父母、親友、街道、事物，就浮現於腦際，恍惚之間，彷彿飛越時光隧道，我又回到年輕的歲月，和朋友在中山路漫步，談天說地，打發時間。

　　數十年來，嘉義市的火車站及前面的廣場，沒有多大改變，附近只增加了嘉義縣營公共汽車，通往鄰近的村莊小鎮，車站附近的商店仍然陳列當地的土產禮品，車站前的幾條街道：林森路、中山路、中正路、仁愛路與永和街，仍以車站為中心輻射而出，交通可謂四通八達。

　　今日火車聲和汽笛聲恐怕不如舊日那般響亮了，因火車已不再用蒸氣機發動馬達，取而代之的是柴油和電力，因此聲音不像往日響徹雲霄。二〇〇七年高鐵開通，停車站設在嘉義近郊的太保市，高鐵南北往返省時方便又舒服，但我對縱貫線的火車仍舊懷念不已，畢竟我曾在往北回南的火車上往返無數次，也經歷多少悲歡離合，離去的傷感和歸來的喜悅，並不因時空不同，而有所改變。每想到再不能聽到午夜故鄉的火車聲和汽笛聲，禁不住有點失落惆悵。

王神父與我

　　自大學畢業後的那個暑假，我左手第四指就一直帶個白金戒指，它沒有彩色寶石鑲飾，也無鑽石助其閃爍發光，樸實無華，平平凡凡一個環狀戒指，然而我珍惜它有如父母夫婿贈與的珠寶，每看著它，一股暖流傳遍全身，心中充滿溫馨之感，彷彿又回到大學時光，那寬闊的校門和莊嚴雄偉的建築物，似乎歷歷在目，在這裡，我度過人生中寶貴的四年歲月。

　　令人懷念的大學生涯中，我有幸選修王神父的散文課一年，王神父是來自舊金山的天主教傳教士，本名雷若德，他四十多歲，身材修長，眉目清秀，高高的鼻樑上架著一副眼鏡，增添不少文質彬彬的書生氣質，如不是一襲黑袍在身，可能是個風采十足的美男子，會傾倒許多女性，有些女學生景仰他的為人與風度，清晨常到他的教堂作彌撒。他平易近人，對待學生和藹可親，和他一起，如沐春風，舒暢無比。

　　那年十二月，王神父在課堂上介紹查爾斯狄更斯（Charles Dickens）的《聖誕頌歌》（A Christmas Carol），這經典作品敘述一個名叫斯古基（Scrooge）守財奴，作人刻薄尖酸，只顧斂財，即使聖誕節前夕下午，仍不早點關門，好讓幫手回家過節。姪兒前來向他祝賀聖誕快樂，他面露不悅，還說他一派胡言，那晚斯古基孤獨的回到空無一人的家，疲倦的坐在椅子上，不自覺的閉上眼睛，迷迷糊糊之間，三個精靈來拜訪他，顯示他過去、現在以及未來的日子，看到自己悲苦情況，他嚇得魂飛魄散，此時才領悟到自己以往錯誤的想法和作法，因此決心徹底悔改，重新做人，最後終於獲得救贖。王神父講解這故事，非常生動，他戲劇性的扮演故事中的人物，抑揚

頓挫的口白，令我對此故事終生難忘。上了這一課後，我對聖誕節的意義才有初步的認識，在此之前，還以為聖誕節是尋歡作樂的西洋節日。

《聖誕頌歌》是文學上著名聖誕節故事之一，王神父不曾藉此向學生傳教，課堂上他從未鼓勵學生去教堂作禮拜，他僅以教師的身分向我們授課，天主教等有關宗教性的題外話，他從沒提過。

我和同學曾去他的居所拜訪，每見我們，他必滿面笑容，顯得非常高興，拿出許多來自美國的點心飲料招待我們，在他那兒，我生平第一次吃巧克力，也第一次喝可口可樂，當時這些東西稀奇昂貴，在市面上罕見。一年後雖不再上他的課，我們仍會去看他，他還是很愉快的和我們談話，招待我們糖果之類。他和本國教授來去匆匆，高不可及的作風，大異其趣，我們深感王神父愛護關懷學生之心。

畢業後的那個暑假，我回嘉義，等待工作分發。一天意外的接到王神父的來信，心中充滿好奇疑惑，打開信封，出乎意外，一張款單掉下，細讀信件，才知王神父的姐姐捐出金錢，請王神父贈與他最好的學生作為獎學金，我一時思潮澎湃，呆在那裡，不知是真是假，我已畢業，王神父仍如此肯定鼓勵我，令我銘感五內，我一向喜歡他的課，欣賞他對待學生友善的態度，然而我真的是他最好的學生嗎？這不期而來的好消息，令我久久不能自己，半晌我向母親分享這消息，興奮之餘，她建議用此款買個戒指，作為永久紀念，我十分贊同，如此戒指就戴在我左手，數十年如一日，從未卸下。結婚後加上一枚鑽石戒指，看來有如一對訂婚和結婚戒指。

王神父是現代來台的傳教士，致力於教育方面。十九世紀以來，幾個歐美的傳教士陸續來到台灣，有些以台為家，終生在台奉獻，宣揚基督教，創建醫院學校，教導民眾公共衛生知識，其中來自加拿大的馬偕最為有名，貢獻最多。王神父雖不及先期的拓荒者，但他教學認真，愛護學生，將永遠活在眾多桃李心中，為人師表，當以他為楷模。

終生的友誼

　　幾天來貴美有點心神不定，做事也沒頭緒，臉上不時泛起笑意，也難怪，再過兩天，她將和一年來不見的三個好友見面了，她們從學生時代相識交往，就業結婚生子而至退休，如今已近半世紀，友誼不曾間斷。兩天來，她坐立不安，有如蝸牛爬行的時間終於過去了。現在她舒適的坐在開往台北的快車上，望著窗外迅速消失的田野山丘，如夢似真，貴美好像回到青春年華的時光。

　　年輕時她們就讀台南師範學校，十五歲左右的女孩初次離家，在陌生的城市舉目無親，寄宿學校，除了上課作功課，其他的時間都在想家想父母，懷念兄弟姊妹。雖然都來自嘉義，新生郊遊活動後，她們才開始來往，進而成為朋友，她們一起自修，一同吃飯，互相幫忙，互相安慰，自此她們的生活才有歡樂。

　　畢業後，她們返回家鄉，貴美與富久同在一所國小執教，而瑞華和明麗各在市內不同學校工作，雖然工作地點不同，但週末她們常聚在一起，看電影談天，交換教學心得或生活點滴，過得無憂無慮的日子。過了三年，她們有了新話題，男同事的殷勤和媒人的提親，使她們談話變得活潑有趣。有一次見面，貴美問：「最近有什麼好消息嗎？」富久回說：「別提了，沒有什麼特別好人選。」於是大家七嘴八舌，分享媒人介紹的男子，雖然沒見過面，她們也談得有聲有色，好不開心。

　　從此結婚對象成為她們熱衷的話題，本來這是未婚女子最為關心興奮之事，她們憧憬期望將來能嫁給一個大學畢業，並有正當職業身體健康的人，夢想的白馬王子何時出現呢？不過她們自知尚年輕，不必著急，理想的對象終究會來，她們相親過幾次，變得熟

悉老練。二十三或二十四歲時，終於她們都有適當人選，先後結婚了，貴美的丈夫在花蓮木瓜林區管理處工作，富久搬到台北，她的丈夫服務於糧食局，瑞華住嘉義，她的丈夫任職於縣政府，而明麗搬去台中，因為夫婿在省府工作。她們分散四個城市，如今見面相聚不那麼容易了，她們只能利用寒暑假回鄉省親之便，大家相聚暢談一番。

結婚後除了教學，每人忙著自己的小家庭，接下來嬰兒出生，生活更是忙上加忙，雖然常覺得時間不夠用，一年過一年，孩子長大些，就變得輕鬆些，相聚的時間也稍微多一點，偶而也趁開會之便見個面。再過數年，孩子上大學，好像沒多久，他們也先後完成學業，而後就業，或是進研究所深造，或是出國留學。

人師、人妻、人母三重責任下，時間不斷的奔馳消失，眨眼間，她們工作已四十年，比起剛剛畢業時，教學方法與學生行為有顯著的不同，如今教學注重啟發性與作實驗，而現代的學生在家大多是天之驕子，在課堂上不守規矩，難以教導，老師下班後，往往精疲力竭，啊！大概自己已經不合潮流，長江後浪推前浪，該是退休的時候，她們都有同感，還是讓精力充沛年輕有為的老師接下這個棒子，幾年內她們先後告辭教職。

在往北的車上，貴美回憶年輕念書時的種種，而至教學結婚養兒育女，雖是數十年之久，卻好似行雲流水，一下子就過去了。她們一生沒有大富大貴，和夫婿過著平穩紮實的生活，退休後，彼此之間的互動較為頻繁，見面的次數也增多，不過夏天台北的聚會是固定的。

貴美下車後，三步併兩步走向台北車站對面的新光三越百貨公司，額頭滲出汗珠，胸口砰砰的跳著，心想：希望每人都安康如昔，終於到了餐廳，「哇！貴美來了！」她們三人有如興奮的小孩叫起來，富久問：「妳們最近有什麼消息？」她首先敘述由美回台，長途飛行的勞累，頭腦還是昏昏沉沉時，被金光黨騙走了三十萬台幣，大家爭先安慰她：「反正錢多錢少都差不多，又不能帶走

一分一毫。」然後妳一句，我一句，場面好熱鬧，最後她們有個共識：年到七十歲，最重要的是保持健康，不增加子女負擔，瑞華說：「要活就要動，健康之道，莫過於運動與健康飲食。」此外，明麗還建議必須時時保持愉快心情，例如唱歌跳舞都能帶給人快樂。一生為人著想工作，在外桃李滿天下，在內相夫教子，如今是照顧自己享受黃金歲月的時候。她們一面用餐，一面聊東聊西，驟然間年輕起來，一下子變成學生，一下子又好像是老師，四個鐘頭很快的就過去了。趁天色未黑之前，她們必須回家，又要分散四處了，她們依依不捨的互道珍重，等待下次見面。

台灣民間故事

　　世界上各地方都有民間故事，反映當地歷史、地理、文化的特色，台灣「南林北周」的故事，相傳很久，廣為人知，南林指的是發生於台南林投姐的故事；而北周是發生於台北周成過台灣的故事，這兩個故事反映十九世紀滿清治台時，中國東南沿海地區移民台灣，以及兩地之間貿易上的關係。吳瀛濤於《台灣民俗》曾記載林投姐的故事，李獻璋的《台灣民間文學集》也收集此故事，有人認為這是真實的故事，如何考證其真假，姑且不論，但從故事發生的背景及情節，大致能了解當時的社會與民情於萬一。

　　清末，府城（台南）赤崁樓附近，住著李昭娘、丈夫和三個幼子，一家人過著幸福生活，有一次，丈夫赴中國做生意，不幸翻船喪生，此後母子靠著丈夫的遺產過活。丈夫生前的朋友周亞思時常來訪，對李昭娘關懷備至，在當時保守的社會風氣下，親友甚不以為然，周亞思對李昭娘發誓，絕不辜負她，兩人結婚後，李昭娘將所有錢財交給周亞思管理。

　　周亞思本不懷好意，他看上李昭娘的色與財，用妻子大部分的財產，購買一批台灣樟腦運到香港轉售，發了一大筆橫財，然後回到原籍汕頭，另娶妻生子，李昭娘在家苦苦等待丈夫歸來，母子生活漸入困境，兩子相繼餓死，絕望之餘，一個夜晚，李昭娘扼死幼兒，然後在林投樹上吊身亡。

　　李昭娘自縊後，林投樹叢附近經常鬧鬼，她買粽子付錢，事後小販發現她給的紙錢變成冥紙，弄得人心惶惶，地方人士遂募款建廟以慰其靈，但李昭娘仍未能消除心中怨恨。一日她巧遇由汕頭來的算命師，遂向他傾訴怨曲，請他幫忙，帶她去汕頭找周亞思，算

命師一口答應，刻個神主牌，放在他的雨傘下，如此帶李昭娘之魂去汕頭，李昭娘見到周亞思那天，剛好他宴客親友慶祝次子滿月，周亞思一見前妻，驚恐萬分，隨之被李昭娘冤魂附身，喪失心智，拿起菜刀砍死妻兒，然後自盡。

周成過台灣的故事亦發生於清末，地點在福建泉州和台北大稻埕，那時閩南正逢大饑荒，周成變賣家產，籌備銀兩，告別父母妻子兒女，從唐山到台灣經商，周成由艋舺（萬華）進城，見台北繁華熱鬧，受不住寂寞與誘惑，常去煙花街走動，迷戀大稻埕有名酒家女郭阿麵，忘記當初來台經商目地，最後金錢揮霍殆盡，來到淡水河尋短見，剛好那時有一名男子叫王根，也來淡水河尋死，兩人相談甚歡，結為兄弟，王根出身世家，拿出資金，兩人共同經營茶葉生意，周成因而致富，娶郭阿麵為妻。周成來台時，帶走家裡大部資產，家鄉的父母妻兒生活毫無著落，但周成音訊杳然，他的原配月裡託人來台詢問，才知周成已再婚，無意回鄉，周成父親一氣身亡，而母親自盡，於是月裡帶著公婆神主牌及兒子周大石，渡海來台尋夫，不料周成和郭阿麵下毒手，殺害月裡，但他隨即被月裡冤魂附身，精神錯亂，拿菜刀砍殺郭阿麵，然後自殺。周成死後，王根保管周成財產，扶養周大石，傳受經商之道，成年後，王根將其父產業歸還周大石，後來周大石經營香港與南洋之間的茶葉生意，成為富商。

上面兩個故事有異曲同工之妙，故事發生的時間皆為清末時期，而發生的地點則在台灣的台南和台北以及中國的汕頭和泉州，跨越台灣海峽兩地，兩者劇情大致雷同，皆為血淚斑斑的悲劇，而導致家庭不幸，乃由於男子貪財貪色，移情別戀，致使在家鄉苦等丈夫歸來的妻子及兒女赤貧如洗，無法過活，故事結局受害的妻子皆報了仇，負心漢得到報應，並且連累他們的新歡和子女，導致家破人亡，這樣惡有惡報的結局，印證倫理道德的教訓，使民眾痛快於心。

周成過台灣的故事背景及情節，反映台灣移民開發時期，特殊環境下發生的家庭故事，背景充滿濃厚鄉土地域與文化，如同早期

唐山人來台的移民一樣，周成由於生活困苦，離鄉背井，渡過驚險的黑水溝（台灣海峽），來到台灣，另謀發展。只是他迷惑於大稻埕酒家女，忘記在家鄉受苦的妻兒。

一八五八年，第二次鴉片戰爭戰敗後，清朝政府與俄國、美國、英國、法國在天津分別簽訂的一系列不平等條約，台灣的滬尾（淡水）、雞籠（基隆）、安平（台南）、打狗（高雄）四個都市遂開關建港，與西洋列強國家有貿易上往來，本已熱鬧的四個都市更加擴展繁榮，吸引不少中國東南沿岸居民渡海來台，尋求發展，故事中的周成來台經商便是一個例子。那時常言道：一府二鹿三艋舺，意謂台灣最繁華之地，第一是府城，第二是鹿港，第三是艋舺，而台北的大稻埕後來居上，勝過這三大城市，成為台灣最繁華熱鬧最吸引人的地方，也難怪周成一上艋舺就去大稻埕，在那兒流連忘返，迷戀大稻埕青樓名妓，忘記來台初衷。

林投姐和周成過台灣，是特殊的環境文化背景下發生的故事，結局惡有惡報，有教訓人為善的涵義，負心漢受到殘酷的處罰，而受害者最終得以伸冤報仇，根據兩個故事的戲劇、電影、唱說表演等，因而大受觀眾歡迎。台灣還有其他有名的民間故事，諸如陳守娘顯靈、呂祖廟燒金，瘋女十八年，但這兩個故事在台灣普遍為人所知，尤其林投姐在南台灣，可說是無人不知無人不曉，從小就聽慣的故事。

附註：

　　大稻埕為台北一市區地名，今屬台北市大同區西南部分。自清末至日治時期，大稻埕在經濟、社會及文化活動上傲視全島的發展及成長，不僅商業活動頻繁，同時也是人文薈萃之地。

嘉農之光

　　小學五年級時，聽說嘉義農林學校附近有橄欖可採，有一天放學後，和幾個同學走到民生路，朝嘉農方向前進，離市區稍遠之處，看見道路兩旁聳立許多橄欖樹，樹下掉滿橄欖，我們從未見過新鮮的橄欖，高興的撿了很多，放進書包，回家後，發現青色橄欖味澀難以下嚥，和商店賣的咖啡色又酸又甜的橄欖大異其趣，以後每次再看到橄欖，就聯想到小時去嘉農撿橄欖。

　　大姊結婚後，家裡有個能言善道的姊夫，姊夫在林務局工作，每次來訪，就講些上山時看見大熊等驚險故事，但他最為津津樂道的是，嘉農棒球隊曾在日據時代，全國高校棒球隊比賽時榮獲亞軍。當時我念初一，聽得入神，對嘉農棒球隊光榮輝煌的戰果，不覺肅然起敬。來美後，每次聽到來自台灣的少棒隊在威廉斯堡比賽，就想起八十多年前，故鄉的嘉農棒球隊曾遠征日本甲子園，奪下全國亞軍的榮耀。

　　台灣嘉義農林學校於日據時代一九一九年建校，嘉農棒球隊在一九二八年組成，最初幾個教練皆非棒球專業人員，因此棒球隊表現不佳，後來近藤兵太郎由日本前來擔任教練，他經驗豐富，曾任甲子園名校松山高校棒球隊總教練，近藤教練以進甲子園為目標，嚴格訓練嘉農棒球隊。甲子園指日本阪神（大阪、神戶）甲子園棒球場，為全國高校棒球隊比賽大會場所。甲子園建造完工開始使用那年，剛好是甲子年，因此命名甲子園。能在甲子園比賽，乃一路過關斬將過來的，是所有高校棒球隊的夢想。

　　嘉農棒球隊由台灣人、原住民和日本人組成，投手吳明捷為苗栗客家人，他的外號是麒麟子、怪腕；捕手為東和一，又名藍

德和，是原住民；內捕手為小里初雄、川原信男、上松耕一（陳耕元）；外捕手為平野保郎（羅保羅）、蘇正生等三人，另有後補球員五名。近藤慧眼識英雄，看上原本在另外球隊的吳明捷與蘇正生，說服他們加入嘉農棒球隊，結果不負所望，他們在比賽立下斐然戰功。

　　日本人稱棒球為野球，是他們非常喜愛的運動，台灣在日本統治下，深受影響，學生十分熱衷此項運動。近藤接受嘉農棒球隊教練職位後，全神貫注，全力以赴，對不起眼的棒球隊嚴格訓練，其嚴格程度近乎殘酷，球員背後稱他雷公，據他們描述，近藤有如惡魔一樣的可怕，他操練球員手下無情，挨打不足為奇，訓練球員接球，他一而再，再而三，一次又一次，要求完美，球員雖帶著手套，有時手掌腫得脫不下手套。他治療感冒的妙方，就是叫球員去追他打出去的球，如此追了三、四十個球後，全身出汗，感冒自然就好了。雖然近藤在球場嚴厲如惡魔，但他照顧球員周到，私下向校長爭取更多稻米配給，請自己的妻子女兒為棒球隊準備飯糰。據曾經拜訪近藤府上的球員說，他十分親切，和在球場上的表現判若兩人。

　　嘉農棒球隊經過斯巴特般的訓練後，果然球技進步神速，於一九三一年第一次去台北參加比賽，得到全台高校棒球冠軍，取得赴日本參加第十七屆夏季甲子園大會的代表權，打破過去十二年來被台灣北部地區棒球隊壟斷，所謂「冠軍錦旗不過濁水溪」的傳統。嘉農的興奮與驕傲可想而知。同年八月嘉農棒球隊風風光光乘船到日本，參加甲子園全國高校棒球比賽，他們先擊敗神奈川縣的神奈川高工、北海道的札幌商校及福岡的小倉工校，而後與愛知的中京商校決賽，爭奪冠軍，中京商校是日本棒球史上，唯一連續三年稱霸的高校，嘉農和此勁敵奮戰，結果以零比四敗給中京商校，取得全國棒球隊亞軍。在比賽過程，嘉農所表現的不屈不撓的奮鬥精神及堅毅強韌的作風，博得日本棒球界極大的讚賞，遂贈與「天下嘉農」的美稱。以後嘉農再打進甲子園四次，是台灣早期棒球史上非常重要的一支棒球隊。

　　八十多年前嘉農的棒球隊，經過近藤兵太郎嚴格訓練，成為一支尖銳的隊伍，進軍甲子園，榮獲全國高校棒球隊亞軍，他們不能輸、不放棄的精神感動成千成萬觀眾，成為日本棒球界的美談。有感於嘉農的精神與其在棒球史上留下的成績與美譽，魏德聖製作一部電影名叫《Kano》（嘉農的日語發音），由馬志翔導演，於二〇一四年二月完成拍片。二〇一五年二月五日晚間在亞特蘭大喬治亞州立大學放映，相信喜愛棒球的和來自台灣的人士，會欣賞嘉農風光的一頁，並感謝魏德聖和馬志翔把當年嘉農不能輸的精神與輝煌戰績呈現在我們眼前。

附註：

　　嘉義農林學校，後改為嘉義技術學院，於二〇〇〇年二月與嘉義師範學院合併，成為今日的國立嘉義大學，在其蘭潭校區建有Kano棒球紀念園區，嘉義大學本著「Kano精神，嘉大傳承，永不放棄，突破逆境」的精神治學治校。

假如時光能夠倒流

　　假如時光能夠倒流的話，我多麼希望向父母致謝他們養育愛護之恩，感謝他們賜與我健康的身體和足夠的心智，使我順利完成學業，找到工作，並有和諧的人際關係。我多麼想再和母親談話，我想知道她的童年、玩伴和學校，我知道她念的學校必是台灣孩子去的「國民學校」，而非日本人子女上的「小學校」，學校開有什麼科目，她最喜歡那一門，老師是否皆為日本人？她最喜歡那個老師，以前的同學或玩伴過得好嗎？現在是否還保持聯繫？

　　假如時光能夠倒流的話，我有許多事情想要請教母親，我想要知道她外祖父的事跡。甲午戰爭滿清戰敗，於一八九五年割讓台灣給日本，那時台灣人稱日本來台佔領為「破城」，我要問母親，為何日本政府無緣無故殺害她的外祖父，然後奪走他的糖廠，遭此悲劇，頓時家中必陷入慘澹愁苦中。

　　外祖母從小有個婢女名叫牡丹陪伴侍候她，外祖母結婚時，牡丹也跟從外祖母嫁到鄭家，牡丹成年後，外祖母找個適當人家，把她嫁出去，從此她是個自由身，和丈夫過活，母親和我們姊妹曾去她家作客。如今台灣已無婢女此類的惡俗。我只是好奇牡丹的父母是否沒工作，以致一貧如洗，才不得已，忍心把女兒送人為婢，換得金錢的補償。

　　假如時光能夠倒流的話，我要問問父親我們家的先祖，在幾百年前，隻身離開家鄉，從福建漳州縣渡海來台，以求溫飽生活，這位先祖是什麼名字？最初在那裡上岸，後來如何移居中南部，據說他四十多歲才娶妻，對象是誰？是否為平埔族的女子，傳說那時只有唐山公，並無唐山媽，果真如此，我就有原住民的血統了。

　　假如時光能夠倒流的話，我要對大姊說，我多麼的愛她，感激她對我的愛心與關懷，感謝她為我付出無以數計的時間和心神。每次返台，到達台北，她必從嘉義先來電話問候，詢問我們南下的日子，回到南部後，她和姊夫必盡速來訪，帶來美味的魚圓仔、肉羹及紅豆餅。白天我們結伴去半天巖玩，路經一台灣小吃，必先在此停車，享受鵝肉、筍乾以及其他可口的家鄉味，然後再出發，抵達半天巖，我們在大佛銅像俯視下的廣場先環繞一周，看看每個攤位，然後選購柿餅、桂圓以及其他應時的食物。

　　白天大姊帶我去美容院，洗頭作髮，回家後，她拿出資生堂的各種化妝品，教我如何化妝，先把臉洗淨，再用化妝水擦臉，然後抹面霜和粉膏，再撲上白粉，擦腮紅與眼膏，畫上眼線，最後塗口紅，大姊不厭其煩一步一步的示範，如此弄了半天，我這張平凡之臉，總算增添一點點的美感。大姊年輕時，長得十分出色，她的照片陳列在中山路一家有名的照像館，她身材高，體格美，也難怪在公園晨操時，常有人找她攀談，想為她的女兒提親。

　　大姊精於手工，她用成千成萬發亮的細小珠子，為我編織幾個小巧的手提包，有黑色，有白色，也有藍白相間的，個個樣式精巧玲瓏，亮麗可愛，令我愛不釋手。我常想像大姊在白天或晚上的燈光下，花了無以數計的時間，聚精會神一線一珠的連串起來，成為美麗雅緻的手提包。我手撫模著小包包，凝視著它們，如今我們陰陽相隔，不知不覺間，視線逐漸模糊起來。我多麼希望能夠再和大姊在一起，重續溫馨的手足之情。

　　假如時光能夠倒流的話，多年前我們初次來美時，會把滿一歲又一個月的博兒一起帶來，那時因人地生疏，不敢冒然帶個嬰兒，前往數千哩外的異國，因此決定暫時委託父母照顧博兒，就此博兒住在外祖父母家約十個月，備受親人寵愛。他長了一頭濃密捲髮，白皙的皮膚，樣子逗人喜愛，出門時人們總會多看他一眼，曾有位婦女稱讚地說：「這小孩子長了一頭虯毛（台音Q毛）。」即捲髮之意，回家後，博兒就說：「阿博，人羊毛。」意思是人家說阿博

捲毛，因「虯」與「羊」的台語發音相近，博兒說了這麼一句可愛的話，令人忍不住莞爾。妹妹下班後必先抱抱博兒，弟弟在高雄醫學院念書，不管功課多繁重，每隔一星期就回家看博兒，弟弟是家裡唯一男孩，特別喜愛小男孩，他把博兒放在大毛巾上抱進壁廚，然後再抱他出來，如此反覆，博兒樂此不倦，不住的哈哈大笑，玩得十分開心。

未滿一年，父親找到一位林太太，將帶幼兒來美和夫婿團圓，林太太慷慨的答應博兒和他們同行，此後父母常帶博兒去她家，和她的小男孩一起玩，互相熟悉，以便來美旅途中，一切較為順利，日子一久，兩個小男孩果然相處融洽，玩得十分開心。

來美的那一天終於來到，妹妹和母親抱著博兒，在松山機場和林太太會合，博兒好奇的觀望五花八門的商店，來來往往的人群，離別的時刻一分一秒的逼近，最後終於到了，母親把博兒交給林太太，博兒不知所措，拿著奶瓶，哇的一聲大哭，他回頭望著母親，大喊大叫：「阿嬤！阿嬤！我要阿嬤……」然後他吐了吃下的餅乾，隨著林太太逐漸遠去的腳步，博兒的哭聲越來越小。望著漸行漸遠博兒的身影，母親強忍淚水與椎心之痛，啊！每每想起這段撕心裂肺的別離，我萬分悲痛，後悔不已，天啊！我做了什麼，致使母親和博兒經歷如此傷心痛苦的離別。

我們帶著博兒回到他美國的新家，一家三口終於在一起，那時他剛滿兩歲，母親說他已會講很多話，但他剛來時，一直安安靜靜，不哭不鬧，也不說話，大概祖孫連心，他想念阿嬤，在他幼小心靈中，必定無法理解，為何他忽然離開心愛的阿嬤。有一天，他坐在沙發，指著冰箱對我說：「阿嬤家也有那個。」終於他說話了，一句有關阿嬤的話，我的眼淚差點掉下。

另一方面，和孫子分離的思念和傷痛，深深烙印於母親心中，令她久久無法釋懷。我年輕無知，考慮不周，不知祖孫相處將近一年間，培養的感情會如此濃厚，難捨難分。時光不能倒流，我永遠無法對母親補償或道歉。有一天，我深感悔意，對成年的兒子表示

歉疚，他反而安慰我：「媽，我想不起那些在機場和阿嬤與阿姨的分別的情形，我現在好好的，您不用擔心。」從這經驗我深深的體會到，無論環境如何，父母和孩子一起生活才是最好的。

　　時光當然永不倒流，希望我今後能夠把握當下，要向誰問什麼，講什麼，馬上就去作，來日可能方長，但錯過機會，可能永不再來，因此每作一決定，必須事先深思熟慮，想像可能發生的後果。人生短暫，僅數十寒暑，時光不會倒流給與我另一個彌補的機會，如此一想，以後我做事能不多加小心嗎？

嘉南大圳之父

　　台灣有句諺語「吃菓子拜樹頭」，是飲水思源，心存感激受惠根源之意。每坐火車，在縱貫鐵路上奔馳，經過雲林、嘉義、台南一帶，窗外兩邊是生機盎然綠油油的水稻，秋季則是稻穗累累一片金黃。嘉南平原本是看天田，土地乾裂，缺少足夠雨水灌溉，自從建造嘉南大圳之後，一年可栽種兩三次水稻，其他農作物產量也大為增加。嘉南大圳的建設，歸功於來自日本的八田與一，台灣人感恩於他對農業的偉大貢獻，稱他為嘉南大圳之父，在烏山頭水庫旁，設立銅像紀念他。沒想到二〇一七年四月十七日，銅像遭前北市議員李承龍斬首，李氏曾為民意代表，破壞公物，對於已逝世數十年的台灣恩人，作此殘暴行為，令人費解，即使對日本人或日本政府有所不滿或仇恨，給銅像斷頭以出氣，豈非幼稚行為！

　　八田與一（一八八六年二月二十一日至一九四二年五月八日），生於日本的石川縣金澤市，父親是當地富農聞人，金澤居民篤信淨土真宗教，家裡常有人來解經，八田與一從小耳濡目染，深信眾人佛前平等的教義。他自小學業傑出，高等學校畢業後，考進東京帝大工學部土木工學科，同年入學新生只有三十一名，無可置疑，他出類拔萃，是極優秀人才。大學期間深受廣井勇教授的影響，也受同系校友青山士的激勵，青山士曾去巴拿馬參與運河建造工程。一九一〇年，東京帝大畢業後，八田與一應聘為台灣總督府工務課技術人員，八月來台，從此一生定居台灣，視台灣為家，全心全意為台灣的水利工程，努力工作，到處奔走，勘查地形，建設許多促進台灣現代化的重要土木水利工程，最負盛名的是烏山頭水庫和嘉南大圳，除此之外，他也參與了不少其他的建設工程，諸如

台北下水道工程、高雄港規劃、台南水道工程、桃園大圳工程、日月潭水力發電水庫勘察、大甲溪德基水庫勘察，他也致力培養台灣土木水利工程人才，設立土木測量學校，創立台灣水利協會，並發行專業期刊。

　　嘉南大圳的建設帶給嘉南平原的農民充沛水分，稻米、甘蔗和其他雜糧因此才有良好收成。嘉南平原是台灣最主要的農業地區，面積約為四千五百平方公里，為台灣最大的平原，包括雲林縣、嘉義縣、嘉義市、台南市、高雄市等行政區，乃由濁水溪、北港溪、八掌溪、急水溪、曾文溪、鹽水溪、二仁溪等溪流沖積而成的平原。早年那一帶農民飽受三大災害，即洪水、旱災、鹽害，雨季密集的五月至九月之間，往往豪雨成災，淹沒田園房屋，而秋冬季節缺少雨水，田地龜裂，農作物乾枯，由台灣海峽吹到西海岸的海風和飛沙，帶著鹽分滲入土地，因此農作物無法栽培成長。

　　一九二〇年，八田與一開始興建嘉南大圳大工程，時值三十四歲英年，他對於嘉南平原農民的疾苦十分了解，他計畫的工程費用浩大，一心想解決嘉南平原農業三害。想起大學時廣井勇教授常說的話：如要造橋，要作一座長久堅固的橋，讓人們百年後還能走。八田與一心目中的嘉南水圳，就是百年後農民還能受益的工程，因工程浩大，資金龐大，呈上的計畫，沒被批准，但八田與一堅特他的理想，眼光遠大，堅持工程要有前瞻性，最後總督府終於同意。開工之前，他帶領八十多位專業技術人員，實地測量，作有關計畫及其他工程事宜。開山闢地，千辛萬苦，用了無數人力、資源，加上利用重機械處理，克服種種艱難危機，歷時十年，在一九三〇年終於成功地完成嘉南大圳的興建，當時是亞洲第一世界第三大的工程。

　　嘉南大圳水源來自烏山頭水庫，而水庫的水則引自曾文溪的溪水，其貯藏水量為一億五千萬噸，此外，也利用濁水溪的水和其他錯綜的水道，總共能灌溉十五萬公頃的農地。開始通水時，隆隆流水由烏山頭水庫閘門一瀉而出，十分壯觀，令人激動。

　　不幸在建設工程中，因意外或瘧疾等疾病，一百三十四名員工殉職，為紀念他們的貢獻，在烏水頭水庫附近，立有殉工牌，八田與一親自撰寫牌文，其中有如此動人文辭：「如果曾文溪的溪水慢慢地還在流，你們的英靈將永遠和烏山頭水庫照映我們整個嘉南平原。」

　　由於曾文溪的水量有限，烏山頭水庫不能一次灌溉所有嘉南平原，為了農民全能受惠，八田與一制定三年輪作給水法，首先他把十五萬公頃農田分為三大區，然後把三大區再分為一百五十公頃小區，每小區再分五十公頃的區塊，每一個小區內設有水門控制給水路，他設定三年輪作水稻、甘蔗、雜糧，種水稻時充分給水，種甘蔗初期給水，種雜糧不給水，而每區在不同的年份種水稻或甘蔗或雜糧，三年輪灌是為離嘉南大圳較遠的農田所設立的，離大圳較近的農田，每年都供水，因此每年可種兩次水稻，兩期水稻之間，還可以種一季短期作物。

　　嘉南大圳完成後，為感念八田與一的貢獻，八田之友會，徵得他的同意，請金澤市雕塑家都賀田勇馬製作銅像，這銅像不同於政治家威風凜凜的站著，而是工作中的八田與一，身穿工作服，腳踏工作靴，坐在堤堰上，一副沉思模樣，又像是默默的守護著烏山頭水庫。

　　八田與一三十歲時，和金澤市的米村外代樹結婚，那年外代樹僅十六歲，父親是醫生，家境富裕，母親捨不得女兒跟隨女婿遠赴台灣。八田夫妻育有二男六女，他們全在台灣出生成長。嘉南大圳開工後，妻子也由台北南下，和丈夫住在烏山頭。八田與一體恤員工，為他們建造房子，家眷得以前來一起居住在烏山頭，他也供應員工娛樂設施，放映電影，他從未以統治者的姿態，對待殖民地的台灣人，力行佛前眾人平等的信念。

　　嘉南大圳完成後，八田夫妻搬回台北，八田與一仍然到處跑，為水庫、水利、發電等事務，忙碌不堪，他也曾去日本佔領下的海南島和中國東北，勘察水庫水利等。一九四二年他受命前往菲律

賓，調查棉花灌溉設施，所搭乘的大洋丸於巴士海峽被美軍潛艦炸沉，不幸喪命，享年五十六歲。戰後，外代樹思念丈夫，不願被迫遣送回日，於一九四五年九月一日清晨，留下遺書「愛慕夫君，我願追隨去。」來到丈夫投注十年心血的烏山頭水庫，在放水口投水身亡，年僅四十五歲，她的遺體火化後，一部分骨灰由家人帶回日本，另一部分和八田與一合葬於烏山頭堰堤北側大壩上，在夫婿銅像的後方。

　　生為日本人，身心都在台灣，用畢生的時間、精力、知識、技術，致力於台灣的建設，在台三十二年間，為台灣的土地水利和發電工程，馬不停蹄，四處奔走，造福千千萬萬的台灣人。費時十年，嘉南大圳於一九三〇年興建成功，至二〇一八年，八十八年來，嘉南大圳的涓涓流水仍滋潤嘉南平原，如此一位日本人難道不值得我們尊敬感激嗎？

愛鄉愛民的唱遊歌手

去國多年，對於台灣近年來崛起的新人新歌，不免生疏，較為熟悉的，還是些常在YouTube看到聽到早就有名氣的歌星和歌曲。二〇一七年四月二十一日，在亞特蘭大星期五哲學講座，初次目睹嚴詠能歌手的風采，聽他訴說下鄉遊唱的故事，為台灣農民喉舌，唱出台灣農民的心聲，聽眾深深感受他那一股愛鄉愛民的真摯熱情。

嚴詠能出生於台灣台南市新化區，成長於高雄，他說從小就不喜歡念書，華語講得結結巴巴，而兄姐都是學校數一數二的好學生，相形之下，他很自卑，但父親不強其所不能，希望他繼承家業，經營飼料銷售，還和他簽下合約。大概是大器晚成，後來他考上大學，畢業於正修科技大學。

雖說父親和他簽約，希望他步其後塵經商，相信這契約早就是廢紙一張。二十三歲起，嚴詠能和音樂結下不了緣，參與多種音樂方面的工作，他曾在番薯之聲廣播電台工作，也是台北市捷運演唱藝人，在國小當過音樂兼聘教師，常在街頭唱歌，每週五、週六他帶著吉他及音響，在高雄愛河邊開唱，招來許多民眾前往聆聽，他的努力終於受到肯定，一九九三年，青春之星音樂大賽獲得亞軍，全國熱門音樂大賽榮奪冠軍。

一九九七年，嚴詠能成立打狗亂歌團，打狗是高雄舊名，日據時代因地名不雅，遂用同音字改為高雄，「亂」和「戀」台語同音，嚴詠能期望他的歌唱和台灣相戀，融合一起，秉持這宗旨，他的歌曲內容與歌唱格調，和台灣息息相關，結結相連，尤其對於農村農民，他心存一份深厚感情。組團之後，嚴詠能的音樂創作和歌唱，有了更進一步的發展，二〇〇五年他得到行政院新聞局發佈的

母語原創音樂大獎，同年也得到情歌頌高雄詞曲創作大賽第二名，同時他也出了音樂專輯，內門宋江陣紀念音樂專輯就是一個例子。

二〇〇六年，紅衫軍在凱達格蘭大道、台北火車站廣場、東區街頭靜坐、示威、遊行，反對政府，搞得烏煙瘴氣，攪亂社會安定，混淆大眾視聽，在失望消沉之餘，嚴詠能毅然站起來，唱一首台灣美好的歌，名叫〈美麗島我來唱好〉，歌詞的開端是：「你來唱衰，我來唱好，我要唱遊美麗的島，譜出台灣的好……」他的歌聲輕柔，曲調平易近人，鼓舞人心，充分表達他愛台灣一片熱忱。

如同這首歌，嚴詠能其他的歌曲也是愛國愛民，描繪鄉村和底層社會人民與生活，訴說農民種田的辛苦及收割的喜悅，他是唱遊歌手，去了很多村莊，見了許多莊稼人，他為默默耕耘的農民唱歌，深感他們的樸素踏實，農家感激他的關懷與愛心，和他打成一片。像他唱歌的農民，他不注重修飾，不像穿著講究入時的大牌歌星，他衣衫自成一格，蓄有長髮鬍鬚，時常赤足唱歌，看似平凡卻不凡，無拘無束，不受世俗繁文縟節束縛。

據嚴詠能自己說，他唱歌的靈感來自他的阿公和阿嬤，小時侯常到外公家，看見阿公一邊種田，一邊唱歌謠，印象深刻，深植於心，影響他日後的音樂生涯，他歌曲內容與唱歌風格，獨樹一格，他的歌不唱風花雪月，也異於多數台灣民謠，充滿悲嘆哀傷；他唱的是農民的生活和希望，他們種田辛苦，無怨無尤，只期望種出來的稻米又香又甜又好吃。他唱歌的場所不是霓虹閃爍的美麗舞台，而是廟口、夜市、廣場、農村、漁港，他帶領打狗亂歌團，在台灣農村四處跑，幫助農民割稻，和他們打成一片，享用阿嬤古早味的割稻飯及茶水，他唱歌給他們聽，每到一個地方，和當地人互動的故事，成為他唱歌的素材，他走遍中南部許多鄉鎮，布袋、義竹、新港等地都曾留下他的歌聲和足跡，他的歌聲平易近人，深深打動農民與底層社會的民眾。

二〇一〇年，嚴詠能榮獲第二十一屆台語專輯金曲獎，那年著名歌星江蕙雖也入圍，卻未得獎，嚴詠能的金曲獎專輯共有十三首

歌，以其中一曲〈大員一家農出來〉（台灣一家都出來之意）作為專輯之名，他期望台灣團結，總動員都出來，專輯每個曲子都唱述農村生活，最令人印象深刻的三首是：〈大員一家農出來〉、〈只要大家攏（都）吃台灣米〉，和〈阿嬤ㄟ紅被單〉，〈大員一家農出來〉部分的歌詞如下：「……阿公行出來，水牛牽出來，呼來呼去，有鋤頭ㄟ擎出來，阿嬤隨出來，孫ㄚ揹出來……」這完全是農家生活的寫照。〈只要大家攏吃台灣米〉的部分歌詞如此：「阮阿公吃甲（到）七十一，每天巡田水，當做看電視，幾分ㄟ田地，無欲賺錢，用心肝來種好米，只要大家攏吃台灣米，子兒孫仔大家出頭天，老水牛，白鷺鷥，稻草人，唸歌詩……」這首歌充分表達農民敬業樂天的精神，在大自然中充滿希望怡然自得之狀。〈阿嬤ㄟ紅被單〉描述阿嬤趁冬暖之日，拿出紅色牡丹花被單在太陽下曝曬，心中感覺溫暖幸福與快樂，如同歌詞所述：「紅紅ㄟ牡丹，紅紅ㄟ溫暖，紅紅ㄟ心願，紅紅ㄟ富貴……」。

　　嚴詠能不僅在台灣唱歌，也帶團去國外唱歌，他去過澳洲雪梨、日本橫濱以及美國幾個城市，藉由他的歌聲，外國人得以了解台灣農村及農民心聲；同時他也帶給旅居海外遊子親切懷念的鄉音。這次他和打狗亂歌團來美，從四月十一日至五月五日，他們將在中南部作九場巡迴演唱。我有幸在亞城聽到他的音樂，對他愛台灣、愛鄉村、愛農民的一片熱忱，印象深刻。有關台灣農村的歌謠如〈農村曲〉和〈牛犁歌〉，述說農民含辛茹苦的生活，多少帶點悲觀自憐，嚴詠能同樣歌唱農民的生活，但他的農民抱著踏實的態度，默默耕耘，苦中得樂，他的歌不怨天尤人，相反的，有一股鼓舞人的生命力，這樣正面的處世與樂觀的態度，令人感動，也令人敬佩。

肆、
談天說地篇

外來語

　　語言最初是如何形成，是個神祕而不可理解之謎，語言學家和心理學家作了無數研究，仍無法有個明確的答案。遠古時代，人類居住世界各地，不知彼此的存在，互相不來往，他們所能到達的地方，僅限於兩腳能走到的鄰近村莊或部落，他們使用共同的語言，具有共同的生活習俗及價值觀，如此他們過了生於斯死於斯，不受外界干擾或影響的一生。

　　輪船航海業的興起及飛機的發明，大大改善人們的生活，這些交通工具使人與人之間的距離縮短，不同國度、種族的人來往變得容易，更有機會接觸外國語言和文化，久而久之受其影響，開始借用一些外國文字用於本國語言，時間一久，這些新字遂變成本國語言的一部分，這是外來語的由來，和不同語言的異族長久接觸自然發生的一種現象，然而並非相處就必有外來語出現，有些種族比較容易接受其他文化，他們的外來語可能因而較多，至於外來語的來源地，因地理環境有異而不同，接觸較頻繁的外族與外語，人們借用他們文字的機會自然會多些。

　　今日英語所含的外來語大半取自於法語和拉丁語，日常生活上常用的法語包括RSVP、bon voyage、gourmet、perfume、essence、regret、justice；來自拉丁語的有alma mater、 cum laude、actor、opera、bona fide。英語的外來語也有來自其他許多國家，簡略舉幾個例子，來自非洲的有banana、jumbo、yam、zebra；來自中文的有chow、ginkgo、kowtow、taichi、tofu；取自日語的有karaoke、hibachi、sake、sushi；來自德語有kindergarten、diesel、hamburger、hamster、waltz；來自希臘語有system、telegram、geography、government、apology；來

自西班牙語有alligator、cafeteria、patio、chocolate、cigar、barbecue；來自阿拉伯語有alcohol、candy、assassin、chemistry、giraffe、sofa；美國印地安人用的igloo、moccasin、tepee，以及所食用的moose、pecan、squash現今已成英語；俄羅斯語的tsar、cosmonaut、ruble也融入了英語字彙。美國是由多種民族文化形成的大熔爐，不同時期由不同地區搬來的新移民，帶來不同的文化語言，使美語新加一些新的外來語，panco（麵包屑）、mifun（米粉）、taco，只是幾個例子而已。

日本人借用漢字之多，不下於英語採用他國文字，明治維新以前，日本人書寫幾乎全以漢字表達，而以日語發音，後來他們新創平假名和片假名文字，刪除很多漢字，而以平假名或片假名取代。筆者的外祖父生於清末，不諳日文，僅靠字裡行間的漢字，即可揣摩舅舅信件之意。日本人很容易接受新文化，除了中文，他們喜愛英語，用許多英語詞彙於生活中，舉些例子：bus、blouse、handbag、handkerchief、necktie、machine、stocking都被日語化，日本人的外來語隨著電腦的普遍化，增加不少新字，パソコン（personal computer）、ワープロ（word processing）、Eメール（e-mail）、ネットワーク（network）オンライン（online）、イントネツト（Internet）、オンラインショップ（online shop）、アイホン（iPhone）已是日本用語的一部分。筆者每一兩年回台途中，在朝日新聞或讀賣新聞等報紙，都會發現新的外來語，其中很多來自英語，因之容易辨識。

中文的外來語比較少，數十多年前的用語「摩登」（modern），現在似乎少見於會話或文章上，近十多年來，有幾個外來語來自英語，比如作秀（show）、粉絲（fans）、蕾絲（lace）和雷射（laser），其實有些外來語並不見得比原文優美達意，比如表演、歌迷、影迷這幾個字，其意一目了然，初見作秀、粉絲，反而令人費解。

台灣話的許多外來語出自日語，第二次世界大戰結束前五十年間，台灣是日本的殖民地，日常生活各方面深受影響，常聽到的日

語台灣化有阿莎利（あっさり乾脆之意），起毛（気持ち），吃的方面有沙西米（さしみ生魚片），天婦羅（てんぷら指炸蝦），烏龍（うろん粗麵條）。其他來自中文的有饅頭，台灣話也有來自法語，比如讚美人家穿著入時美麗，就說：妳穿著真是巴麗巴麗，意謂穿得像巴黎人一樣時髦好看。

　　語言並非一成不變的，隨著時代環境的變化，文字也跟著有所改變，有些詞彙被淘汰而以新詞彙頂替，和外國人接觸一多，新的外來語較容易出現，崇尚外國文化也可能促成外來語增加。交通的發達和資訊傳遞的神速，使偌大世界變成一個地球村，國與國人與人之間的來往與彼此之間文化上的交流，促使人們在語言方面互相吸取他國文字，本來語言是活的、流動的，外來語的出現是文化交流下自然發生的現象，外來語穿插於一國家文字之間，使她的語言變得生動有趣、多采多姿。

外國口音

艾德上了小學後，忽然對我的英語發音，發生興趣，甚為關心，每當我發音不正確時，他馬上糾正，我自知有錯，當然虛心跟他學習，既然家裡有個老師，怎可不好好把握機會，於是我用心聽他先說，然後照樣說了一遍，雖常自以為說的跟他一模一樣，可是艾德聽來，卻不是那麼一回事，於是我們就從頭開始，再練習一次，如果他仍不滿意，我們一而再，再而三，作無數次的校正與練習，艾德倒是非常有耐性地示範，媽媽做他的學生，大概令他又高興又驕傲吧！

自從艾德牙牙學語，我們就考慮日常生活和他說母語或英語，想了又想，決定在家以母語為主，作為會話工具，一來我們並非美國土生土長，說話未免帶有外國口音與腔調，恐怕會影響他學習英語的純正，二來艾德也能在家學點母語。

艾德進中學和高中後，功課較忙，課外活動也多，就不太注意我的英語發音，有一次我向他表示，自己無法說一口漂亮流利英語，有點遺憾，他反而安慰我：「媽，妳英語講得不錯，不用耽心。」英文字母確實有些發音較難，D、F、L、R是幾個例子，不管如何，只能盡力而為，令別人瞭解自己所言就好了。

時間過得真快，彷彿才過幾年，艾德高中畢業進了大學。寒假回家，他興高采烈的說：「媽，我們有個外國來的助教，教我們作實驗，班上大多數人都聽不懂他講什麼，但是我知道得清清楚楚。」原來他已經訓練有素，從小在家聽慣帶有外國口音的英語，怪不得他能夠充分瞭解助教所言。

很多美國大學雇用來自外國的研究生作為助教，助教的獎學金

不多，如果說話帶有外國口音，學生聽不懂，一不高興，到系裡抱怨，他們可能會失去助教之職，在其他工作場所，因外國口音而被解雇，也非奇聞。來自亞洲、中東、非洲的人，和白人站在一起，容貌上就完全不同，白人一見外表不同於他們，心中可能就存有偏見，等他們一開口，下意識拒絕用心去聽、去瞭解，「我聽不懂你說什麼。」這麼一句，就把溝通的責任完全推給對方。語言的溝通本是雙行道，雙方都負有責任，才能圓滿達到溝通的目的，同種族之間的溝通如此，和帶有外國口音的人交談更是如此，說話的人應力求簡單清楚，聽的人盡其所能，用聯想去猜測去瞭解對方的意思。

有些保守的美國南方人對外國人本有歧視，對帶有外國口音的人尤其抱著負面的態度，說話如帶有濃重口音腔調，他們可能懶得理睬，認定無法與之溝通。外國口音和美國區域性的口音有所區別，後者是指美國國內不同地區，語言上特有不同的口音，例如南方人說話較慢，有些音會拉長，因此有所謂南方口音、中西部口音、北方口音的不同。在外國出生長大的成人，來到美國，說起英語，免不了帶有口音，他們的母語中特有的發音腔調，影響英語發音的準確性及說話的抑揚頓挫，這種母語的特徵在腦中根深蒂固，即使努力學習改正，恐怕也難以完全克服。

在工作場所，如因說話帶有外國口音被辭職，或是工作休息時間，被禁止使用母語和同事交談，是一種歧視，這種的歧視和對外國移民本人的歧視並無區別，一九六四年的公民權利第七條（Title VII of the Civil Rights Act of 1964），明文規定禁止對種族、膚色、性別、宗教、出生國的歧視，同一條款雖未明言禁止對外國口音的歧視，但外國口音本是外國移民說話的特徵之一，兩者無法分離，但一九八七年就業平等機會（Equal Employment Opportunity），清楚表明出生國包括那個國家語言上特徵，法律不容許歧視外國口音。

其實成年後才學英語，很難說得字正腔圓，小孩子就不同，他們還未受到母語影響，可以同時說準確的雙語，青少年時就學外

語，比成人容易，效果也較佳。美國社會上一些有地位、學問、名望的人，說起話來，也帶有外國口音，尼克森總統任內的國務卿季辛吉說話低沉，口音很重，聽來並不悅耳。在美國講話有外國口音的人無以數計，如果外國口音阻礙工作效率，那就另當別論，一般來說，教學或服務業就比較注重道地的英語表達能力，如果不分青紅皂白，一律拒絕採用帶有外國口音的求職者，那就是歧視，法律上不容許的。

　　大學曾經作過無數的研究，比較講標準英語教師和帶有外國口音教師的教學效果，結果發現兩者並無多大差別，也曾有研究者，選擇一個事實，例如「長頸鹿比駱駝忍受無水的時間較長。」同樣一句話由道地美國人來說，可信度就提高，由帶有外國口音的人講出來，人們就帶著不信任的態度，懷疑它的可靠真實性。

　　一九九〇年後，中國、南美和其他地區來美的移民有如雨後春筍，到處可見，街頭、商場、醫院、大學校園內，講外語或帶有外國口音的人比比皆是。美國本是由移民組成的國家，只是來美時間有前後之別而已，第一代移民說話帶有口音，第二代以後就能說一口標準英語，土生土長美國人如能消除成見，用心去聽外國移民的口音，習慣之後，就會比較容易瞭解對方。

語言的變化

　　語言不像動植物等生物具有生命，但它也非死死板板刻在石版上，歷久不變。自古以來，因時代的改變，社會的變遷，國與國之間距離縮短，與外國人民接觸頻繁，致使語言發生了變化，最初人們借用外國語來表達，久而久之，外國借語遂成為本國語言的一部分。

　　小時候，每當小販的腳踏車「把不、把不」的聲音，從街頭一路響了過來，孩子們就興奮的跑過去買冰淇淋，他們都希望得到一份天霸王，即特大號的冰淇淋。小販有個小木盤，從圓心至邊沿，劃分成幾個大小不同的間隔，其中之一是天霸王。他迅速的轉動一個木盤，孩子同時用根大針往木盤擲下，擲中天霸王是每個小孩的熱望。時光荏苒，天霸王一詞和冰淇淋的關係早不復存在，這個名詞隨著時代的轉變，成為舊語，從日常生活中消失，其他此類的例子也不少。

　　日據時代，台灣人稱汽車為自動車，俚語叫做黑頭仔，大概台灣初期進口的車子都是黑色，故如此稱之。現在已聽不到黑頭仔，也很少聽到自動車，取而代之的是自用車或是汽車。另舉個例子，「手形」一詞對現代人來說，有如外語，不知其意，其實它來自日語，八十歲以上懂得日語的人，就知道它是支票之意。另外有個戰前日常生活普遍的用語「貸切」，指的是計程車。

　　這種借用外國語言，而終成為本國語言一部分，是非常普遍的，可說多數語言都有同樣的現象。近幾十年來，報章雜誌使用「作秀」和「粉絲」，這兩個用詞乃出於英語的（show、fans）。新用詞語比較達意嗎？那也不見得，其實「表演、影迷、歌迷」一目了然，易於瞭解。

　　日本的外來語特別多，在幕府時期，明治維新之前，日本人書類信件幾乎全用漢字表達，而以日語發音，後來他們創造平假名和片假名，在文章裡加上漢字一起使用，成為今日的日文。日文中的外來語來自英語的例子特別多，簡單舉幾個例子，トラク（truck）、ドレス（dress）、スカート（skirt）、テーブル（table）、リッチ（rich）等，比比皆是，和美國接觸越多，英語日化的語詞越多。尤其最近三、四十多年來，電腦普遍使用，隨之有關電腦的外來語，增加很多，例如パソコン（personal computer）、ワープロ（word processing），就是最常見的新語。

　　其實美國人也大量借用外國語言，包括從中文、日文、印度語、非洲語、西班牙語、義大利語、德語、荷蘭語、葡萄牙文等。他們採用的中文，簡單舉幾個例子，有chi（氣）、kung fu（工夫）、tofu（豆腐）、feng shui（風水）；日文的例子有sushi（壽司）、tempura（炸蝦）、nori（海苔）；德國語有kindergarten（幼稚園）；也有來自荷蘭文，例如cookie（餅乾）、cruise（航行）、iceberg（冰山）、Yankee（美國佬）；至於葡萄牙語的例子為breeze（微風）、coconut（椰子）、mosquito（蚊子）、tank（箱或櫃）。

　　近幾十年來，台灣所用的華語，有了許多新語，這些新語大部來自台灣俚語。台灣島內河洛人佔百分之七十五，客家人有百分之十五，因此河洛人日常用語不知不覺，成為標準語的一部分，在一些不正式的場合，常見的例子如下：

　　老神在在（氣定神閒之意），七仔（指女生和馬子同意），代誌大條（事情嚴重），幼齒（年輕少女），作伙（在一起），抓狂（近乎發狂），俗擱大碗（便宜又物美），知影（知道），破病（生病），強強滾（好熱鬧），逗陣或鬥陣（在一起），好康到相報（好事互相通報），假仙（假惺惺），蝦米（什麼）。

　　語言雖沒有生命，卻會增生或消失，人們的語詞隨著時代、社會、文化的變遷，而有增有減，一般的傾向是英語化，僅次於中國話和西班牙語，英語是世界上第三大語言，但因英美兩國，國大力

大，影響力就大。有些國家把原本的語詞束之高閣，引進英語化的
新語，有這必要嗎？見人見智，不能一概而論。

再談語言的變化

　　幾個月前，筆者曾撰文討論語言的變化，因對此題目深感興趣，試想再次談談。自古以來，人類就使用語言彼此溝通交流，最初用口語表達，後來發明文字，書寫的語言隨之擴大溝通的時空。試想語言在歷史上的變化，就以中文為例，「之乎者也」的文言文，早被白話文取代。日本幕府時代的日文，幾乎全用漢字，而以日語發音，明治維新後，日本人創作平假名和片假名，加上一些漢字而成為今日的書寫日文。顯而易見，語言並非世世代代，一成不變，死死板板的東西，它雖非有生命力，但隨著歷史、地理、社會、政治、文化的變遷與影響，而發生差異。即使說同樣語言的人們，在用字或發音上，因地域的不同，或多或少會有所差異，同住在台灣小島，台北、台中、台南人說的話，就有點不同。南部人的番茄，中部人稱為托馬都，即按照英文說法。嘉義人叫哥哥為阿兄，而台南人稱為兄哥。一般台灣人所稱的腳踏車，中部人叫做鐵馬。

　　滿清入關統治中國，制定滿州語為官話，一九一一年滿清政府被推翻，國民政府繼續以滿州語，即北京話為國語，但是中國地廣人多，散布四方，發音上每個省份有或大或小的差異，剛上初中時，老師們的南腔北調，常聽得似懂非懂，只好囫圇吞棗。日據時代，台灣食衣住行各方面，深受日本文化影響，有些日語成為台語的一部分，間接的，國語也就受到影響，加添一些原本出自日語的詞彙，例如味噌、壽司，無可置疑，歷史與政治的變遷確實會導致語言上的變化。一九四九年，國民政府來台，學校大力推行國語，取代台語，違規學生一律受罰，幾十年下來，國語的確普及全台，

甚為遺憾的是，許多台灣子弟被剝奪學習母語的機會，以致不懂自己的母語。雖是如此，由於台灣本地人包括河洛人和客家人，兩者佔全島人口的百分之九十，其中河洛人為百分之七十五，因此數十年來，不知不覺中，有些河洛人的日常用語成為國語的一部分，如今不少台灣俚語出現在媒體報章上。

同樣的，地理上的分隔也會造成語言上的差異，國民政府於一九四九年遷台，至今七十年，在這段漫長期間，政府規定的國語受到台語和日語的影響，增加許多新詞彙。台灣與中國處於敵對狀態，曾長期互不來往，加之中國政治上發生天翻地變的動亂，諸如三反、五反、紅衛兵、文化大革命等，使得原本相同的台灣國語與中國普通話，詞彙上發生了很多差異。

一九八八年初夏，我們去中國，住宿於南京飯店，為期兩星期，餐廳供應的蔬菜不是青江菜，就是空心菜，天天如此，令人生膩，有一天我問侍者是否有其他蔬菜，她推薦西紅柿，柿子是秋天水果，在台灣吃了很多，但西紅柿倒是從未聽過，於是我問她：「西紅柿味道如何？」她熱心的說：「酸酸甜甜的，很好吃。」於是就決定點了這道新菜，十幾分鐘後，菜端上來，原來是番茄灑些糖，新名詞冠在熟悉的蔬菜上，看了這菜，我們有點啼笑皆非，只怪自己見識不多。後來在紐約市法拉盛溫州人經營的蔬果中心，又看見一個和台灣用語完全不同的詞彙，馬鈴薯上標示土豆，這可是個有趣的名詞，台灣人俗稱花生為土豆，豆子一詞給人的感覺，是小小可愛的東西，沒想到馬鈴薯這麼大的塊頭，也稱為土豆，有點不可思議。

和來自中國的人接觸，發現他們常用「行」一字，舉凡可用「好的」或是「可以」來回答的問題，他們就說：「行。」在電影裡也常聽到「搞定了」一詞，意思是「作好了」或是「辦妥了」，在台灣很少聽過如此用法，還有「領導」本是動詞，比如說張主任領導有方，但在今日的中國，它有了新意義，凡是長官、上司或上級皆可稱為領導。有一次我們一群人在餐廳午餐，點菜後，遲遲不

上菜，大家就開玩笑地對陳姓朋友說：「你是領導，去看看到底是怎麼一回事？」

　　諸如此類的差異，在日常生活中許多方面都會發現，下面是些例子：

台灣用詞	中國用詞	台灣用詞	中國用詞
便當	飯盒	公德心	精神文明
芭樂	番石榴	教育程度	文化程度
豬腳	豬手	聯考	高考
古早味	傳統味道	稱讚人很厲害	牛
電腦	計算機	撞球	檯球
公共汽車	公交車	打點滴	輸液
警察局	公安局	保存期間	保質期
健康食品	綠色食品	冷氣	空調
中古車	二手車		

　　以上只是極少數的幾個例子，用詞雖有差異，但大多數仍可猜測其意，這些差異不是一天一夜形成的，而是經過長期累積而成的，用詞的不同並不表示用詞的好或壞、或是對與錯，只是不同環境下自然產生的現象，美國和英國的英文何嘗不是如此，美國的elevator是英國的lift；美國的apartment是英國的flat。語言雖無生命，卻非永久不變，語言隨著歷史、地理、政治、社會和文化的變遷而產生新用詞，有時一些詞彙成為舊語而被淘汰，如此有增有減，語言隨著時空流轉而變化。

淺談台語的變化

　　時代、社會、政治的變遷，文化的交流以及人口的遷移等各種因素，都會促進語言的變化，變化主要分為三類：字彙的增減，語音的改變，句子排列的變化。字彙的增減在語言變化中最為明顯。

　　字彙增加最大來源是借用外語，最好的例子是日語，根據日語字典《新選國語辭典》，漢語所佔的字彙為49.1%，和語有33.8%，其他外來語有8.8%，剩下的8.3%是混種語，即混合不同語言而成。我們日常生活中所用的英語，同樣的大量採用外語，除來自拉丁語系的字彙外，其他外語數目繁多，姑且舉些例子，來自印度有jungle（叢林）與cheeta（獵豹），西班牙有adios（再見）與siesta（午睡），義大利有gallery（畫廊）與saloon（交誼廳或酒吧），另外從荷蘭引進yacht（遊艇）與booze（酒），葡萄牙語的cashew（腰果）與commando（突擊隊）也成為英語的外來語。最近的新字有vape，意思是吸入電子香煙所產生的氣體，selfie自拍一字已被媒體普遍使用。

　　台語源自福建廈門一帶，台灣先民渡過黑水溝（即台灣海峽），遷移來台的語言，而後經四百多年歷史的變遷，台語與原先的閩南話，用語產生差別，而且增加不少外來語。雖不像英語和日語數目那麼多，但確實也有外來語來自英、日與其他國家。如稱讚女人穿著漂亮，就說：「哇！妳今天穿得『巴麗巴麗』。」「巴麗巴麗」取自巴黎的法語發音，意為穿著入時美麗如同巴黎人一般。在台民間，或許曾聽人說：「起毛壞（歹），即感覺或心情不好之意。」「起毛」一詞來自日語的「氣持ち」。其他還有許多來自日本的外來語，比如「歐巴桑」（おばさん），意為姨媽、嬸嬸或舅母，「歐吉桑」（おぢさん）指伯父、叔叔或舅舅，「歐都巴以」

（オトバイ）是機車。台灣地名也有從西班牙語音譯過來，新北市（舊台北縣）的三貂角（San Diego）便是個例子。日據時代，民間有句話：「明治維新海卡拉頭」，明治維新之前，日本武士穿長袍式的衣服，腰間佩著兩把刀，一長一短，頭蓄長髮，前額上面頭部毛髮剃光，留下一小束頭髮往腦後紮，明治維新後，日本大量的吸收歐美科學與文化，許多男子脫下長袍，換上西服，穿上高領白色襯衫，外加燕尾服，配上西式髮型，這就是這句話的由來，今日在台已聽不到這話，它已成歷史上的舊詞。

除了借用外語，台灣人先祖也自創新語，本地所無，而從外國引進之物，命予新名，簡單舉幾個例子：番麥（玉米），番仔火（火柴），番仔油（煤油），番仔薑（辣椒），這些名詞都以番字起頭，台灣先祖似有自大或自我中心之疑，輕視外國為番邦。荷蘭豆（snow pea）一詞則用輸入國之名稱之，顯得合理得多，另一種豆名叫敏豆，即四季豆，「敏」字取自英語bean（豆）之音，那時台灣人大概不知如何命名，乾脆冠以原音而取名。

一八九五至一九四五年間，在日本統治之下，台灣人在語言飲食各方面，受到日本文化習俗不少的影響，台語中的便當、洋服、料理、味噌等皆取自日語。第二次世界大戰後，國民政府來台，規定用中國北京一帶的方言，作為標準語，俗稱國語，因此台語再度受到影響，出現了新語彙，戰前的「巡查」成為戰後的「警察」，「保正」成為「村里長」，「會社」變成「公司」，「旅館」成為「飯店或酒店」，「飛行機」變成「飛機」，「飛行機場」成為「飛機場」，「先生」變成「老師或醫師」，「自轉車」變成「腳踏車」，「自動車」變成「汽車」，「昆布」成為「海帶」，「便所」變成「廁所」，「手形」成為「支票」，「貸切」成為「計程車或出租汽車」，以上只是些例子而已。

國民政府大力推行國語，取代戰前的日語，學生不准在學校講母語，違規者受罰。有一段時期，新聞局硬性規定，台灣布袋戲演出，必須用國語取代台語，致使布袋戲失去特有的鄉土味。嚴厲的

措施終於在一九九〇年代後期，受到反彈。如今政府開始注重台語教學，小學每星期有幾小時台語授課時間，台灣文化、語言、文學的研究也熱烈在幾個大學興起。

第二次世界大戰後，學校政府機構以及任何正式場面，雖都以國語為溝通工具，但課餘下班後，多數的台灣人仍以母語交談。河洛人本為台灣人口的多數，約佔其中之75%，客家人為15%，其他為少數的原住民及來自中國的新移民，因此街道市場，仍處處可聽見台語，部分的台語在不知不覺中國語化，出現於媒體如中國時報和自由時報。常見台語國語化的詞彙，僅舉些例子如下（國語化的台語在先，括弧內為中文意思）：

鴨霸（惡霸），甲意（合意），見笑（害羞），損龜（落空），龜毛（不乾脆），老翹翹（老態龍鍾），趴趴走（到處亂跑），歹勢（不好意思），速配（相配），代誌大條了（事情不好了），凍未條（受不了），凍蒜（當選），頭殼歹去（腦筋壞了），運將（發音來自日本，司機之意），鬱卒（悶悶不樂）。

時代巨輪不停的往前轉動，無形中語言也發生了變化，這個趨勢是無法阻擋的。日治殖民時代五十年，政府鼓勵人民說日語，推行國語家庭以及改日本姓，這些政策並未使台語因而消失。國民政府努力推行國語，確使國語遍及全國，有些小孩、年輕人甚至不會說父母的語言，雖然如此，台語卻未曾衰微，反之，台語吸取其他語言，注入新生命，使台語顯得多元化。

語言本身原無貴賤之分，上下之別，在殖民時代被統治下，有些受過高等教育的人，說話僅使用統治者的語言，其實這樣作，並沒有使他們高人一等，反而令人惋惜。今日台灣的語言最令人惋惜擔憂的，倒是原住民的母語，有些原住民的語言正逐漸消失，在族群裡能說母語的人，僅存兩三個，政府應有措施，及時挽救危機，畢竟原住民的母語，也是台語的一部分。

瀕臨消失的語言

　　很多人關切瀕臨滅絕或已經滅絕的動物，近幾十年來，全球普遍暖化，北極圈的冰層慢慢的融化，北極熊賴以維生的海豹漸漸的減少，使得北極熊面臨生存危機，其他動物也受到地球暖化的影響，非洲的黑犀牛正處於瀕危狀態，而卡洛來納的長尾鸚鵡（Carolina Parakeet）已絕種。語言不像動物具有生命力，其逐漸消失或滅絕，不易很快的引起人的注意或關心，一般人知道語言的文字詞彙會增會減，但對於某種語言從世上完全消失或滅絕，恐怕難以想像或理解。所謂滅絕語言或瀕危語言，是指族群中已無人會說的語言，或僅存少數年長者會使用的語言，當他們去世後，那語言就永遠消失。很少人對即將滅絕或已經滅絕語言有所了解，或抱著事不關己的態度，不知語言的消失非但是一個族群的損失，也是全人類的損失。目前語言消失的速度比自然界動物滅絕的速度更快，根據語言學家估計，每兩個星期就有一種語言消失。

　　近幾十年來，聯合國教科文組織（UNESCO）對此情況，十分重視，自二〇〇〇年起，訂每年的二月二十一日為世界母語日，向全球宣布保護語言的重要，鼓勵母語的傳承，避免文化資產的流失。

　　聯合國組織將語言的延續分為下面六個等級：

一、安全的語言：族群成員包括兒童都在使用並還在學習的
　　語言。

二、脆弱的語言：族群的一部分人已轉用其他語言，但另一部
　　分包括兒童仍在學習使用。

三、瀕危的語言：使用者都在二十歲以上，兒童不再學習使用
　　的語言。

四、嚴重瀕危的語言：使用者都在四十歲以上，年輕人和兒童
　　已不再學習使用的語言。

五、瀕臨滅絕的語言：只有少數七十歲以上的人還在使用的語
　　言，其他人已不懂的語言。

六、滅絕的語言：已經沒有人使用的語言，此語言已完全消失。

　　現今世界上約有七千多種語言，但這數目時有偏差，因語言學
家對語言經常有新的瞭解與認識，再者地球上偏僻角落之處，可能
尚有未被發現的土著，例如亞馬遜河叢林中多半有這樣的原住民。
在七千多種語言之中，大約已有三分之一語言被認為面臨危機，因
能夠使用那些語言的人，剩下不到一千。世上一半以上的人所使用
語言的總數，僅有二十三種而已，其中華語、英語、西班牙語使用
者最多，華語使用人數領先，將近一億人以上，但英語為最普遍國
際性的語言。

　　瀕危的語言分散在世界許多地方，未接觸世界文明的族群，
曾為強勢國家的殖民地，或少數族群，較有可能失去語言，雖說如
此，美國、澳洲、中國，同樣的有滅絕的語言或即將滅絕的語言。
美國印第安人的語言逐漸式微，依據統計，二百十九種原住民語
言，已有一百四十三種即將消失，中國滿語目前也處於瀕危狀況，
位於黑龍江省一遠僻地方，只有一百人能聽懂，而會說滿語只有五
十位老人。台灣的情況亦令人擔憂，台灣語言共有四十多種，其中
多種原住民的語言，面臨危機，平埔族群的語言幾乎完全消失，馬
賽語、凱達格蘭語也已流失，賽夏語歸為嚴重危險語言，而卑南語
和布農語是脆弱的語言。傳統的台語即河洛話和客家話，目前雖有
數百萬人尚在使用，但前景並不樂觀，因為大多數年輕人和兒童已
不再使用學習母語，能夠流利講客家話的人口逐漸降低，原住民語
言的前途更為暗淡，為謀求好職位好生活，年輕人離鄉背井，去都
市工作，自然而然的放棄母語，使用華語。

　　造成語言瀕危的因素是多方面的，一般來說，少數民族語言或
區域性語言，比較容易面臨消失的危機，大致來說，可從下面幾點

來探討原因：

一、族群人口減少。戰亂、疾病、貧窮剝奪人們生存條件，居民為求溫飽安定的生活，遷移他處，年輕人大量離去，尋找較好前程，以致村莊上只見老弱之人，這些人去世後，族群的語言也就跟著死亡。

二、政府的政策。強勢國家對殖民地的人，常用高壓政策強迫他們放棄母語。美國政府曾一度強迫印第安人學童寄宿學校，禁止他們使用母語，違者一律受重罰，政府也不准父母在家教兒女母語，否則對兒女不利。國民政府遷台以來，全力推行國語，不准學生講母語，違規一律受處分。某新聞局長在位期間，強迫台灣的布袋戲用國語演出，不倫不類，抹殺台灣特有的民間文化，荒謬之處，有如用英文唱京戲一般。因政府的措施，數十年來，致使大多數兒童年輕人失去使用母語的能力。

三、經濟的因素。年輕人為了尋求更好發展的機會，自覺母語落後粗俗，不登大雅之堂，於是選擇學習使用主流語言，父母為了子女有更好的前途，不教子女母語，在家也不使用母語，使得子女失去學習母語的機會，其實家庭是教導孩子母語最好的地方，如具雙語或多語能力，會有更佳的前途。

四、天災地變。二○○四年十二月二十六日，印度洋靠近印尼一帶發生九點一級大地震，引發海嘯，波及沿岸數個國家，死亡者成千成萬，損失慘重，災區是語言多種之處，居民的死亡以及生者的遷移，直接影響語言的減少或消失。

五、全球化。網路上信息傳遞科技的發達，促使世界越變越小，為獲得最新資訊，上網變得非常普遍，使用強勢語言機會大增，無形中就疏忽忘記了自己的母語。

語言一旦失去，對族群是莫大損失，對世界文化資產的保存，造成無法挽回之遺憾，有人說：母語死，族群亡，確是一針見血之

言。語言消失後，到底人們損失什麼？

一、失去先人累積下來多方面的知識和智慧。每種語言和其使
　　用者的生活常識，以及他對周圍環境特有的瞭解，緊緊結
　　合一起，不能分離，有些原住民知道某種植物的醫療作
　　用，或對出沒附近的飛禽走獸，具有特殊的知識，例如，
　　如何捕捉，如何處理或烹食，語言一消失，這些知識也隨
　　之流失。

二、失去詩歌傳說或戲劇等文化資產。有文字記載的文學創
　　作，易於保存傳留後代，傳說、頌歌、吟唱、演戲之類民
　　間文化，如沒有文字的記錄，單靠口頭語言代代傳承下
　　去，比較困難，有朝一日，使用語言者喪生，文學資產也
　　跟著喪失。

三、失去族群的自我意識和自豪感。喪失母語，無異於喪失連
　　結族群強大力量，成員沒有歸屬感，沒有自尊心，感覺四
　　處漂流，無以為家。

四、失去歷史寶貴的記載。歷史隨著時代不時變遷，語言也隨
　　之有所變化，古代中文以象形文字起源，後來文字越多，
　　語言也變得越複雜，後代之人往往可從文字演變，多少推
　　測過去人們的生活。

　　先祖留下的語言是文化資產，無可取代的寶物，我們必須負
起傳承的責任，學習雙語或多語，無可厚非，其實對心智反而有多
種益處，我們絕不可輕視母語，放棄母語；要教導子女學習使用母
語，居住美國的移民要繼續使用母語，鼓勵兒孫說母語，灌輸他們
以能說母語為榮的觀念。

　　除上之外，挽救瀕危語言，要從兩方面著手，其一是編制語言
檔案，另一是復興語言。語言的編制是專業人員的工作，就是指整
理研究語言的詞彙、語法、句法，然後記錄下來；另外民間文學、
傳說、詩歌、朗誦等也必須書寫於冊。最有效的語言復興工作，要
透過政治媒體或教育來鼓吹實施。台灣公共電視設有客家電視台，

曾播出客語教學，少數戲劇使用河洛語播出，民視電視台也用河洛語報導新聞，這些措施需要政府或民間大量資金，才能順利進行，雖然人力資源有限，如能以有限的資源拯救其中一些快消失的語言，也算是踏出改善路途一大步。

肢體語言

　　人們使用口語彼此交談，傳遞消息或表達心中感覺，自古以來，任何地方，都是如此。此外，另有書寫的語言，用以和遠方熟人親友互通訊息，或閱讀古今中外書籍，以知曉天下大事。除了口頭語言和書寫語言，另有一種無聲的語言，在談話中會不自覺的出現，透露說話者當時內心真實的感覺，這種無語的表達，不需特意去學習，談話中自然會出現，在溝通上這種方式的表達稱為肢體語言。

　　肢體語言無需刻意準備或努力，人們交談時自然而然的就出現於身體或臉部，身體不同的姿勢，或站或坐，或向前或向後傾斜，甚至手的動作、眼睛的轉動等，常會出現於人們言談中，傳達各種不同的訊息，這些動作或表情就是肢體語言。如同人類一樣，動物也使用肢體語言，表達各種情緒。

　　肢體語言不同於手語，手語具有複雜的文法，且在所有語言中，基本上有其共同的性質，相反的，肢體語言沒有文法，也無硬性規定某個動作表達某種意義。它是無語無聲，然而根據肢體語言學者的研究，人與人之間談話，肢體語言和有聲語言比較，出乎預料，前者傳達大部分的信息，藉肢體語言之助，人們更能正確的體會瞭解對方信息，因肢體語言無文法可循，有時難免顯得模稜兩可，解讀它必須非常小心，以免造成誤會。

　　肢體語言表現於身體的姿勢和動作，挺胸抬頭、縮頭縮腦或是彎腰駝背，無形中會傳遞不同的信息，臉部表情包括嘴巴、眼睛、眉毛的微小變動，同樣的，不知不覺中，表露一個人心中的喜怒哀樂，人們可從他人身體某個動作，加上臉部表情，猜測對方真意或想法，身體動作與臉上表情通常是相關相連的。以下是一些比較常

見的姿勢及其傳達的信息，這些信息的解釋並非絕對相同，不能通用於世界各地。

雙手交叉在胸前意謂防衛，在交談中如出現這姿勢，表示這人不同意對方的意見。口咬指甲表示這人神經質，感覺緊張或壓力，沒有安全感。手置於臉頰，表示此人思考中，如他的雙眉同時緊鎖，那就表示他正深思。如用手指在桌上敲打，表示此人已等得不耐煩，或已經疲倦。不住的搓雙手意謂手冷，或因某事興奮，或熱切的等待。雙手十指尖端相觸，合成尖塔狀，是主管或權威者常有的手勢，表示他們處於控制者的地位。雙手抱頭的姿勢表示這人感到生氣、無聊、或羞恥。

握手在西方國家是非常普遍的行為，在商業上簽完合約後，雙方握手表示祝賀，希望業務鴻圖大展。朋友熟人見面，握握手，表示友善，如和陌生人首次見面，握手代表善意，據說握手習慣源自於古代，向對方表明身無暗藏武器。回教國家男女互不握手，信奉印度教的男人也不和女人握手。求職面試時，強而有力的握手，代表自信，給人好印象，最忌有氣無力的握手，求職者有可能因此被打折扣。手指的各種動作代表不同的意義，有些國家，以食指指人指物，不會得罪或冒犯別人，但印度教徒認為這是不敬之舉。伸出大拇指在美國、法國、德國是稱讚叫好之意，但在伊朗、泰國等一些國家，這手勢有淫穢之意，不可使用。同樣的姿勢、動作或手勢在不同國家、文化、種族可能傳遞完全相反的信息。

肢體語言是無語無聲，人不必學習就會使用，嬰兒見到媽媽，臉上展現可愛笑容，表示高興，他不會說話，但從他的肢體語言，父母知道他的需求與感覺，小孩不高興時，翹著嘴巴，踏著雙腳，青少年生氣時，怒目圓睜，呼吸緊促，這些是本能的自然表現，不必學習的。成人在言談中，常出現肢體語言，聽其言語，觀其身體動作及臉部表情，更能正確的瞭解對方，也可察覺他的有聲語言和肢體語言所傳遞的信息，是否一致，或是互相矛盾。觀察人們使用肢體語言，去研究它，推敲其意，是非常有趣的一門學問。

基因改造食物

　　面對餐桌上色香味俱全的食物，你可曾想過農作物是如何栽種的？一九九〇年代之前，農作物都以傳統方法種植，如要改良，就以人工方法去配種或選擇優良品種去栽培，大多數人不曾想到或擔憂農作物對身體的安全問題。

　　一九九〇年代中期後，市場出現基因改造食物（Genetically Modified Foods），這些食物表面上看來和傳統的食物並無兩樣，吃起來味道也沒差別，然而它們內含的基因和傳統作物就有所不同。基因改造農作物是利用生物工程（Bioengineering）又名生物科技（Biotechnology），在實驗室從一生物體內分離取出所需要的基因，而後將其移注進入另一生物體內，創造出一個新的生物體。這些注入的新基因使農作物產生原先沒有的功能或特性，例如能耐寒抗熱，或具有抗拒蟲害雜草的特性，如此農民可減輕使用的除草劑、殺蟲劑等化學藥品，也可減少他們的努力及費用，基因改造能幫助農民應付蟲害、雜草和病毒這三大災害，又能增加農作物的產量與品質。

　　大規模種植基因改造農作物始於一九九六年，目前基因改造最多的八種農作物是大豆、玉米、棉花、油菜、甜菜、苜蓿（alfalfa）、黃色和綠色皮瓜（yellow squash and zucchini）和木瓜。大豆和玉米除人們直接食用外，也做為加工食品的原料，在超市含有大豆和玉米的加工食品，無以數計，例如豆腐、醬油、玉米油、玉米粉，玉米糖精，甚至酸乳等。依照估計，美國約有70%的加工食品皆含有基因改造作物的成分，大多消費者懶得去細讀一連串密密麻麻的食品成分，去了解什麼食品含有基因改造的大豆或玉米，在懵懵懂懂不求甚解情況下，購買基因改造食物或食品。除了人們

食用，大豆和玉米也作為動物飼料，基因改造食物與食品在生活中已成無可避免的一部分。

　　美國國內有三大機構制定條文規定，監視農產品和食物安全性，它們是農業部（US Department of Agriculture, USDA）、環保署（US Environmental Protection Agency, EPA）和食品藥品監督管理局（US Food and Drug Administration, FDA），環保署制定有關殺蟲劑的條文，他們研究：（一）殺蟲劑對人體健康的危險性；（二）對非目標生物體以及自然環境的危險性；（三）探討基因外流的可能性或潛在性；（四）處理昆蟲的抗拒性。美國食品藥品監督管理局評鑑食物安全和新植物種類的營養問題，對基因改造食物和其他非基因改造食物要求一樣，必須通過非常嚴格的檢查過程。而農業部則負責制定政策規則，以管制農作物的生物工程，這三個機構各盡其職，確保食物食品的安全可靠性。

　　基因改造的食物因含有其他生物的遺傳基因，具有新的功能和特徵，長期食用是否安全，消費者有時不免心存疑慮，美國食品藥品監督管理局認為它們和傳統的食物一樣，可安心使用，不會危害健康。然而科學界對此目前尚無共識，未做長期研究觀察之前，就大量種植基因改造作物，是否會破壞自然的生態平衡，在廣闊田野上，有時基因改造作物可能和非基因改造作物或與其近親品種交配，以致造成無法挽回的基因汙染。

　　基因改造食物或食品對人體健康問題可從三方面去探討：（一）基因改造食物或食品是否有引起人體過敏的可能性或潛在性；（二）基因改造食物內的基因移植到人體細胞內或存在於胃腸內的細菌，是否會影響人體健康；（三）花粉隨風四處飄移，很可能基因改造作物的花粉傳播移至傳統作物或附近的農作物，與之交配，時間一久，基因改造的作物和非基因改造的作物混合不清，並且基因和非基因作物在收成、運輸、儲存及處理過程，不易隔離得絲毫互不沾染，長此以往，農民是否有一天會失去非基因改造作物的原先品種。

　　美國幾家大型生物科技公司壟斷基因改造的商業，最有名的公司是Monsanto、 Dow Chemical Company、 DuPont和Sengenta，他們不但製作基因改造生物的種子，而且控制整體食物製作的過程與系統，就以基因改造大豆為例，農民向Monsanto購買基因改造大豆種子，在大豆成長期間，農民又必須向Monsanto買它的產品Round Up除草劑去除草。這些公司往往賣了A物獲利，就創造A物所需之B物，因此利上加利，在這制度下，受益最多的是誰？農民，公司或是消費者？

　　今天食物工業逐漸整併，農民不種基因改造作物變得不容易生存，他們到處聽到的忠告就是種植基因改造作物。至二〇一四年為止，栽種基因改造作物、進出口基因改造作物、或使用基因改造作物，已多達七十個國家，目前只有極少數國家禁止種植或輸入基因改造農作物。

　　歐盟國家、澳洲以及日本對於基因改造食物要求甚嚴，在物品上必須清楚註明基因改造生物體GMO（Genetically Modified Organism），美國並無此規定，商人可在非基因改造食物上標明Non GMO Verified，Silk牌子的豆奶就有這麼一個標記，對消費者來說，這是莫大的方便。

　　到目前為止，還未發現因食用基因改造食物而引起的病痛，但基因改造科技及基因改造食物的製作仍是一項嶄新科技，沒人能預料長久食用是否對身體不利或對自然生態會有不良影響，最重要的是慎重的訂下新的規則條文，每個製作過程必須多加考慮，以確保安全，農業發達和食物工業不能輕易全靠商業公司運作，必須由國家政府及國際機構去審查基因改造作物的好處與可能的威脅，然後提出一套整體的計畫與規定。

伊斯蘭教的女性

　　小時候，非常喜愛天方夜譚，十分著迷魔毯、阿拉丁的神燈、阿里巴巴和四十大盜以及辛巴達航海記等故事，對於故事描述的奇妙魔幻世界，引起我無限的憧憬與暇思。

　　年紀稍長，才知天方夜譚裡面一千零一夜故事的由來。波斯統治者夏力亞（Shahriyah）發現妻子不貞，極度震驚悲傷憤怒下，他認定所有女子都是一樣，自此他每天和一位美貌女子結婚，翌日早晨，就派手下處死新娘，如此一個接一個，殺害無數無辜年輕的女子，直到有一天國內已經沒有合適的女子可作他的新娘，大臣的女兒謝和瑞潔德（Sheherazade）見父親愁眉苦臉，自告奮勇，願意嫁給國王。新婚之夜，她開始講故事，國王聽得津津有味，但當故事發展到最緊要關頭時，她就停止，請求國王讓她明天再繼續，國王興致正高，好奇故事的下文，就答應她，因之她就保留一命，晚上繼續講故事，如此一夜又一夜，過了一千零一夜，她講了一千零一個故事，最後國王深知自己的過錯，就取消報復女性的殘酷政策。

　　成年後，想起天方夜譚故事的來源，無論是傳說或是真實，都顯示波斯女人地位卑微，命如草芥，國王權柄至上，可隨心所欲處死新婚王后。一般回教徒社會或家庭，也是男女地位懸殊，男人高高在上，女人有如家中物品，而非具有生命獨立自主的個體。二千五百多年前，古文明之一的波斯大王國演變成今天的伊朗，雖然古今相隔兩千多年以上，但今日在伊斯蘭教下生活的女性，基本自由及權利並未有多大改善。一九七九年伊朗革命後，宗教領袖柯梅尼（Ayatollah Khomeini）以伊斯蘭教治國，奉尊教條為人民生活行為準則，在社會或家庭皆男尊女卑，男人在家是主人是王爺，而女

人有如一物。在教育、工作、婚姻、穿著，都必須遵循可蘭經的指示，各方面頗受限制，可蘭經明言，好女人必須服從丈夫，如違反丈夫之意，可警告她或鞭打她，行為如出軌，比如和非回教徒結婚，或不經同意硬要離婚，父兄可置她於死地，這樣殘忍的行為稱為榮譽殺害（Honor Killing）。

在教育方面，回教國家的女性比起非回教歐洲或亞洲國家的女性，受教育的機會極少且受限制，根據UNICEF（聯合國兒童基金會）的文獻，有些回教國家婦女文盲比率高達百分之七十五，其中婦女文盲最多的是約旦、黎巴嫩、土耳其、伊朗、沙烏地阿拉伯、巴基斯坦等國家。工作方面，婦女必須先獲得丈夫的許可，以不忽略為妻為母的職責為先決條件，才能外出工作。婦女在外參與勞工職業最少的國家為約旦、摩洛哥、伊朗、土耳其、葉門、沙烏地阿拉伯以及敘利亞等國家。

回教國家允許多妻制，男人有三妻四妾不足為奇，伊朗的男人還可以有暫時性短期的婚約，為期不定，從幾個小時到幾年，這樣的關係只是肉體上的交易。女人如不幸被強暴，暴力者往往不受法律制裁，受害人的母親反被責備，沒有好好保護女兒，為此受害女子名譽玷汙，一生蒙羞。婚姻上女子只可跟從一夫，警察不處理家庭施暴之事，最多僅由女方男性親戚出面向男方警告。男人可娶非回教徒女子為妻，生下的孩子仍歸回教徒，但女子絕不准嫁非回教徒，男女離婚後，孩子歸男方，婚後共同經營獲得的財物，妻子不許帶走。

伊朗女孩自九歲起，必須戴頭巾，一九七九年後，政府依據可蘭經教條嚴格執行婦女穿著規定，其他回教國家如土耳其、埃及、馬來西亞的婦女，也是一樣，從頭到腳，全身包裹在一襲黑衣內，加上黑頭蓋，有如一團黑影，尤為甚者，有些婦女除了兩隻眼睛露出在外，整個顏面也以黑布蓋住，全身黑壓壓的一片，令人惋惜感嘆女人天生之美，被壓抑抹殺至此地步。

對女人穿著如此嚴格管制的社會，竟然有肚皮舞的存在，令我

百思不解。去土耳其和埃及旅遊，參觀項目之一是看肚皮舞表演，這些舞孃裸露腰部和上半臀部，舞衣薄如蟬翼，輕飄誘人，隨著音樂節奏搖擺腰身臀部，時快時慢，柔軟如蛇，難怪男人看得目瞪口呆，如醉如癡。在這樣閉塞的社會，宗教或傳統習俗嚴厲管制女人行動和穿著自由，卻讓女人半裸身子放蕩跳舞來娛樂男人，肚皮舞何以能夠存在於回教社會？這些舞者會是回教徒嗎？不可能吧！後來我才知道，舞者大半是吉普賽女人，她們受人輕視，是男人取樂的工具。

　　回教社會的女性，要掙脫多年來限制她們的枷鎖，談何容易。二〇一四年諾貝爾和平獎得主，年方十七歲巴基斯坦的馬拉拉（Malala Yousafzai），因提倡女子受教育而被槍擊，幾乎喪命。雖是如此，近年來也有其他婦女為得到生活上的自由與權利，挺身出面努力，例如沙烏地阿拉伯女人爭取駕駛的權利，如今當權者已允許婦女於二〇一八年六月起可以開車。希望有朝一日，伊斯蘭教的女性也能享受基本的自由與人權，在家在外能夠和男人平起平坐。

不知自己姓氏的人

來美不久，意外的在耶魯大學的圖書館東亞藏書部門獲得一職，能夠在這世界上數一數二學府的一流圖書館工作，完全是夢想不到的，我喜出望外，暫時把念書之事擱置一邊。我的職責之一是排列卡片，這些卡片記錄圖書館內所有書籍及其他資料的作者及簡要內容，藉著卡片，學生、教授和其他研究人員查尋所需資料。龐大的目錄室位於一樓，許多咖啡色木製的家具內，放置無以數計的長形小抽屜，我的工作就是在適當的抽屜裡，依照排列規則。放進新書的卡片。

我去一樓排列卡片幾次後，看見一個中年非裔美國婦女也常在那兒工作，她十分友善，跟我話家常，比較熟悉後，她常談起一個叫麥爾坎愛克斯（Malcolm X）的人，我一知半解，但言行之間，我能體會她對這個人的尊敬與崇拜，如此麥爾坎成為我第一個認識非裔美國民權運動的領導者，自此我開始注意美國黑白種族歧視與鬥爭。

麥爾坎在短短的一生致力於非裔同胞的人權運動，爭取公正、權利與平等。他於一九二五年五月十九日生於內布拉斯加州的奧馬哈市，他的本姓為利託（Little），母親是家庭主婦，每日忙著八個小孩，父親厄爾利託（Earl Little）是直言不諱的浸信會牧師，熱忱支持非裔民權運動，為此常招來威脅，被迫搬家兩次，一九二九年他們在密西根州的家被燒毀，兩年後，父親橫死電車車軌，警察判決為意外事件，但他們一家人都認為是白人的組織所為。幾年後，母親精神崩潰，住進病院，孩子們被迫分離，有的去孤兒院，有的被不同家庭收養。

　　在此支離破碎，沒有父母關愛呵護的環境下，麥爾坎長大成人，一九四六年在波士頓因偷竊被判刑十年，在獄中他認識一位非常精通善於運用文字的犯人，在他影響之下，麥爾坎如饑似渴閱讀各種各樣的書籍，教育自己，他的兄弟來探監時，勸他參加一個激進宗教組織名為伊斯蘭國（Nation of Islam），依利傑穆罕默德（Elijah Muhammad）為其領袖，他主張非裔美國人和白人分開，自創一國，他又認為白人社會處處排擠非裔美國人，使他們在政治上、經濟上和社會上無法成功。在服刑期間，他開始和穆罕默德通信，並用代數未知數符號X作為自己的姓，他說以往所用利託的姓，是祖先作奴隸時主人的姓，並不是非洲先祖真實的姓氏。在獄中，他不斷閱讀充實自己，兄弟的探訪，加上和穆罕默德信件的往來，令他一點不覺得身繫囹圄，反而感到從未有過的自由舒暢，他曾寫信給杜魯門總統，反對韓戰，聲明自己是共產黨員。

　　一九五二年，麥爾坎假釋出獄，很快的成為穆罕默德的左右手，成為伊斯蘭國不可或缺的傳教士。他口才流利，長得英俊挺拔，身高六呎三，體重一百八十磅，全身充滿魅力。從出獄至一九六三年十一年期間，伊斯蘭國的會員由五百人增至三萬人，而且他在許多城市如底特律、紐約的哈林地區設立清真寺，他的知名度越來越高，CBS電視台曾以他製作「以恨生恨」為期一星期的報導，他的名氣如日中天，遠超過伊斯蘭國領袖，造成穆罕默德的不悅和嫉妒，由於他在非裔族群中呼聲極高，成為極為重要的領導人物，遂被美國聯邦調查局盯上，成為目標，他的保鏢其實是調查局的地下工作人員。

　　麥爾坎身為伊斯蘭國傳教士，自律甚嚴，謹守教條，和教友貝蒂謝貝茨（Betty Shabazz）談戀愛時，不曾單獨相處，在大庭廣眾之下，麥爾坎演講時他們才見面，一九五八年他們結婚，共育有六女。

　　一九六三年，非裔人權運動如火如荼之時，麥爾坎對伊斯蘭國的信仰深受打擊，領袖穆罕默德和六個女人有不正當的關係，並且

生下孩子，麥爾坎對他所崇拜領袖的夢幻完全破滅，心理上受到很大的創傷。他拒絕替穆罕默德的醜聞掩飾遮蓋，無法妥協他的欺騙行為，為此他脫離伊斯蘭國，設立回教清真寺的組織。

同一年麥爾坎前往麥加朝聖，第一次發現能與不同文化背景的人分享自己的想法和信仰，並得到熱烈正面的反應。回美後，他聲明找到金髮藍眼可稱為兄弟的人們，自此他對於黑白種族問題持整體性的看法，對未來有新的展望，他的演說不再只針對非裔，而是給予所有種族的信息。

麥爾坎離開伊斯蘭國後，和穆罕默德關係決裂，埋伏於伊斯蘭國的聯邦調查局人員，曾警告政府官員，麥爾坎將被殺害的陰謀，一九六五年，他紐約的家被炸毀，幸虧家人沒受傷。一九六五年二月二十一日，麥爾坎在曼哈頓演講時，三個人衝上講台，向他開了十五槍，他不治身亡，正值三十九歲英年，三個槍殺者都是伊斯蘭國會員，但穆罕默德矢口否認曾參與謀殺罪行。

麥爾坎的去世，引起正負兩面的反應，紐約時報稱他非同尋常，但是個扭曲之人，把可貴的天賦用於罪惡目的，時代雜誌說他是煽動民眾政治領袖，他的信條是暴力。但無可置疑，麥爾坎是非裔美國人民權運動提倡者和領導者，紐約另一報紙認為連最刻薄的批評者，也不得不承認麥爾坎的卓越聰慧。在世界其他各地，尤其非洲國家認為他是殉道者，中國的光明日報報導麥爾坎為非裔同胞爭取自由、平等、民權而被殺害。他是白人對黑人的殘酷暴行有力的批評者，雖然他和馬丁路德金走的路線完全不同，但他為自己同胞爭取自由民權平等所付出代價是無可否認的。

一九六三年，麥爾坎和《根》（Roots）的作者艾烈斯哈利（Alex Haley）合作，撰寫自傳 The Autobiography of Malcolm X，一九九八年，時代雜誌稱這書是非小說類中十大最具影響力之一。今天很多城市改名街道，命名為麥爾坎大道，在紐約市、德州達拉斯、密州蘭星都可見到紀念他的道路。他的生日五月十九日成為麥爾坎日，加州的柏克來自一九七九年起改為全市的假日。許多學校、學院也以麥

爾坎愛克斯命名，二〇〇五年，哥倫比亞大學宣布，成立麥爾坎和貝蒂謝貝茨博士的紀念和教育中心，收藏有關他和夫人的文件資料，麥爾坎不愧為非裔人權運動的鬥士，在非裔美國人歷史永佔有一席不可磨滅的地位。

刺青

　　最近在街頭巷尾常看到身上有刺青的男女，在健身房內人們穿著運動服，有刺青人數顯得更多，所見刺青的面積更大。刺青又稱為紋身或文身，根據《現代漢語詞典》的解釋，紋身是：「在人體上繪成或刺成帶顏色的花紋或圖形。」這些花紋圖案或文字是用針在皮膚刺下極小細孔，而後注入顏色。刺青已有兩千多年的歷史，根據傳說公元前一千三百年的埃及木乃伊皮膚下，已發現殘留藍色刺青的痕跡。

　　古代其他國家也有關於刺青的記載，據《越絕書外傳本》記載：「越王勾踐，東垂海濱，夷狄文身。」秦代在犯人臉上刺字，南宋名將岳飛的母親在其背上刺下「精忠報國」四個大字。日本在江戶時代約一八七〇年也有刺青習慣，維多利亞時代的婦女喜歡在嘴唇上紋上紅色，如同現代的女人流行紋眉、紋眼線。世界上有許多原住民在臉上有刺青的傳統，台灣的泰雅族和賽夏族即是其中之一，新幾內亞東南部的人，視女孩身上刺青為美麗的象徵。黑社會習慣以不同刺青代表不同幫派，所以有青龍白虎之說。不同的圖樣、線條、色彩和大小，構成無數不同的刺青，其中有小如一朵花、一隻鳥或一個字，刺在手臂或足踝，又有雙手雙腳都布滿刺青，甚至整個背部全是五顏六色圖案複雜的刺青。世界上製作最精巧細緻的刺青圖案首推日本和緬甸。

　　從前刺青用細針一針一針的刺入皮膚，然後著色而成，現代的刺青以紋身機代勞，用萊特的紋身經驗為例，他要在腹部紋上一個紅色風箏，紋身程序大致分為三段，首先三支細小鋼針在他皮膚上，以一秒鐘一百五十次快速的描出風箏輪廓，然後用九支針把輪

廓顏色加深，最後用十五支針在鳥的翅膀和腹下著色，在整個刺青過程中，被紋身者所受的皮肉之苦，可想而知。

　　近年來，刺青變成普遍，頗為年輕人喜愛，這現象和舊時代大異其趣。從前大多數水手與水兵都有刺青，黑社會幫派以刺青的圖形來辨認，今日刺青已不限於罪犯流氓及黑社會。據說故英國首相邱吉爾的母親也有刺青，銀幕紅星安潔莉娜‧裘莉（Angelina Jolie）的刺青以她的孩子的出生地作為圖形，英國有些名人也有刺青，百分之十四的英國教師有刺青，紋身已被主流社會接受，成為受人尊敬的行業。美國也是如此，刺青藝術室幾年來增加很多，一九六〇年，美國紋身工作者共有五百人，至一九九五年人數增至一萬人，如今百分之二十的美國人身上有刺青，其中百分之四十是年輕人，五、六十歲身上有刺青的人數大為減少。

　　刺青變得如此受人歡迎的原因之一，乃是尋求自我表現，年輕人活在具挑戰性、變化多端的今日世界，時常面對「到底我是誰？」這個問題，而迷惑掙扎，不知如何處置。據研究指出，紋身會幫助他們找到自我。阿堪色斯大學教授Anne Velliquette研究消費者行為與流行文化兩者關係，前後作了兩次實驗，她發現這一代的人比以前的人更容易再度造個自我形象，現代人用紋身定住現今的自我，用紋身表達過去和現在的自我，紋身幫助他們了解自己到底是誰，對他們來說，紋身有如定錨。今天紋身如此流行，充分表示年輕人需要安定性、預料性與永久性。

　　每個有刺青的人都有個原因，如上所述表現自我個性，或寫下自勵言，或是紀念某人或某事，有些人只想留下刺青師的藝術作品，可能也有些男人認為刺青在身，能展現男性英武氣概，有些女人以為耳後的小刺青是性感可愛的表示。除了這些之外，刺青過程也成為難以忘懷的體驗，是苦是甜，已成生命的一部分。

　　刺青圖樣有簡單一小物，也有覆蓋整個背部的紋身，甚至全身的刺青，幅面較大的部位，紋身線條圖形顏色通常十分複雜。完成這種刺青，價格並不便宜。刺青價格的決定包括下列因素：刺青

藝術家的技術與經驗，藝術家及其工作室的名氣，刺青大小和複雜性，刺青工具，以及是否特為顧客設計圖案。價錢依工作鐘點或依整件刺青來算，有五至十年經驗成名的藝術家，每小時要求美元一百五十到一百八十，如整條手臂需要一千五百至一千八百美元。刺青界常言：「好的紋身不便宜；廉價紋身非好貨。」

　　世界變化多端，曾經僅流行於水手與黑社會幫派的刺青，現廣為年輕人喜愛，二十年或五十年後，是否仍然如此？誰又能預料？一旦後悔，要去除紋身必須使用雷射，但目前醫術仍無法使皮膚完全恢復原狀，因此刺青之前，宜三思而後行。

綠色的節日

　　美國一年中的節日還真不少，除了八月外，每個月都有或大或小的節日。在受盡寒冷肆虐嚴冬即將離去，春天一步步走近之時，我們又可見到充滿生機欣欣向榮的嫩綠，點綴在樹林草木花叢間，不久就有個綠色的節日，怎不令人精神為之一振，欣喜的期待迎接。

　　每年的三月十七日是聖帕崔克節（Saint Patrick's Day），又稱聖帕崔克宴筵節（Feast of Saint Patrick），為紀念愛爾蘭最富盛名的聖人帕崔克去世之日，是屬於文化、宗教性質的節日，慶祝基督教傳到愛爾蘭，成為愛爾蘭的文化傳統習俗，這一天是愛爾蘭共和國（Republic of Ireland）和北愛爾蘭（Northern Ireland，仍屬英國）的假日。雖說這節日起源於愛爾蘭，現今世界上很多國家人民也參加慶祝，包括加拿大、美國、澳洲、紐西蘭、甚至日本、南韓及其他地方，尤其有多數愛爾蘭後裔的美國、英國及加拿大，人們在這一天穿戴綠色衣物，吃喝玩樂一番，觀賞街頭遊行，好不開心！

　　有關聖帕崔克（公元三八五年至四六一年）的生平，都根據他自己的著作，在四世紀，他生在屬於羅馬帝國英國的一個富裕家庭，父親是教會的執事，祖父為基督教會的牧師。十六歲那年，不料被綁架，帶去愛爾蘭，被迫為奴，牧羊六年，在那期間，他領悟了上帝的存在，上帝啟示他跑去海岸，有一艘船會帶他逃離，後來帕崔克去法國學習神學，成為一名牧師。之後他回到愛爾蘭，作為傳教士，熱忱的傳播基督教。根據傳說，回到愛爾蘭傳教時，聖帕崔克用綠色的三葉苜蓿（Shamrock），來闡釋聖經上三位一體，即聖父、聖子、聖靈的觀念，致使數千信異教的愛爾蘭人改信奉基督

教，他去世幾個世紀後，有關他的傳說逐漸流廣，遂使他成為愛爾蘭著名的聖人。

慶祝聖帕崔克節最大的活動項目之一，就是穿戴綠色衣物，三葉苜蓿或其裝飾品頗受人喜愛，這個習俗自一六八〇年開始，到了十九世紀和二十世紀，綠色和聖帕崔克節已不可分離，這天人們盛大熱鬧的慶祝。一九三一年，愛爾蘭人民首次在達布林（Dublin）舉行大遊行慶祝，一面又展示愛爾蘭的國家及其文化傳統。以後慶祝擴大，一九九六年三月十七日第一次舉辦嘉年華會，次年變成三天的慶祝會，二〇〇〇年延長為五天的慶祝活動，將近一百萬人參與音樂會、戶外劇院演出、放煙火。達布林以外的城市比如貝爾法斯（Belfast）及可克（Cork）等地方皆舉辦遊行、喜慶宴，其中大規模慶祝，在聖帕崔克埋葬之地叫作當恩帕崔克（Downpatrick）舉行。

聖帕崔克節在美國並非法定假日，然而全國普遍和愛裔美國人一同慶祝愛爾蘭的節日，這天綠色衣物裝扮四處可見，還有宗教上舉辦的禮儀，加上街道遊行，人們解除禁戒，吃吃喝喝，好不高興，喬治亞州的沙華那（Savannah）海港，每逢此佳節，舉辦的遊行比亞特蘭大更為盛大。

美國是愛爾蘭移民最多的國家之一，愛裔僅次於德裔，為第二大移民族群，根據美國人口普查的統計，截至二〇〇〇年，自稱具有愛爾蘭血統的人佔有二千六百三十八萬，佔美國人口總數近百分之十二，他們大都集中於波士頓、紐約、費城等新英格蘭地區。十九世紀半，尤其於一八四五年至一八五二年間，愛爾蘭人民大批移民國外，主要原因是馬鈴薯因疾病侵襲，沒有收穫，造成史上所謂的馬鈴薯大饑荒，當時愛爾蘭是西方國家最貧窮的一國，五分之二的人民皆以馬鈴薯為主食，一百萬以上的愛爾蘭男女小孩，因無馬鈴薯饑餓死亡，另外一百萬人逃離愛爾蘭，移民外國，愛爾蘭頓時失去百分之二十到百分之二十五的人口。

美國最著名的愛爾蘭後裔首推甘乃迪總統家族，甘乃迪總統的曾祖父（Patrick Kennedy）於一八四八年馬鈴薯饑荒最嚴重之時，

乘船路經利物浦，來到波士頓，以勞工為生，後結婚生子，三十五歲時死於霍亂，他最小的兒子（Patrick Joseph "P.J." Kennedy，一八五八年至一九二九年）即甘乃迪總統的祖父，事業輝煌騰達，踏進美國政治舞台。一九六三年六月甘乃迪總統訪問愛爾蘭四天，成千成萬的人夾道歡迎這愛爾蘭之子，觀眾在廣場內擠得水洩不通，傾聽他的演講，場面十分動人，總統本人對此次愛爾蘭的訪問，十分滿意懷念。

　　即將來到的聖帕崔克節，不管是否為愛爾蘭後裔，很多人會穿戴綠色衣物，觀賞遊行，快樂慶祝一番，小孩子如看見有人身上沒有一點綠色，可能乘機擰他一下，和他開開玩笑，這個春天的節日既溫暖又好玩。

時間

　　秋去冬來，中秋節才過不久，感恩節接著又走了，一年比一年時間似乎過得更快。小時候作文時，喜用光陰似箭日月如梭兩句，其實那時候那能體會時間飛快的感覺，孩童時期總覺得時間過得如蝸牛爬行慢吞吞的，八、九歲時等不到遠足的那一天，更盼不到舊曆年穿新衣拿壓歲錢。上了初中，時間過得快一些，放學後，必須寫作業，溫習功課，每逢考試，老覺得時間來也匆匆，去也匆匆，功課尚未全部複習一遍，鐘聲已響，必須走進教室。高中科目較為複雜，物理、大代數難題尚未想到滿意答案，時間就莫名奇妙的溜走了。

　　到了大學，專修自己喜愛的科目，功課反而變得輕鬆愉快，時間又多起來，初次離家，隻身在北，時時想念家鄉的父母姊妹弟弟，除了上課念書外，有的是時間，好不容易挨過半學期，就是等不到學期末可南下回家。那時男生對女生傳有幾句戲言：「一年驕，二年傲，三年拉警報，四年沒人要」，大學將近畢業，已過二十歲生日，但我仍自由自在，絲毫不受這話的干擾或影響。

　　在日本留學期間，有天閒來無事，順手拿本雜誌翻閱，見到幾個年輕貌美二八年華女明星，想到自己已近二十五歲，才意識到青春年華不久將離我而去，不禁有股若有所失之感。來美之後，在內忙著孩子和家事，在外忙著上班和上學，日復一日，年復一年，時間的快速，自不在話下，過了五十歲，見同事退休，好似事不關己，未認真思考不必上班的日子，過了幾年，竟有朋友決定結束朝八晚五的上班生涯，看他們每日悠哉悠哉，似乎過得十分愜意，免不了有些羨慕。

　　如今我已加入退休行列，以前想作而不能作的，現在都可付之實現，上午兩個多小時大半消磨在健身房作團體運動，諸如瑜伽、有氧操、舉重以及新近流行的任巴舞，下午作點家事，上網讀些新聞、郵件，很快又近黃昏時分，一天即將過去。現在不必時常看鐘錶，為著趕上班，或帶孩子參加各種校內活動，每日確實過得充實愉快，我已不再受時間的束縛，反而成為支配自己時間的主人。

　　小時候常聽師長以寸金難買寸光陰為題教訓學生，的確再多的財富也無法購買一分一秒的時間，時間是無價之寶，時間是金錢，一點不誇張，君不見醫生對病人的診察和交談前後約三十分鐘，有時病人尚墜在五里雲霧中，未完全瞭解自己身體情況時，醫生就已離開，可是帳單一來，卻是好幾百美元的數目。商場上的大老闆，更是每日忙忙碌碌，所爭取的不外是善用時間，來賺取更多的金錢。

　　無可置疑，時間是金，時間是寶，它無形無狀，肉眼看不到，它的流失逝去，只能從鐘錶日曆察覺，每天日出日落以及春夏秋冬季節更換，比較能具體的給人歲月如流的感覺，在不知不覺中，時間一分一秒的消失，繼而一個小時，一上午，一整天，然後是一個月，一個季節，最後又是年終歲末。

　　上天賜給每個人一天二十四小時，不多不少，然而每人生命的長短不盡相同，有些人享年百歲以上，有些嬰兒誕生不久不幸夭折，也有英年早逝的年輕人，每人享受的壽命不盡相同，也是無可奈何之事。沒有人能夠阻止時間的流失，更沒有人能借用或購買時間，嬰兒出生的家庭雖有富貴和貧賤之別，但在時間的分配上，他們是平等的，如果他們享有同樣的壽命，他們一生就擁有同等時間，別人無法贈與或偷竊一分一秒。

　　世界上有再生資源，但時間是不能再生的，更不能收回，我們每日同樣被上天賜與二十四小時，至於如何利用這些時間，恐怕各人有異，有人糊裡糊塗的過一天，有人精打細算充分利用時間。時間是可貴的，一去不再復返，浪費金錢是不智的，浪費時間更令

人惋惜，分分秒秒的時間連串起來，構成我們的一生，在有限的生命中，如何分配善用時間，使得生活安康愉快，人生過得充實有意義，可是一門大學問。

珍惜今天

　　一般來說，身體健康的人或是尚不知自己罹患絕症的人，都以為擁有明天，無數個明天，他們計畫明天、一星期後、一年半載後要做的事情，比如看電影，拜訪親友，或國外旅遊。把期望寄放於未來的日子是很自然的心理狀態，也是常人生活的一部分；然而重病纏身的人，僅存有限的明天和無限的恐慌與懼怕，無論生命是長是短，只要人仍然活著，他們就有今天，能夠把握今天，使用今天。

　　時間是無形的、看不見、摸不著，人類發明時鐘來計算時間的長短和流失，它無聲無息的流逝，很少引人注意，時間是上天免費賜給的禮物，人人不經工作即可得到的抽象資源，可能如此，許多人不知珍惜它，白白浪費它，未能領悟每日的消失等於壽命短少一天。

　　今天介於昨天與明天之間，常被人忽略其重要性，而未能好好利用。過去已成歷史，未來是個夢想，無論如何回憶過去的燦爛美好，分析過去的錯誤得失，一切都已過去，無法挽回，無法改變，所能獲得的教訓是：過去的經驗可當今天的借鏡，而未來仍是未知數，無可預料，因此把握在手上的今天，實實在在屬於你我的，今天我們作喜歡的事，作有意義的事，才是充實的過一天。本來人生就是由幾千幾萬個今天連串組合而成，今天雖是人生中小小一點，但它的重要性卻不可忽略，有如機器的環狀齒輪，一齒不可缺少。

　　有些人過於注重未來，而忽略今日，舉個例子，有些高中學生在升學的壓力下，放棄生活中其他方面的活動，日夜苦讀，以期擠進名校窄門，在這段可貴的青春時光，他們沒有任何其他娛樂或活

動，以抒解放鬆緊張的情緒，結果讀書的效果也不見得理想，美國有句俚語：「整日工作而無遊戲，使傑克變成遲鈍索然無味。」

　　珍惜今天，就是把握今天，今天想作的事，就要在今天之內完成，根除拖延惡習。有人買了一本書想看，心想明天再讀吧，結果一天拖過一天，一年就如此過去了，甚至五年十年，可能那本書仍然原封不動。這人沒有時間嗎？並不見得，他只心想，卻未付之行動，時間一久，興趣就減少了。同樣的，如想要學西班牙文，就必須馬上去註冊或買教材，否則今天沒有開始，明天也沒有開始，一拖再拖，學會西班牙文的念頭，只成腦中的空想而已。

　　又有些人心想學習新技能或尋找新工作，卻擔心失敗，瞻前顧後，畏縮不前，當下沒有嘗試，遲疑不決，當他們停滯在原地踏步時，時間已擦身而過，時間永遠向前而進，它不後退，更不會停下等待任何一個人。今天的計畫沒有著手進行，採取行動，仍然只是個夢想，沒有實際行動，就永遠無法知道自己的潛能潛力何在，如果有所行動卻不能如願，才能認知自己的長處和短處，這何嘗不是寶貴的經驗。

　　很多人似乎有困難全心全意專注於當今，我們常回想過去所作所為，事過境遷，回憶過去的輝煌成就，或檢討過去的錯誤得失。我們也常夢想未來，思考明天要作之事，考慮要如何進行，避免錯誤，以達成目的。要忘掉過去，首先要能接受過去已不復存在的事實，不管再多的回想、分析、檢討、悔恨，一切已成過去，再不會傷害我們。我們的力量在於今天，過充實有意義的今天，才能奠下美好未來的根基，不管今天是好是壞，這是我們唯一能夠安穩掌握在手的時刻。

　　無論是健康者或病患者，生命或長或短，要能活出沒有後悔、沒有遺憾的人生，每個今天要過得充實。在人際關係方面，要在每個今天，給與丈夫、妻子、父母兄弟姊妹以及親朋好友付出愛心與關懷，令他們能夠感受到你的感情與溫暖，尤其夫妻之間，更須如此，否則兩人當中一方先走時，陰陽兩隔，永遠無法彌補。有意義

的人生不在於生命的長短，而在於其生活的深度。讓我們珍惜現在，把握今天，過得充實快樂。

沉思靜心

　　人的頭腦是個非常奇妙的器官，藉著它，我們能夠思考想像超越時空的人、事、物，創造無以數計的物件和機器，電腦便是其中一項大發明。近三十多年來，工作、學習、研究都離不開電腦，就是日常生活上，如填表格之類也少不了它，雖說電腦有如萬靈之物，但我們頭腦的功能及複雜遠勝於電腦千萬倍。我們的頭腦時時在活動，即使靜坐時，腦中的思緒仍然來去起伏不斷，有時甚至變成一團雜思異念來擾亂我們的心境，破壞我們的安寧。在工業極度發達的國家，人們生活步調緊湊，工作壓力又大，致使身心有時如同緊繃的弓弦，不能鬆懈舒緩，久而久之，影響身體的健康，造成高血壓、不眠症等諸多毛病。

　　緊張、焦慮、憂鬱等負面情緒和身體上的疾病，除了用醫藥治療外，或者可以考慮使用沉思相補為之，以求得身心安康與舒適，人們實行沉思已有幾千年的歷史，最初他們藉著沉思來瞭解生命的神聖和神祕，近年來，沉思普遍用於放鬆抒解憂慮等身心上的不適與壓力。

　　佛教的和尚尼姑晨昏禪修打坐，天主教徒手拿念珠禱告，皆在沉思中，其他宗教亦有沉思修身養性的項目。沉思是每個人隨時隨地能在家裡或其他地方練習的，而且不需花費金錢。初學者最初每日練習幾分鐘，之後可增至十五分鐘、三十分鐘，最好早晚兩次，早晨的沉思令人整天較有精力並能集中精神，傍晚日落前的沉思能消除一天產生的雜念，但沉思必須持之以恆，才能真正深入沉思的境界。一般人常有各種各樣的雜念纏繞內心，令我們心煩氣躁，坐立不安，此時如能坐下沉思，可以減少或消除紛至沓來的雜亂念

頭，持久作之，能夠減輕壓力，獲得心靈的平靜，沉思的最終目的乃在於求得內心的安寧平靜。

沉思的要素

沉思最重要的要素就是集中注意力，避免心神散亂而引起焦慮、擔憂等不愉快的情緒，要集中注意力，可試把注意力放在一件物品上，譬如一個形象，一個字、或是自己的呼吸。另一個要素是必須放鬆呼吸，用橫膈膜的肌肉來擴大肺部而呼吸，並緩慢呼吸速度，以便吸進更多的氧氣，減少使用肩膀、頸部和上胸的肌肉，使呼吸更為有效。被困在擁擠不通的高速公路上，或排在超市付帳長隊伍後端，可用沉思安定下心，不住的深呼吸來鬆弛減輕煩躁挫折之感，以求得心平氣和。有個舒服的坐姿也是沉思要素之一，佛教講究蓮花坐法，兩腿互盤，這姿勢並非每人能作到，因此只要輕鬆地坐著，專心沉思即可。

沉思的方法

練習沉思時，有幾個方法可供參考，選擇一個最適合於自己而實行。

一、深呼吸

這方法對初學者很有幫助，呼吸本是我們天賦的本能，把所有注意力放在呼吸上，專注自己鼻子上的感覺，深深地慢慢地一呼一吸，如果注意力游離他處，要輕輕地把它引導歸回呼吸上。

二、口中重複念禱語

沉思者可自創禱語或咒語，宗教性質也好，通俗性質也好，基督教傳統上的耶穌禱告，猶太教的耶和華聖名或是印度教的唵

（0m），都是幫助人專注於沉思的助語。

三、走路沉思

　　一面走路一面沉思，也能幫助我們鬆懈而有利於健康，在任何地方都可沉思，安靜的樹林，都市人行道，或是購物大商場，只是幾個例子而已，行走沉思，腳步要緩慢，眼睛注意兩腳的移動，每當腳部抬起、移動、放下，心中就重複念著舉起、移動、放下，千萬不要把注意力放在目的地。

沉思的好處

　　沉思在身體和心理的好處是多方面：保持內心的平靜安寧、減少身心壓力、降低血壓、改善睡眠品質、減低心臟病或中風的發生、減少焦慮憂鬱。沉思又能增進處理壓力的能力和方法、加強自我認知、令人專注於當下、減少負面不良情緒。

　　近來醫學的研究，發現沉思切實有益於身心的健康，愛默里大學和西藏有學術上文化上的交流，大學授予沉思課程，皮膚科醫生試以沉思方法使病人減輕或忘記皮癢的感覺。麻州大學亦有類似的研究，先以沉思使皮膚病人心平氣和，以減低皮膚炎的發作。今天沉思不只是宗教上課題，它被很多人使用，我們如能開始練習，早晚兩次，持續為之，想必我們會經常覺得安寧與愉快，自然而然身體也會變得健康。

友誼

　　一生中擁有最珍貴的東西之一莫過於友誼，我們周圍可能有許多熟人親友，如能交上一、兩位稱得上真摯好友，可就是個幸運兒。朋友帶給我們生活的生機樂趣，令我們活得多采多姿。當我們遭遇挫折困境時，四周的人可能離我們而去，只有真實的朋友才會前來伸手相助，友誼也能增進我們身心的健康，讓我們的人生發光發熱。

　　人是群居喜愛社交的動物，自幼而老，離不開人群，不論年長年幼，人人都希望有朋友，或談話或玩樂，共度此生。幼兒和玩伴共享玩具書本，天真無邪，其樂融融，稍長上了小學，自然而然他們會和自己喜歡的同學一起玩，一同作功課，到高中後，他們的朋友大都是興趣相投，理念想法相似者，如果情不投意不合，友誼就難以持久。成人後，似乎比較難以交上知心朋友，工作上互相競爭，無法坦誠相待，畢竟，工作的穩定比起同事間的友情，對於職位晉升方面更為實際和重要。

　　年老退休後，職業上的競爭和壓力都消失了，此時友誼變得更為重要，常言道：老人家需要老伴、老本、老友。老友可擴展生活空間，彼此間的互動，直接或間接使年長者繼續和外界社會有所聯繫，不致感覺孤單無助，甚至變成孤陋寡聞。如果健康情況未盡理想，時常和朋友聯繫，對健康與心境大有益處。老人交朋友大半是年齡相近，同樣性別和種族的人，而且價值觀相似者。有些年長婦女常和所謂次要朋友吃午餐打橋牌，消磨時間，她們之間未必十分親密，但她們常在一起度過無聊的下午，何嘗不是好同伴。

　　培養真摯友誼需要有幾個重要因素：首先居住地點相近，如此

可常見面，一起工作活動玩樂不必定時，不正式的分享各自的感覺想法，具有相似的興趣與價值觀，友誼才能持久，否則彼此關係會越來越淡，終至消失。過去曾有共同患難經驗者，也是要件之一，這經驗有如膠合劑將友誼密合固定。另一保持長久友誼要素，是彼此必須處於平等互惠的地位，換言之，朋友之間的取捨是雙方面，絕非單行道，如此一來一往，友誼才能持續下去。

友誼是兩、三人之間彼此愛慕之情，乃相連一起的情結，它包含情誼、同情、憐惜及無我，互相了解與信任，享受彼此間的陪伴，沒有虛偽作假，不必擔心朋友會譏笑批評。有同樣背景、嗜好或出自同一種族，就比較容易發生友誼之情，互相之間的信任及坦誠，也是維持友誼的要素。

故希臘哲學家亞里斯多德曾說：友誼是一個靈魂存在於兩個個體，這是所有情感中最為無私的，友誼視朋友的幸福福利有如自己的一樣重要，如能如此待人，你就是他人的真心朋友，若是他人如此待你，他就是你的真心朋友。人生在世，如能得一知己，何等幸運！友誼是一種享受，同時也是一種責任，要得一知己，自己必須先作對方知己，人生無知己有如生命中缺少陽光。失去知己如同失去一部分肢體，時間可以醫治傷口之痛，但失去的友誼恐怕難以復得。友誼無疑是人生無形的動力，它能左右一個人生活的品質。德蕾莎（Mother Teresa）說過：以笑臉迎人，為愛的開端，而友誼乃從友善態度開始。

窮則變變則通

　　很久以前，歐洲一次戰爭結束後，三個士兵走路結伴回家，他們在路上已走了幾天，錢也用光了，又饑又渴，走到一個偏僻小村莊，村裡住二十多戶樸實人家，他們務農或養殖牛羊為生，日出而作，日落而息，過著平靜衣食無匱的生活。

　　士兵來到村莊後，精疲力竭，無法繼續前進，他們已有兩天沒有東西果腹，饑腸轆轆，難以忍受。商量結果，決定煮石頭湯，他們身上背著一個大鍋，剛好派上用場，揀了一塊大石頭，在溪流把大鍋和石頭洗淨，在村子的廣場升起火，把大鍋架在火上，他們開始煮石頭湯。

　　時值秋末，村民已完成收割，比較有空閒，他們三五成群來到廣場，十分好奇，圍在大鍋四周，觀看士兵煮石頭湯，不知石頭湯味道如何，又是怎麼吃法，他們靜靜的注目鍋裡的動靜，難道這三個士兵懂得魔術，他們心中納悶不已。

　　過了五、六分鐘，鍋內的水開始沸騰，裡面的石頭隨著熱水迴旋作響，一會兒，士兵傑克宣布石頭湯作好了，村民更為驚奇，睜大眼睛，有如等待一場好戲上演，傑克用杯子盛少許湯，嘗一下，臉上有一股滿足樣子，他說：「很不錯！不過如果有馬鈴薯，味道會更好。」其中有個村人說：「我今年大豐收，我回家就來。」石頭湯多了一樣材料，味道彌漫四處，接著士兵約翰嘗了新湯，同樣的，他滿面愉快地說：「如果能放點紅蘿蔔，味道會更鮮美。」另一個村民自告奮勇回家拿了一大把來，現在石頭湯紅白相間，顏色鮮豔，令人食指大動。如此這般，石頭湯又多了洋蔥、芹菜、牛肉，而且也有鹽和胡椒佐味，香味四溢，令人垂涎，最後士兵馬丁

宣布：「石頭湯作好了，這道菜色香味俱全，足以宴請國王，人人有份，你們回家拿碗、湯匙和麵包，大家來共享美味的石頭湯。」

聽見士兵這麼說，他們又興奮又驕傲，如他們有福氣享用這石頭湯，不就是吃國王般的美食嗎？村民一面喝湯，一面吃麵包，邊吃邊聊，好不開心，有如過年過節般歡樂無比，當然士兵們比任何一個人更享受熱氣騰騰的石頭湯。餐後收拾完畢，士兵又要趕路，臨走時，村民送給他們麵包及起司，士兵吃足喝飽，精神抖擻，再三向村民致謝和他們共享石頭湯之樂。

石頭湯的故事，是真是假，姑且不論，但在困境，士兵的機智及隨機應變的求生能力，是無可置疑，他們是否以欺騙方法謀得一餐，見人見智，無可否認的，村民生性樸直，但士兵不曾強迫他們捐出食物，也許村民覺得好玩，自動獻出食物，和士兵一起玩場遊戲，大家同樂。

石頭湯的故事令筆者想起六十和七十年代早期的台灣留學生。那時在台的美國領事館，要求留學生必須有美國大學入學許可、英語考試通過證明，如果沒有獎學金，還需要兩千五百美元保證金，這筆金額相當龐大，折合當時台幣十萬元，足夠買一棟房子，普通人家那會有這筆錢財供子女留學。

那時留學熱潮衝擊大學，校園內常聽的一句話是：「你什麼時候出去？」許多大學生以留學為畢業後的目標，充滿往外國求學的憧憬與夢想，父母無力拿出兩千五百美元，只好東借西湊來湊足數目，以便成行。飄洋過海，千里迢迢來到異國，揮別大學時代養尊處優的生活，開始適應漢堡、炸薯條和可樂的生活。課堂上聽的講的都是英語，常感口不從心，無法自如表達，閱讀寫作能力也不盡理想，然而這種困難時間一久多少可克服些，只要多聽多講多讀多寫，語言上障礙會消失一些，功課就變得容易一些。

最大的困難莫過於金錢問題，如何償還借來的保證金以及賺取下年度的生活學雜費，處於這情況下，留學生只好窮則變變則通，一到暑假就去度假勝地或大都市餐廳打工，洗碗清掃等雜務樣樣都

來，女學生在學期中，在有錢人家裡作清潔工或保姆，他們在台灣時，有些可能還是大戶人家的少爺千金，誰也沒作過這類粗活，大概他們全然沒料到來美會有這麼一段勞工生涯，但彼一時也，此一時也，處於困境，只好變通以求達到留學目的。

筆者知道不少留學生為了賺得學雜費，暫時放下身段，從事各種工作。其中兩位留學生在喬州大學念書，一位主修數學，另一專攻新聞，有一年暑假他們去鄉下，推銷百科全書，鄉下人從未見過亞洲的黃種人，看他們面貌清秀，外表斯文，不能分辨他們是男是女，最後竟然開口直問。

留學生短缺金錢，沒有其他方法可行時，只好變通出賣勞力，以達成在美國求學的願望，他們窮則變變則通的作法和三個士兵煮石頭湯，有點相似。很多嘗盡苦頭的早期留學生，後來學業有成，成家立業，也有些在他們從事的行業出人頭地。筆者相信八十年代以後來美的移民，也有類似窮則變變則通的成功故事。人生本難以預測，機智變通能讓人暫時度過難關，脫離困境，通往平坦順利之路。

感恩節的由來

　　感恩節是美國國定假日，於每年十一月最後的星期四慶祝，在這節日家人團聚，出外求學或工作的兒女儘量回家和父母相聚一堂，感謝上天一年來賜與的平安順利，大家圍繞一桌，享用豐盛的火雞美餐，這傳統已有百年以上，如要追溯最早清教徒和印地安人一起慶祝的感恩節，那就有近四百年歷史之久。

　　感恩節的由來，起源於新英格蘭地區的清教徒。一六二〇年九月英國一些清教徒為追求宗教信仰的自由，乘坐五月花輪船離開英國的普里茅斯（Plymouth），航向美洲大陸，船上也有想在美洲新大陸尋求財富和土地之輩，乘客總共一百零二人，經過六十六天艱辛的航程，他們終於來到新英格蘭，在新的普里茅斯定居，重建家園。

　　那年嚴酷寒冬，他們不勝其苦，大多數人停留在五月花輪船上過冬，許多人患上壞血病和其他傳染病，過半數的人活不到次年春天。三月初春來臨，清教徒搬到岸上生活，因為生病加上營養不良，身體虛弱不堪，這時來個印地安人名叫史廣多（Sqanto），他看到這情況，開始教新住民栽種玉米、捕魚、採收楓樹的樹液，也示範他們如何辨識有毒植物，並且幫助他們和當地印地安族Wampanoag，結為同盟，建立友好關係。

　　一六二一年十一月清教徒種植的玉米豐收，普里茅斯殖民州長William Bradford舉辦慶祝餐會，他邀請印地安同盟友人，包括Wampanoag的酋長，總共有五十三名清教徒和九十個印地安人一起慶祝，感謝上帝賜予的豐收，大家一起愉快的享受感恩餐食，這個感恩慶祝延續三天，這就是今日美國人普遍共認的第一個感恩節。根據史學家記載，為了準備感恩節的餐會，州長派了四人出去獵取

飛禽，而印地安人帶來五隻鹿來參加盛會，但是感恩節餐桌上，並沒有蛋糕之類的甜點，一來清教徒沒有烤箱設備，二來五月花輪船上的糖差不多用之殆盡。

隔了一年，來自英國的新移民在長期旱災結束後，慶祝宗教性第二次感恩節。對當時新英格蘭的移民來說，每年的禁食和感恩是普遍的宗教行為。美國獨立戰爭結束後，華盛頓於一七八九年以美國政府之名，頒布第一個感恩節，號召美國人共同感謝戰爭的勝利以及美國憲法制定成功，繼華盛頓後的總統亞當和麥迪遜，在其執政期間，也都指定感恩節的日子，當時各州慶祝感恩節的日子不盡相同，而美國南部對此節日相當陌生，未有慶祝活動。

一八二七年，著名雜誌主編兼多產作家Sarah Josepha Hale（一七八八年至一八七九年）開始推動定感恩節為國定假日，長達三十六年間，她努力不懈，發表無數社論，送出無數信件給總統、州長、議員及其他政治家，終於林肯總統在一八六三年南北戰爭如火如荼之際，發表聲明，請求全國人民祈求上帝眷顧關照在戰爭期間成為孤兒寡婦和其他受難者，也懇請上帝醫治美國的創傷，林肯遂規定每年十一月最後的星期四為法定感恩節，自此每年都在這天慶祝感恩節。一九三九年羅斯福總統為促進經濟成長，把感恩節提前一週，以延長聖誕節採購禮物的期間，然而未能受到贊同而作罷。

今天很多美國家庭慶祝感恩節時，已失去原先宗教上對上帝感恩之義，現代人的重點多半放在豐盛食物和家人親友團聚，大家快快樂樂同聚一堂，享受豐盛美餐，然後共同娛樂。火雞是感恩餐桌上不可缺的食物，其他還有玉米、麵包、蔓越莓果醬、南瓜派等。紐約市梅西百貨公司的大遊行，是感恩節最為吸引人的活動之一，兩、三萬人沿著兩英哩半的路線駐足觀賞，電視上的觀眾更是無以數計，另外電視也轉播大學橄欖球隊精彩的比賽，這是男士們在感恩節喜愛的娛樂活動。

第一次的感恩節，新英格蘭地區的新移民和印地安人愉快的同享美餐，歡度節日，可惜這樣和平共存的日子維持不久。以後

新移民逐漸增多，和印地安人衝突與戰事迭起不斷，後者居上，以現代的槍炮武器攻擊，印地安人節節敗退，死傷慘重，多達幾百萬之多，今天許多印地安人居住於聯邦政府指定的保留區。由於印地安人過去血淚斑斑的歷史，自一九七〇年來，有一群由Frank Wamsutta James（一九二三年至二〇〇一年）為首帶領的反對者，控訴美國政府和歐裔移民捏造感恩節故事，來掩飾種族滅絕罪行及美國政府對原住民不公、不正、不義的行為，在感恩節當天，他們在普利茅斯舉辦全國哀悼日，呼籲社會平等，雖是如此，並非所有印地安人對此節日都持負面看法，他們之中也有人也參加梅西百貨公司的感恩節遊行。

　　感恩節是歡樂節日，希望也是和平的日子，美國本由多種移民組合而成，或許有朝一日，各種族群之間能夠互相容忍，真誠相待，和平共處，印地安人也能心平氣和快快樂樂的參與慶祝，讓所有美國人都能歡度感恩節。

附註：

　　Sarah Josepha Hale是兒歌 "Mary Had a Little Lamb" 的作者。

圍牆

　　川普競選總統時，以築牆杜絕墨西哥人違法偷入美國境內為號召，贏得眾多人民的贊同與支持，果然總統就職未滿一週，於二〇一七年一月二十五日，他就簽下築牆的行政命令。其實自古以來，人類就喜歡築籬建牆，確保自身安全，最古老的城牆是秦始皇於公元前第三世紀修建的萬里長城，第二次大戰後的柏林圍牆劃分柏林城為東柏林與西柏林，今日以色列建造的障礙物，用來隔離以色列人和居住在西岸（West Bank）的巴勒斯坦人，這些只是其中幾個比較突出的例子而已。建造墨西哥牆並非川普的奇思異想，也絕非是美國第一位有此構想的總統。

　　秦始皇在公元前二百十四年，派蒙恬將軍率兵三十萬攻擊匈奴，為了抵禦北方逐水草而居游牧民族的侵略，他下令將秦、趙，魏、燕各國修築的舊城牆接連起來，這是萬里長城的前身，大約在公元前二百二十一年，秦始皇下令建築長城，工人由士兵、平民和罪犯組成，據說四十萬人犧牲生命，許多人不幸在工作中，埋覆牆下喪命。萬里長城高度為二十六呎，東起於山海關海港，往西長達三千哩，止於甘肅省，是人類建築史上的奇蹟，繁重的建築工程令人民苦不堪言，怨聲載道，遂有孟姜女哭倒萬里長城的民間故事。

　　在二次大戰即將結束前，蘇聯和同盟國開會，決議將戰敗的德國一國四分，同樣地柏林也四分，東柏林歸蘇聯管理，而西柏林歸美英法管理，一九六一年八月，東德開始築牆，表面的原因是，禁止西德人去東柏林，以防他們的法西斯主義破壞東德的社會主義，其實真正的原因是，禁止東柏林的人大量逃往西德，如此柏林圍牆斷絕東西人們互相來往，持續二十八年，到一九八九年十一月，戰

後冷戰氣氛逐漸消失，東柏林共產黨宣布東德人民可以自由出入西柏林，隨著在一九九〇年開始拆牆，到一九九二年完成，終於落下二次世界大戰後冷戰的重要的一幕。

不負贊同築牆者的期望，川普總統就職不久，就下令築牆一事。美國和墨西哥之間的邊界長達一千九百哩，因有高山、河流及其他險峻的地勢，川普的墨西哥牆估計一千哩之長，高度為四十呎，築牆費用估計約一百二十億美元，出乎意料之外，他說墨西哥政府必須負擔這筆費用，他提議增加墨西哥的進口稅至百分之二十，作為支付築牆費用。川普總統並非最先主張建造墨西哥牆的總統。早在一九九〇年，美國政府已在聖地亞哥建造圍籬，二〇〇一年九月十一日，紐約的雙子星大樓被恐怖分子以飛機撞毀後，布希總統在美國西南邊界大量增加築籬費用以及加強邊界安全措施，總共花費七十億。現今川普總統所計畫堅固的大型圍牆，並非只是普通的圍籬而已，所需的材料費，建築費以及人工費必定萬分龐大，開工之後，如遭遇意外的困難，開支會比原先估計的數目多出幾倍。

反對築牆者強調，大部分非法墨西哥移民，都是正正當當拿著美國簽證入境，只因簽證逾期仍繼續居留美國，而成為非法移民，因此非法移民並非全是偷偷從邊界入境。近年來，墨西哥來美的人們減少，尤其十多年來美國房地產業不景氣，許多非法墨西哥移民因此失業而南歸，墨西哥的人也不敢冒然北往美國謀生，因此自布希總統執政後，每年被逮捕的非法移民減少許多，到歐巴馬總統時代，數目更為減少。築牆的龐大資本，墨西哥移民偷渡美國普遍性的減少，以及大部分非法移民不是非法越境來美，綜合這些因素，川普總統的圍牆有建造的需要和價值嗎？現在眾人意見分歧，似乎難以想像有朝一日真的一道巨牆聳立在美國西南境界，果真有這麼一道巨牆存在，它又能發揮多少功效？

以上三道圍牆的實際價值何在？秦始皇的萬里長城是許多古代文明難以創造出來的工程奇蹟，萬里長城讓秦始皇留名萬世，但

它不見得能夠杜絕匈奴攻擊，秦始皇大將去世後，匈奴收回失地，勢力越加強大，秦始皇死後，秦朝須向匈奴贈送貢品，派遣公主和親。柏林圍牆上面裝有鐵線，仍阻擋不了東德人民嚮往自由的決心，二十八年間，約有五千人嘗試越牆，逃往西柏林，其中有一百三十六到兩百人不幸身亡。川普總統已簽下建築巨牆的行政命令，但是何時能夠順利付之實現，現在仍是個未知數。

　　美國現代詩人羅伯特佛洛斯特（Robert Frost）曾寫一首名詩修補圍牆（Mending Wall），一道好牆真的能夠促成友好的鄰居嗎？恐怕不盡然，對墨西哥人來說，這道巨牆不正是表現美國歧視鄰居的政策嗎？同時也象徵美國的排外政策，這樣的政策和美國建國以來所標榜的自由民主精神不是背道而馳嗎？

歌曲反映時代與社會的變遷

　　每個國家和社會有不同的政治制度與經濟狀況，住在不同國家、社會的人們依其生活環境，創作歌曲，唱出他們的心聲，道出他們的希望歡樂或抒解他們的苦悶辛酸，如同文學作品一樣，歌曲反映時代背景及社會現象，世界各地，自古以來都是如此，不受古今中外的限制。

　　十八世紀法國國王路易十六世時期，人民對貴族政權的不滿與憤怒，表現於音樂劇《悲慘世界》（Les Miserables），這首歌成為革命的號召歌曲，終至推翻王室。十九世紀到二十世紀初期，俄國音樂訴說貧窮和富裕生活的差距、不平等的社會關係以及不能實現夢想的男女，這個主題被稱為「殘酷的浪漫曲」。美國獨立戰爭時流行一首愛國曲子名為 "Yankee Doodle"，這首歌本是英國軍隊嘲笑美國鄉下佬軍服寒酸不整，帽插羽毛，還自以為是義大利高級時尚，英美第一次交戰時，英國軍隊服裝整齊，奏出這首歌，神采飛揚前往迎戰，歌詞的開頭是：「Yankee Doodle went to town, A-riding on a pony, Stuck a feather in his cap, And called it Macaroni...」後來這首歌被美方視為己有，改寫歌詞，反過來譏笑對方，英軍在Yorktown投降之前，"Yankee Doodle" 已從受辱之歌變成美軍自傲的愛國曲子。一九六〇年代，非裔美人如火如荼展開民權運動時，每有集會抗議或遊行時，他們就高唱 "We Shall Overcome"，這首本是聖歌，今日已成為世界各地，受壓迫者反抗爭取自由、民主、權利的一首歌曲。

　　不只歐美國家歌曲的內容和曲調，說出民眾的歡樂悲苦，台灣歷代流行於民間的歌曲，何嘗不是唱出人民的心聲，從鄭成功於一六六二年治台至二〇一八年，三百五十多年來，流行於坊間，庶

民耳熟能詳的大都是悲傷哀怨之曲，這些歌曲影射台灣歷史上人民受壓迫被慘殺的悲情。從日本殖民地時代到國民政府撤退來台以至今日，許多流行歌曲出現於民間或低層社會，反映時代與社會的變遷，從下面幾個時期來討論這些歌曲。

滿清政府在甲午戰爭戰敗後，於一八九五年割讓台灣給日本，當時台灣各地人民群起雲湧，組成義勇軍對抗日本，但終究抵不過裝備完善的日軍，結果節節敗退，退至諸羅山（今嘉義）後，痛失台灣，江孝文所寫的民謠〈一隻鳥仔哮啾啾〉，悲憤的唱出人民失去家園的哀傷，歌詞中的「嘿！嘿！嘿都一隻鳥仔哮啾啾，荷哩，哭到三更一又半暝找無巢……」明顯的表達家破人亡的哀痛。另一首歌曲〈雨夜花〉也是日據時代的作品，歌詞描寫一年輕女子遇人不淑，被男子遺棄的哀怨無依，歌詞中的：「雨夜花，雨夜花，受風雨吹落地，無人看見，每日怨嗟，花謝落土不再回……」表面上是男女私情，其實隱喻台灣人受日本殖民統治壓抑的悲哀，一九三七年日本政府推行皇民化運動，所有本土的歌曲、文學、戲劇都被禁止，一九三七至一九四五年是台灣歌曲的黑暗時期。

一九四五年，日本在第二次世界大戰戰敗後，國民政府接收台灣，台灣人歡天喜地，以為自此脫離殖民統治，回歸祖國懷抱，民眾熱心組隊歡迎來台的政府官員和軍隊，他們唱出如此的歡迎歌：「台灣今日慶昇平，仰首青天白日青，哈哈！到處歡迎，哈哈！到處歌聲，六百萬民同快樂……」

國民政府來台後，推行反攻大陸光復大陸的政策，喊出：「一年準備，二年反攻，三年掃蕩，五年成功。」的政治口號，在此前提下出現許多愛國歌曲，其中每個小孩都能琅琅上口的莫過於「反攻，反攻，反攻大陸去，大陸是我們的國土，大陸是我們的疆域……」和另一首「哥哥爸爸真偉大，名譽照我家，為國去打仗，當兵笑哈哈……」

可惜好景不常，回歸祖國的歡喜興奮未能持久，台灣人發現政治腐敗，軍紀敗壞，物價高漲，而且政府官員以戰勝者姿態君臨台

灣，視台灣人為次等公民，大陸人士全面壟斷在政治經濟各方面職位，民不聊生，怨聲載道，在生活困苦艱難的環境下，人民吐露他們的心聲於〈收酒矸〉和〈燒肉粽〉兩首歌，〈收酒矸〉描繪一個十三歲的小孩因家境貧困，淪為拾荒者，大街小巷四處叫喊收集酒瓶、廢鐵舊銅以及破舊紙張。〈燒肉粽〉道出失業落泊的無奈，歌詞明言：「自悲自嘆歹命人，父母本來真疼痛（疼愛），乎阮（給我）讀書幾落冬（好幾年），卒業（畢業）頭路（工作）無半項，暫時來賣燒肉……」這首歌道出市面上物價日日上漲，家中人口又多，正如歌詞所言：「物價一日一日貴，厝內頭嘴一大堆……」，這兩首歌曲最能貼切的反映一九五〇年代經濟蕭條，人民生活的困苦。

一九四七年，爆發了二二八事件，來自祖國的軍隊一上岸，槍聲大響，開始大屠殺，政府不分皂白逮捕地方的菁英，未經審判，一律槍決，一時風聲鶴唳，人人自危。兩年後，國民政府撤退來台，實行全面戒嚴，黨禁報禁，展開長年的白色恐怖政治，在那樣陰暗的環境下，人民如何解開鬱鬱心結？開暢胸中悶氣呢？作曲家呂泉生有感而發，寫了一首〈杯中毋通飼金魚〉，借酒澆愁，暫得慰藉，歌詞中有如此句子：「飲啦！杯底毋通飼金魚，好漢剖腹來相見……心情鬱卒若無透，等待何時咱的天？……醉落去……」。一九五四年，由王昶雄作詞呂泉生作曲，兩人合力創作的〈阮若打開心內的的門窗〉同樣是自我安慰的歌，歌詞表明：「雖然前途無希望……」也要想辦法「暫時消阮滿腹怨嘆……」外面環境不好，只好打開自己心境透透氣。一九五〇年代以後是白色恐怖政治，台灣人的處境比日據時代更為悲慘，這段時期流行於民間的歌曲，大都充滿悲傷哀怨無奈的感情，雖然表面上描寫兒女私情或別離思念之苦，在陰霾不開的環境下，很容易引起大眾的認同與共鳴，其他歌曲如〈苦戀歌〉、〈孤戀花〉、〈秋愁〉都是這時代哀傷的曲子。

一九五〇至一九六〇年間，台灣逐漸由農業社會轉向工業社會，年輕鄉村男女離家走向都市，謀求更好的生活，這時代的一

些歌曲，例如〈省都一封信〉、〈流浪到台北〉、〈媽媽請您也保重〉以及〈黃昏的故鄉〉充分唱出離鄉背景，遊子思鄉的情懷。

　　解嚴之後，即一九八七年直到現今，開放黨禁報禁，社會漸趨開放，人民爭取自由民主和平等。一九七九年美國和中國建交，接著很多國家也隨著和台灣斷交，台灣成為國際孤兒，人心惶惶，不知何去何從，這段期間最有名的兩首歌曲是〈嘸通嫌台灣〉和〈母親的名叫台灣〉。一九八〇年代經濟開始好轉，人民生活水準也提升。

　　多年來由一黨專制政權變成總統民選，台灣的民眾仍繼續努力，追求社會上多方面合理公平的制度，今天台灣人尤其年輕人已經覺醒，關懷政府的作為，從事改善社會工作，顧念國家的利益及多數公民的權益，近年來許多大學生參與社會活動，反對政府不當的決策，二〇一四年太陽花學運便是最好的例子，學生不滿服貿協議，佔據立法院，唱出一首新歌名為〈島嶼天光〉，街頭運動也常有歌曲帶動大眾。二〇一三年七月，洪仲丘在退伍前，因攜帶手機入軍營，受到欺凌虐待，在退伍前兩天，竟然喪命，引起社會公憤，二十五萬群眾聚集在凱達格蘭大道，高唱來自悲慘世界音樂劇裡的一曲 "Do you hear the people sing?" 其中文版為〈你敢有聽著咱的歌？〉一時之間，這首歌在台灣成為風行名曲。

　　歌曲能抒情解悶，激發民眾愛國情操，鼓舞士氣，也用以表達被壓者及受害者哀傷心境。以色列人在古埃及為奴隸的數百年，其哀歌動人心魄；十九世紀美國南部奴隸所唱哀傷曲子，迴腸蕩氣。台灣人一百多年來，也唱出許多受壓迫、受迫害之歌，許多哀傷歌曲不敢直言真意，借用男女分離互相思念之情來影射，或以女子被男人遺棄的怨氣來隱喻。歌曲反映某個時代的變遷與當時社會的特色，如同文學作品一樣，每個時代的歌曲有其特色，每個社會的歌曲有其特徵，是歡樂之歌或是悲哀之曲，都深受那時代背景和那社會的影響。

土耳其風光

　　二〇一〇年十月中旬，正當秋高氣爽之際，去土耳其旅遊，十多天之中，對此神祕國家，親眼目睹，親耳所聞，多少才有點新的認識與了解。雖過了幾年，在那裡所見的建築與景象，以及碰到的人們，仍偶爾浮現腦海，令我回味無窮，無法忘懷。

　　土耳其歷史淵源悠久，文化和種族皆屬多元性，為古文明大國之一，曾有一段輝煌燦爛的歷史。現今土耳其共和國橫跨亞歐兩洲，大部分版圖位於小亞細亞，僅有百分之三領土位於歐洲，伊士坦堡是世上唯一坐落於亞歐兩洲的都市，土耳其與八個國家為鄰，西北邊有希臘和保加利亞，東北邊與喬治亞為界，東鄰伊朗、阿馬尼亞和Nakhchivan，南邊是伊拉克和敘利亞。它北向黑海，西臨愛琴海，南邊有地中海，出入交通方便，地理位置優越。

　　土耳其歷史起源於公元前二千年，最初土耳其人居住於亞洲中部地區，後來他們分散四方，在亞洲及歐洲建立許多各自為政的小國，十一世紀時，他們在Anatolia立足定居，建立第一個王朝，十三世紀蒙古人入侵，王國分裂成許多小國，其中Ottoman Beylit迅速發展，領土擴大，終至演變成為奧特曼帝國，其極盛時期，領土跨越亞非歐三州，北達科來米亞（Crimea），南及葉門、蘇丹，西臨伊朗及卡蘇比亞海（Caspia Sea），南至維也納，西南和西班牙為界，奧都曼帝國統治長達六百二十三年之久。第一次世界大戰與德國聯盟參戰，戰敗後，被英、法與希臘佔領，民眾群起反抗被異國佔領，民族自決運動，在Mustafa Kemal的領導下，終於成功，於一九二三年獨立，成立土耳其共和國，Mustafa Kemal 被選為第一任總統，他在政治、司法、社會及其他方面，全面改革，傚法歐美國

家，雖是伊斯蘭教的國家，但各種不同民族、宗教的人民，享有同樣的權利，婦女於一九三〇年也有投票權，也能參政，當選國會議員，一九九〇年代，有了首位女總理，在所有回教國家中，土耳其是最西洋化最先進的回教國家。

伊士坦堡有三個世界級著名的景點，第一是大賣場（Grand Bazzar），其二是Hagia Sophia，另一是藍色清真寺（Blue Mosque）。大賣場為世上最古老最壯觀的商場之一，於奧特曼征服康斯坦丁堡（Constantinople）後，在一四五五年建立的，面積為三十三萬三千平方呎，四千個店鋪分布於錯綜複雜如同迷魂陣的六十四條街，據說商販工作人員高達兩千五百人。一進商場，一眼望去，走道兩邊，陳列著琳瑯滿目、五花八門的稀奇物品，貨物色彩鮮豔華麗，異常引人注目，而且價格公道，令遊客見獵心喜。

土耳其人非常好客友善，他們有句諺語：一個站在門口的陌生人，是神送來為期三天的客人。我們的導遊曾說：我們四十多人都是他來自遠方的客人，相處十多天後，有如他的家人，下次我們來土耳其之前，一定事先跟他聯絡。這些話果然在大賣場應驗。商家對待顧客熱誠又周到，只要眼睛稍微往物品望一下，他馬上微笑前來，耐心展示商品，回答疑問，他們對顧客的耐心與說服力，為我從未所見，我買一條暗紅色毛料圍巾，以便次日去清真寺時，作為頭巾，對於擺設在攤位上，五顏六色的珍奇異品，雖然極有興趣，但也希望四處走走，瀏覽一番，因此不敢駐足觀賞，恐怕被他們說服，東買西購，脫身不了。

伊斯坦堡有兩大建築史上罕見的傑作，象徵古土耳其文明極高的造詣與精粹，其中之一是Hagia Sophia，為公元四世紀時羅馬康斯坦丁大帝下令建造的大教堂，到第六世紀時，東羅馬皇帝Emperor Justinian命令重建。自此到十五世紀，近一千年來，Hagia Sophia是東正教的中心，也是基督教最大的教堂，後來被西班牙的Seville大教堂取而代之。奧特曼的皇帝Sultan Mehmed二世改造Hagia Sophia為清真寺，之後五百年間，Hagia Sophia成為回教世界的寶石，它非但

在土耳其，也在世界上，被認為極為重要的宗教建築物，一九三五年，總統下令改為博物館後，同時影響基督教和伊斯蘭教，具有兩個宗教的特色。一九八五年，聯合國教科文組織（UNESCO）定此為文化遺產。

Sophia為希臘語，智慧之意，前加Hagia一字，即是"Shrine of Holy of God"，乃上帝聖殿之意，其建築的偉大壯觀是聚集一數學家、一科學家和一物理學家三位大師的智慧、創作力及想像力，會合而成的結晶，藝術家Necip Fazil曾說：Hagia Sophia不是一塊石頭，不是一線條，或一個顏色，它給人一種非凡的感覺。大教堂內有許多象徵土耳其古文明的藝術品，在其他地方從未見過的文字，呈現在大教堂內的圓頂上，另有四十個窗戶，敬拜者坐在其附近，聽說有祕密的光輝反射而入。

另一個建築上的奇蹟是Sultan Ahmed Mosque，又稱藍色清真寺，手工畫的藍色磁磚點綴寺內四周牆壁，故如此稱之，夜晚整個清真寺及其五個圓頂，和六個長直高塔與八個次要的圓頂，在燈光照射下，浸浴在一片柔和的藍光下，極富詩意。

奧特曼國王Ahmet一世被波斯打敗後，決定建造一個大型清真寺，展示奧特曼帝國的威力，遂於一六〇九年開工，一六一六年完工，此大規模的建築物可容納一萬信徒，現今仍是信徒前往禱告祈福之處，進入寺內，必須脫鞋，禱告時男女分開，各處一室，跪在精緻的紅地毯，由Imam（祈禱領導者）帶領他們禱告，祈禱領導者是國家受雇的官員。回教徒每日禱告五次：日出、正午、下午、日落、晚間。在最神聖節日Ramadan那天，從日出到日落，他們必須禁食，不吃不喝，不吸煙，甚至不嚼口香糖。

土耳其的藍色清真寺和雄偉的Hagia Sophia相鄰而立，備受國內外人士讚賞兩大宗教聖殿，是遊客必參觀之處，而大賣場展現商場上罕見奇觀，龐大無比的面積，成千成萬的商品，加以商人熱誠耐心的招呼，切實令人動心，難以忘記。

橄欖樹

　　去義大利南部旅行之前，對橄欖所知甚少。記得小時候，常去街頭的小店鋪買糖果、草橄仔（甘草味橄欖）之類的零食。五年級時，有一天下課後，和同學走向位於郊外的嘉義農林學校，看見路邊橄欖樹下落滿許多果實，我們興高采烈裝滿了書包，回家後才發現淡青橢圓的果實，小巧可愛，但苦澀不堪，難以下嚥。來美後，終於吃了能夠入口的橄欖，可是鹹得無法體會其美味，自此對橄欖就不想問津了。

　　去義大利南部一趟，目睹無數的橄欖樹，才對橄欖發生興趣。義大利地形極像一隻長靴，它的後跟一帶叫做Puglia，是盛產橄欖的地區。從遊覽車子窗口往外一望，公路兩邊都是橄欖園，一個接一個，不見盡頭，淺綠帶灰的葉子，一叢叢的生在枝頭，形狀稱不上美麗，反而顯得有點雜亂，但樹枝上掛著淡青果實，累累成串，逗人喜愛。

　　最引人注目的是橄欖樹幹，年輕的橄欖樹幹細瘦，樹幹隨樹齡增長而變粗大，且節節變成腫瘤狀，有些樹幹分裂，成為兩個枝幹。橄欖樹生命力旺盛，它們能活幾十年、幾百年、甚至幾千年，樹齡越多樹幹越粗，然而樹幹並非往上伸展，而是變得奇形怪狀，彎扭成節，糾纏一處，看似腫瘤，也有樹幹下端中空，形成一個大洞，大小足夠讓人進出，這種奇形的樹幹，有些人視為是藝術品。自二〇一三年起，義大利的橄欖樹不幸受到國外傳入病毒破壞，果農失去成千成萬賴以維生的橄欖樹，損失嚴重，政府為避免防止病毒擴散，規定火燒去除危險區的橄欖樹。

　　橄欖樹最初來自敘利亞和小亞細亞，它最適合生長在地中海地

區亞熱帶氣候，夏季溫暖漫長而乾燥，冬季溫和而無冰雪，在冷凍的氣溫下，橄欖樹是無法生存的，義大利、西班牙、希臘、土耳其皆為橄欖產量多的國家，其中西班牙的產量最多，其次為義大利。美國加州的氣候也適合種植橄欖樹。

栽培橄欖樹非由播種發芽而後長成樹，而是用插枝或接枝的方法，橄欖樹不但長壽，且生命堅韌。千年以上古老的橄欖樹仍然能夠生產橄欖。如果把樹幹砍掉，新的小芽會長出來，繼續生長，成為一顆橄欖樹，如此世世代代，生息不停。傳說人類有文字記錄前，已有橄欖樹的存在，果真如此，古老的橄欖樹可說看盡世間的滄海桑田以及人間的悲歡離合。

橄欖果實最初是淺綠，成熟後就變成黑色或紫黑色，果實經過處理後，果肉味美，義大利人用於生菜沙拉，或作披薩上面之加添材料，也可放在酒內。橄欖樹的價值在於它的果實及從果實榨出的橄欖油，黑色橄欖含油高達百分之三十以上，食用橄欖油分為兩種，即是virgin olive oil與extra virgin olive oil，後者品質較佳，味道較好，其原料的選擇及製造過程較為嚴格，橄欖成熟後，工人用手從樹上摘下一個個的橄欖，果實要完整無瑕，四十八小時之內必須立刻處理，否則會影響橄欖油的酸度，先用機器從果實取出核子，然後用冷壓榨果實，使果肉與橄欖油分離。

對於住在地中海地區人，橄欖油是不可或缺三大食物之一，其他兩樣是麵包或通心粉等小麥製品以及葡萄釀成的紅酒，這三種食物是義大利人餐桌上必備之物，可以想像小麥、葡萄、橄欖樹在他們生活中的重要性。多年來，醫學界發現食用橄欖油對身體有多種益處，橄欖油遂成了主婦的寵兒。

不但如此，橄欖樹在文化上也佔有一席重要地位。據希臘神話，愛神Athena贈予希臘雅典市橄欖樹，自此這個城市遂以女神之名，命名之。古代奧運競賽得勝者，頭頂戴上橄欖枝葉編織的冠冕，象徵勝利，同時也代表和平，作戰時，如一方首領拿橄欖枝葉走向敵對的領袖，就是求和之意。美國國徽上，禿鷹的右爪抓有一

橄欖枝葉，上有十三片葉子和十三顆橄欖，而左爪則有十三支箭，禿鷹目視右方，表示美國期望和平，但如有必要，隨時準備迎戰，十三即是在一七七六年向英國宣布獨立宣言的美東岸十三殖民地，國徽代表和平，同時也意味著戰爭。聯合國的徽章也有橄欖枝葉，環繞圓形地球，同樣的表示和平。

　　讀萬卷書固能增加人的知識，行萬里路能擴展人的視野，兩者不可缺一，每每出外旅遊後，再次體會兩者的重要。橄欖和橄欖油雖在超市常見，以前卻不曾追究它們的來源和作法，也不曾在腦海裡想像橄欖樹的模樣，以及它可能代表的意義，去了義大利南部旅行，才對橄欖樹發生興趣，學了一點東西。

祕魯的奇景

　　到過祕魯旅遊的人，都想徒步往上爬，去參觀印加人建造的馬丘比丘（Machu Picchu），這座雄偉城堡位於高山之脊，海拔七千九百七十呎，俯瞰聖谷（Sacred Valley）和隆隆流水的烏魯班巴（Urubamba）河。馬丘比丘建造於十五世紀，正當印加帝國（Inca Empire）極盛之時，後西班牙人侵入，征服帝國，印加人遂離棄城堡他去。此後數百年，馬丘比丘埋沒在野草叢林之下，不為世人所知。直到一九一一年，美國歷史學家兼探險家（Hiram Bingham）發現它，而後挖掘，自此這無可比擬莊嚴偉大的建築物，才重見天日。一九八三年，聯合國教科文組織（UNESCO）鑑於此建築物為世上稀有傑作，遂定為世界遺產物地點，且為文化與自然雙重遺產。

　　馬丘比丘是祕魯最吸引人的觀光景點，遊客親眼目睹巨石堆砌而成的城堡，高高在山頂，堅固無比，可攻可守，似乎沒有敵人可乘隙而入，城堡內一間又一間牆壁堅厚的房間，一級又一級的台階供行人拾級而上，四周斜坡上布滿梯田。環顧四周，除了觀光客以外，靜寂無聲，不禁令人唏噓世間變化無常，昔日印加帝國的風光，今日何在！目睹雄偉的岩石建築物，令人感慨世事難料，建造城堡的印加人早已作古，如今只留下一大片遺跡供人憑弔，讚嘆他們超異的智慧、體力、毅力、能耐，在毫無現代科技及機器的原始環境下，著手作此巨大工程，並完成它，成為建築上的奇觀。

　　滴滴喀喀湖（Titicaca）上浮動的小島，是另一奇景，觀光客趨之若鶩，參觀尤羅斯部落（Uros）奇異的住家及生活方式，他們居住於此已有成百成千年的歷史，滴滴喀喀湖位於祕魯與玻利維亞兩

國邊界，湖面高達海拔一萬二千呎，就水量而言，滴滴喀喀湖是南美洲最大的湖，也是世界商業上可航行的最高的湖泊。

　　浮動小島完全是人造的，而非天然形成，滴滴喀喀湖有許多土生土長的蘆葦名為totora，尤羅斯人用此野草，以手工編造他們居住的小島，編織時必須非常仔細精密，可說是煞費苦心的大勞動，首先要考慮小島本身需要幾公尺的厚度，才能承受島上的小屋及其他建築物的重量。一旦千辛萬苦編織完成，蘆葦濃密的根部支持上層的蘆葦，但每隔一段時期，上層的蘆葦就會腐爛，此時就須修補上層的蘆葦。浮動的小島表面不平坦，在上面行走，有如走在水床上，一不小心，腳可能踩到小島下的湖水。

　　祕魯境內滴滴喀喀湖上共有四十個浮動的小島，形成一系列群島，這些小島離岸邊約九哩，最近的城市是Puno，約兩小時船程。每個小島約有八、九個小茅屋，有些小島亦有蘆葦作成的瞭望台。蘆葦不僅供應尤羅斯部落立足之地和住所，也供給他們部分食物，細嫩之處可供食用，據說味道如同沒有糖份的甘蔗，此外，他們也用它編造小船，作為小島之間的交通工具，更用它編織各式各樣精巧的手工藝品，供觀光客觀賞及購買。除了食用蘆葦細嫩之處，居民也捕魚為食，有時也捕捉岸邊的鳥類或鴨子，食用其肉及蛋。烹飪食物時，他們用石頭堆積在蘆葦上，避免失火。為解決日常需要，他們在小島邊另造一個更小的島，作為衛生間。

　　尤羅斯部落的人自稱他們身上的黑血，令他們免於受風寒之苦，他們並自認是滴滴喀喀湖的主人，擁有這湖及其湖水。小島的溫度約在華氏五十度左右，他們穿一層層毛質衣服，戴著大圓帽，女人穿長裙，藉以保溫，他們的衣服顏色鮮豔，給四周單調環境帶來生機與活力。

　　近年來，浮動小島吸引不少好奇旅客前來觀光，觀光事業遂成為他們可觀的收入，有些人在自家茅屋內增添一個房間，以供觀光客過夜，夜晚來臨，客人也穿上色彩鮮豔的部落服飾，和當地居民一起唱歌跳舞，共同玩樂。

　　早在未有印加文明之前，為防衛敵人攻擊，尤羅斯部落就離開陸地，移居於湖上，編造小島，如今已無敵人威脅，他們仍居住在浮動的小島，雖然蘆葦茅屋簡陋，但他們仍選擇水上生活，現在島上備有極為有限的現代物品，例如船上的馬達，小島上的收音機，有些屋子裝置太陽能。幼兒教育在小島上完成，孩童上傳統式的學校，也可上基督教會辦理的學校，年齡較大或大學生就必須離開小島，到陸地上最近的都市Puno或其他城市，繼續學業。

　　遠古時代，當尤羅斯部落被印加帝國統治時，印加人輕視他們，難以想像印加人當年莊嚴雄偉的城堡，如今只剩下遺跡，而帝國早已消失於古歷史中，但居住在浮動小島的尤羅斯部落的人，至今仍然存在，而且生活過得比從前更好。

語言文學類　PG1940　秀文學15

雪泥鴻爪異國情

作　　者／賴淑賢
責任編輯／林世玲
圖文排版／楊家齊
封面設計／楊廣榕

發 行 人／宋政坤
法律顧問／毛國樑　律師
出版發行／秀威資訊科技股份有限公司
　　　　　114台北市內湖區瑞光路76巷65號1樓
　　　　　電話：+886-2-2796-3638　傳真：+886-2-2796-1377
　　　　　http://www.showwe.com.tw
劃撥帳號／19563868　戶名：秀威資訊科技股份有限公司
　　　　　讀者服務信箱：service@showwe.com.tw
展售門市／國家書店（松江門市）
　　　　　104台北市中山區松江路209號1樓
　　　　　電話：+886-2-2518-0207　傳真：+886-2-2518-0778
網路訂購／秀威網路書店：https://store.showwe.tw
　　　　　國家網路書店：https://www.govbooks.com.tw

2018年4月　BOD一版
定價：310元
版權所有　翻印必究
本書如有缺頁、破損或裝訂錯誤，請寄回更換

國家圖書館出版品預行編目

雪泥鴻爪異國情 / 賴淑賢著. -- 一版. -- 臺北
市：秀威資訊科技, 2018.04
　　面；　公分. -- (語言文學類；PG1940)
(秀文學；15)
　BOD版
　ISBN 978-986-326-543-6(平裝)

855　　　　　　　　　　　　107003806

讀者回函卡

感謝您購買本書，為提升服務品質，請填妥以下資料，將讀者回函卡直接寄回或傳真本公司，收到您的寶貴意見後，我們會收藏記錄及檢討，謝謝！

如您需要了解本公司最新出版書目、購書優惠或企劃活動，歡迎您上網查詢或下載相關資料：http:// www.showwe.com.tw

您購買的書名：_____

出生日期：_____年_____月_____日

學歷：□高中 (含) 以下　　□大專　　□研究所 (含) 以上

職業：□製造業　□金融業　□資訊業　□軍警　□傳播業　□自由業
　　　□服務業　□公務員　□教職　　□學生　□家管　　□其它____

購書地點：□網路書店　□實體書店　□書展　□郵購　□贈閱　□其他

您從何得知本書的消息？

　□網路書店　□實體書店　□網路搜尋　□電子報　□書訊　□雜誌

　□傳播媒體　□親友推薦　□網站推薦　□部落格　□其他_____

您對本書的評價：(請填代號　1.非常滿意　2.滿意　3.尚可　4.再改進)

　封面設計____　版面編排____　內容____　文／譯筆____　價格____

讀完書後您覺得：

　□很有收穫　□有收穫　□收穫不多　□沒收穫

對我們的建議：_____

_____

_____

_____

11466
台北市內湖區瑞光路 76 巷 65 號 1 樓

秀威資訊科技股份有限公司 　收

BOD 數位出版事業部

⋯⋯⋯⋯⋯⋯⋯⋯⋯⋯⋯⋯⋯⋯⋯⋯⋯⋯⋯⋯⋯⋯⋯⋯⋯⋯⋯⋯⋯⋯

（請沿線對折寄回，謝謝！）

姓　　名：＿＿＿＿＿＿＿＿＿　年齡：＿＿＿＿　性別：□女　□男

郵遞區號：□□□□□

地　　址：＿＿＿＿＿＿＿＿＿＿＿＿＿＿＿＿＿＿＿＿＿＿＿

聯絡電話：(日)＿＿＿＿＿＿＿＿＿＿　(夜)＿＿＿＿＿＿＿＿＿＿

E-mail：＿＿＿＿＿＿＿＿＿＿＿＿＿＿＿＿＿＿＿＿＿＿＿